戰時燈火

W A R L I G H T

Michael Ondaatje

麥可・翁達傑

李淑珺 譯

目錄

獻給艾倫・瑟林格曼（Ellen Seligman）、索尼・梅塔（Sonny Mehta）、
麗茲・卡德（Liz Calder），謝謝你們多年來的支持

偉大的戰役大多發生在地形圖的皺褶裡。

第一部

充滿陌生人的餐桌

一九四五年時，我父母遠走他鄉，把我們留給兩個可能是罪犯的男人照顧。我們當時住在倫敦的露芙尼花園街上，某天早晨，不是我們的母親就是我們的父親提議早餐後全家人談一談，然後他們告訴我們，他們要離開我們，去新加坡一年。不是太久，他們說，但也不是一趟很短的旅行。當然他們不在的期間，我們還是會受到很好的照顧。我記得父親告知這個消息時，是坐在一張那種很不舒服的花園鐵椅上，而我們的母親穿著夏天的洋裝，就坐在他身後，看著我們有什麼反應。過了一會，她握住我姊姊芮秋的手，緊靠自己的手腕，彷彿這樣能給她溫暖。

芮秋跟我都不發一語。我們盯著自己的父親看，他正在詳細描述他們即將搭乘新型都鐸式飛機的航程，這種機型是蘭開斯特重型轟炸機[1]的後代，時速可以超過三百哩。他們至少得降落換機兩次才能抵達目的地。他說明他被拔擢負責聯合利華公司在亞洲的辦公室，這表示他的事業更上一層樓。這對我們所有人都好，他說得嚴肅。而我們的母親在某個時候轉頭去看她在八月中的花園。她看到父親說完後我一臉困惑，便走過來用手指像梳子一樣梳我的頭髮。

我當時十四歲，芮秋則快滿十六歲，他們說，我們假日時會由一位她口中所謂的監護人照顧。他們稱他是同事。我們也見過他——我們以前都叫他「飛蛾」，這是我們發明的名字。我們家人都習慣幫人取綽號，這表示我們也是個習慣偽裝的家庭。芮秋之前就跟我說過她懷疑他的工作是罪犯。

這個安排感覺很怪，但是在戰爭結束後的那段時間，生活還是很繁雜混亂，因此他們的提議感覺不是特別異常。我們接受了這個決定，小孩子都是這樣。最近變成我們家三樓房客的「飛蛾」，一個謙卑的、個子高大但行動靜悄悄，像飛蛾似的男人就是解決之道。我們的父母必定認為他是個可靠的人。至於飛蛾疑似罪犯的那一面對他們而言是否明顯，我們並不確定。

我想他們確實曾試圖讓我們成為比較緊密的家庭。我父親偶爾會讓我陪他去聯合利華的辦公室，這裡在週末跟假日時總是空無一人。他在忙的時候，我就一個人在那棟建築十二樓彷彿被遺棄的世界裡晃盪。我發現所有辦公室抽屜都上了鎖，廢紙簍裡什麼都沒有，牆上也沒有任何照片。不過他辦公室的其中一面牆上有一幅很大的浮雕地圖，描繪出這間公司的海外據點：蒙巴薩、科科斯群島、印尼。比較近的則有第里亞斯特、赫里歐波利斯、班加西、亞歷山卓等等圍繞地中海的城市，我猜測那些都是歸我父親管理的地點。他們在這裡訂下來回東方的數百艘船上的貨艙。地圖上標示這些地點的燈在假日都沒有點亮，在黑暗中，就像那些遙遠的前哨點一樣。

在最後一刻，他們決定我母親在夏天的最後幾週留下來，監督那個房客照顧我們的事，也幫我們準備好去新的寄宿學校。在我父親單獨飛向那個遙遠世界前的最後一個週六，我再度陪他

1 蘭開斯特轟炸機（Lancaster Bomber），二次大戰期間英國皇家空軍對德執行轟炸任務的重要戰略轟炸機。

去靠近克桑街（Curzon Street）的辦公室。他提議一起走一段很長的路，因為他說他的身體接下來幾天都得屈就在飛機上。因此我們搭了公車到自然歷史博物館，然後往上坡穿過海德公園到梅菲爾區。他顯得異常熱切興致高昂，一路重複念誦著家鄉織的衣領，家鄉織的心，在異鄉土地上耗損襤褸[2]，幾乎是興高采烈地，彷彿這是一條不可或缺的規則。這到底是什麼意思？我不禁想。我記得我們需要好幾把鑰匙才能進入他辦公室所在的大樓，而他工作的辦公室占據了大樓的一整層。我站在那幅仍舊沒有亮燈的大地圖前，默記著他接下來幾個晚上會飛過的城市。即使是那時候，我都很愛地圖。他走到我身後，把燈點亮，於是浮雕地圖上的山岳投下了陰影，不過我現在比較注意的已經不是那些燈，而是那些亮著淡藍色的港口，以及沒點亮的大片的土地。這不再是全盤揭露的視角，而我懷疑芮秋跟我也是用類似有缺陷的知覺在看待我們父母的婚姻。他們極少跟我們談論他們的生活。我們習慣了不完整的故事。我們的父親曾經參與先前那場戰爭的最後階段，而我想他並不真的覺得跟我們在一起。

至於他們的離開，她一定會跟他走是既定事實：我們以為她絕對不可能跟他分離而存在——她是他的太太。單獨留下我們，似乎比她留在露芙尼花園街照顧我們，會讓這個家庭少一點災難，少一點分崩離析。而且他們還解釋，我們不能突然離開好不容易才進去的學校。在我父親離開前，我們所有人都圍著他，擁抱在一起。飛蛾很識趣地整個週末都消失不見。

於是我們開始了一段新的生活。我當時還不太相信。直到現在我也還不太確定接下來的那段時期究竟是讓我的人生變得畸形，或激發了我人生的活力。我即將失去家庭生活習慣的模式與約束，因此，後來我的個性裡變得有種遲疑，彷彿我太快將我的自由消耗殆盡了。無論如何，到了我現在的年紀，我終於可以談論我們是如何在陌生人手臂的保護下長大。這就像是釐清一個寓言故事，關於我父母，關於我跟芮秋，還有飛蛾，以及後來加入我們的其他人。我想這類故事裡都會有一些傳統跟比喻。某個人會被要求去執行一項測試。沒有人知道誰擁有真相。所有人是誰或在哪裡，都跟我們所知的不一樣。而且總有個人會從某個未知的地點觀察著。我記得我母親以前很喜歡講到在亞瑟王的傳說裡，那些忠誠的騎士如何被賦予一些模糊不清的任務，還有她跟我們講這些故事時，有時候會把故事背景設定在巴爾幹半島或義大利的某個特定的小村莊。而且她宣稱她去過這些地方，還在地圖上找給我們看。

隨著我們的父親離開，我們母親的存在變得更清晰。我們以前聽到父母間的對話都是關於

2　出自英國學者、詩人阿弗爾雷德・愛德華・郝思曼（Alfred Edward Housman, 1859-1936）的詩句，詩名為〈*From the wash the laundress sends*〉。

大人的事。但是現在她開始跟我們說關於她自己的故事，關於她如何在薩福克郡鄉下長大。我們特別喜歡「屋頂上的一家人」的故事。我們的外公外婆住在薩福克郡一個名為「聖人區」（the Saints）的地區，那裡除了河流的水聲跟從鄰近村莊偶爾傳來的教堂鐘聲，幾乎沒有任何外來的打擾。但是有一個月，有一家人生活在他們的屋頂上，把東西丟來丟去，對彼此大聲吼叫，聲音之大，那噪音穿透天花板，滲入她家人的生活裡。那是一個留鬍子的男人跟他的三個兒子。最年輕的那個是比較安靜的，他大多時候負責提著水桶爬上梯子，拿水給屋頂上的人。但是每次我母親走出屋子去雞舍撿雞蛋，或出門去坐車，她都會看到他望著他們。他們是茅草屋頂工，負責修理屋頂，整天都在忙。到晚餐時間，他們才會拉下梯子離開。但是有一天，一陣強風颳起那個最年輕的兒子，讓他失去平衡，從屋頂上跌下來，穿過萊姆樹的樹蔭，跌落在廚房旁的石板上。他的哥哥們將他扛進屋裡。這男孩叫做馬許，而他摔碎了臀部。過來看他的醫生幫他的一隻腿上了石膏，交代不能移動他。他得待在廚房後方的一張躺椅上，直到屋頂的工作完成為止。當時我們母親才八歲，她負責拿食物給他。她偶爾會拿本書給他，但是他很害羞，幾乎都不說話。她說，那兩個禮拜對他而言應該感覺像一輩子。最後他們的工作終於結束，這家人帶走了這個男孩，離開了。

我跟姊姊每次聽這個故事，都覺得像是我們不太能理解的童話故事中的某個部分。我們的母親講這個故事時，不帶有任何戲劇性，那個男孩從屋頂摔落的恐怖感被移除了，彷彿只是老生常談的故事裡難免會有的情節。我們一定要求過想知道更多關於這名摔下來的男孩的故事，但是仍然只聽到這一件事──在那個狂風大作的午後，她聽到他扯裂了萊姆樹的枝葉，落在石板上那厚重巨大的聲響。那只是我母親模糊的人生故事概要中一個片段而已。

飛蛾，我們三樓的房客，大部分時間都不在屋子裡，但他有時候會在晚餐時間之前回來。我們會邀請他一起吃飯，他總是揮手好幾次，不太有說服力地表示拒絕後，才會跟我們一起在餐桌旁坐下來吃飯。不過大多數晚上他都會散步去比格街買晚餐。那個區域大都在倫敦大轟炸時被摧毀殆盡，但有幾輛攤車暫時設置在那裡。我們一直都感覺他的存在很不確定，覺得他有時在這裡有時在那裡。我們始終不確定他這種態度究竟是因為內向還是倦怠。當然這點後來改變了。有時我可以從臥室窗戶瞥見他跟我母親在黑暗的花園裡低聲說話，或是發現他們一起喝茶。在學校開學之前，她花了不少時間才說服他教我數學，這是我在學校裡經常當掉的科目，事實上在飛蛾不再試圖教我很久之後，我還是會繼續當掉這科。在那些日子裡，我在我們的監護人身上唯一看到的複雜之處，只有他為了讓我深入幾何學定理的表面之下，畫出三次元的圖畫。

如果戰爭的話題出現，我跟姊姊就會試圖從他身上引出一些故事，想知道他之前在哪裡，做過什麼。那是對的跟錯的回憶組成的時光，而我跟芮秋都很好奇。飛蛾跟我母親會談到他們在那段時間都熟悉的人。顯然我母親在飛蛾來我們家住之前，就已經認識他，但他參與過戰爭卻令人意外，因為飛蛾的神態舉止從來沒有「戰爭的樣子」。表示他在家的訊號通常是他的收音機傳來的鋼琴音樂，而他現在的工作似乎跟帳本和薪資有關。但經過幾次要求後，我們終於知道他們兩個都曾在格羅夫納飯店頂樓，他們稱之為「鳥巢」的地方當過火災瞭望員。我們穿著睡衣，喝著好立克，聽著他們回憶過往。某些小事件會突破表面，但又隨即消失。某個晚上，在我們即將離家去新學校之前不久，我們的母親正在客廳的角落燙衣服，飛蛾則遲疑地站在樓梯下來的地方，正要出門，彷彿他只有一部分跟我們在一起。但接下來，他沒有離開，而是說起了我們母親在黑夜中開車的技術，說她曾在宵禁的一片漆黑中載送男人去海岸邊，去所謂的「柏克夏小組」，而當時唯一讓她保持清醒的只有幾片巧克力跟從敞開的窗戶吹進來的冷風。當他持續說著時，我們的母親是如此仔細地聽著他的描述，右手把熨斗舉在空中，以免留在衣服上，燙壞衣領之類，全神貫注地聽著他說這個曖昧不明的故事。

我那時候就該知道了。

他們的故事會故意忽略時間。有一次我們得知母親曾經雙耳緊貼收音機耳機傳來的繁複的頻率，攔截德國發出的訊息，並從貝德福郡一個叫做奇克桑修道院（Chicksands Priory）的地方，將訊息內容傳到英倫海峽對岸。後來她又從格羅夫納飯店頂樓的鳥巢做同樣的事，於是我跟芮秋此刻開始懷疑他們在那裡的工作根本與火災瞭望員無關。我們發現母親擁有的技能遠比我們所知的多。她美麗白皙的手臂跟纖細的手指曾經帶著明確的企圖開槍致人於死嗎？我看著她優雅地跑上階梯時，發現她有運動員的身手。這是我們之前沒注意到的事。在我們父親離開，直到她等我們學校開學後離開為止的這一個月裡，我們發現了她令人意外的，更私密的一面。她手中的熨斗停在空中，她看著飛蛾回憶他們過去時光的那短暫時刻在我腦中留下難以抹滅的印象。

隨著我們父親不在之後，我們的屋子感覺變得更自由更寬敞，我們也盡可能地跟她待在一起。我們會一起聽收音機裡的恐怖廣播劇，開著燈，因為想看到彼此的臉。她覺得這些廣播劇很無聊，但我們堅持要她陪我們聽那霧笛聲、沼澤裡傳來狼嚎般的風聲、罪犯緩慢的腳步聲，還有窗戶碎裂的聲音，在這些戲劇進行的同時，我則在心裡回想著母親在黑暗中開車到海邊的那說了一半的故事。不過就廣播節目而言，她倒是更喜歡在週六午後，躺在躺椅上，聽著英國國家廣播公司的「自然學家時間」，完全忽略她手中的書。她說那個節目讓她想到薩福克郡。我們會聽到廣播裡那個男人沒完沒了地說著河流的昆蟲，還有他釣過魚的小溪流；那聽起來像是個顯微鏡下的遙遠的世界，我跟芮秋則趴在地毯上拼拼圖，試圖拼起一片藍色天空的每個片段。

有一次我們三個人從利物浦街搭火車到她在薩福克郡的童年的家。那年稍早時，我們的外祖父母在一場車禍中喪生了，此刻我們看著母親在他們的屋子裡沉默地漫步。我記得我們總是得小心地沿著走廊的邊緣走，不然這棟百年老屋的木地板就會嘎嘎作響地發出尖叫聲。「這是夜鶯地板，」我們的外婆這樣跟我們說。「它會在夜晚警告我們有小偷來。」芮秋跟我總是一有機會就跳到地板上。

但我們單獨跟母親在倫敦時是最快樂的。我們想要她這樣隨意的昏沉的情感，更超過我們之前所獲得的。感覺她就像回到更早之前版本的自己。即使在我父親離開之前，她就是個動作迅速，高效率的母親，在我們去上學時就出門工作，並且通常來得及回來跟我們吃晚飯。而這個新的版本是因為她不再被綁在丈夫旁邊而造成的嗎？或者更複雜的是，這是為了遠離我們的準備嗎？留下一些線索，希望我們記得她的某些樣子。她幫助我讀法文跟《高盧戰記》——她的拉丁文跟法文好得神奇——幫我為就讀寄宿學校做好準備。最令人驚訝的是，她鼓勵我們在家裡做各式各樣的自製戲劇表演，讓我們打扮成神父或踮著腳像水手或惡棍般走路。

其他的母親會這樣嗎？她們會喘著氣從沙發上跌下來，背上插著丟過來的刀嗎？如果飛蛾在附近，她絕對不會做這些。但是她究竟為什麼要做這些？她是因為每天照顧我們而感到厭煩嗎？刻意扮醜或扮漂亮會讓她覺得自己是另一個人，而不只是我們的母親嗎？最棒的是，當第一道光線溜進我們的房間時，我們就會像是試探的小狗，凝視她沒有任何裝扮的臉、閉著的眼睛、雪白的肩膀跟已經伸展出來要擁抱我們的手臂。因為不論那是什麼時刻，她總是醒著，準備迎接我們。我們從來不會出乎她意料之外。「過來，小縫線，過來，小鷦鷯。」她會這樣喃喃地說，用她自己稱呼我們的暱稱。我懷疑那是我跟芮秋真的覺得有母親的一段時間。

九月初時，那個大行李箱從地下室被拿出來，我們看著她在箱子裡塞滿連身裙、鞋子、項鍊、英文小說、地圖，還有她說她認為在東方找不到的東西跟配件，甚至包括看起來不需要的羊毛衣，因為她跟我們說新加坡的早晨經常很「清冷」。她叫芮秋唸出一本貝德克爾旅遊書[3]上描述的當地地形跟公車服務，還有那裡的人表示「夠了！」或「更多」還有「距離多遠？」的說法。我們用刻板印象的東方口音大聲複誦這些話。

或許她相信打包一個大箱子的精確跟冷靜會讓我們確信她這是一趟合理的旅行，而不會覺得更被剝奪。彷彿像是我們預期她會爬進這個角落包著銅，樣子極像棺材的黑色木頭箱子裡，然後被運送離開我們。打包的動作花了好幾天，那活動本身感覺如此緩慢而命中注定，像是一個無止盡的鬼故事。我們的母親即將被改變。她將會演化成我們無法看見的某種東西。或許芮秋有不同的感覺。她比我年長一歲多。或許在她看起來這像是一齣戲。但對我而言，持續重新考慮跟重

---

3 Baedeker，卡爾・貝德克爾出版社（Karl Baedeker Verlag）出版的旅行指南，提供詳細的背景資訊和風景名勝介紹，並提供眾多有益且實用的建議和提示。二戰期間，德國依照該指南對英國展開空襲。

新打包的動作暗示著永久的消失。在我們母親離開之前，這屋子是我們的洞穴。我們只出去過幾次，在河流堤岸上散步，因為她說接下來幾個禮拜，她會花太多時間在旅行。

然後她突然就得離開了，比預期的早。我姊姊進去浴室，把自己的臉塗得死白，然後帶著那張毫無情緒的臉，跪在階梯的頂端，雙臂繞著欄杆不肯放手。我站在大門口，跟我母親一起跟芮秋吵起來，試圖說服她下樓。感覺像是我母親安排了一切，以確保不會有淚漣漣的道別場面。

我有一張母親的照片，照片裡她的五官幾乎沒有露出來。我是從她的姿勢認出她，她四肢的某種姿態，即使那張照片是我出生前拍的。她當時是十七歲或十八歲，在他們的薩福克郡河流的岸邊，由她父母偶然間拍下的。她先前在游泳，此時已經套上洋裝，正用一隻腳站著，另一腿則彎著，好穿上一隻鞋子，而她的頭低下來，因此她的金髮遮住了她的臉。我是好幾年之後在多餘的臥室裡找到的，還有其他幾件她決定不丟掉的東西。到現在我都還留著這張照片。這個幾乎身分不詳的人，笨拙地平衡著，努力保護自己的安全。當時就已經隱姓埋名了。

★

九月中時，我們分別抵達各自的學校。我們之前都是當天來回的學生，對寄宿學校的生活都很不習慣，但那裡所有人都很清楚他們基本上是被拋棄了。我們無法忍受，抵達後一天內就寫信給父母在新加坡的郵政信箱，懇求被釋放。我後來才搞清楚我們的信件會由一輛廂型車載送到南漢普敦的碼頭，然後搭上船，抵達遙遠的港口後又離開，不帶任何急迫性。在經過那樣的距離跟六個禮拜的時間後，我知道我們一大串的抱怨都會顯得毫無意義了。例如我必須在夜晚，摸黑走下三層樓的階梯才能找到廁所。大部分的住校生都習慣在住的樓層選擇一個洗手臺尿尿，除了刷牙的那個以外。這是這所學校數個世代以來的習俗，因此尿液已經在用來從事這項活動的搪瓷水槽中磨出一條清楚的痕跡。但是一天晚上，當我睡眼惺忪地在這個水槽解放時，舍監剛好走過目睹我在做的事。第二天朝會的時候，他慷慨激昂地講到自己無意中目睹粗鄙的行為，他說即使打仗四年，也沒見過這麼粗鄙的事。大廳裡男孩子震驚地一片寂靜，事實上是因為不敢相信舍監居然不知道這個傳統從沙克爾頓[4]跟伍德豪斯[5]是這間學校的風雲人物時就已經存在了（雖然他們其中一人據說曾被退學，另一人是在諸多爭議後後才被冊封騎士）。我也希望被退學，結果只被級長打了一下作懲罰，而且他一直笑個不停。無論如何，我並不期待我父母會在深思熟慮後回信給我，即使我後來又簡短快速地寫了第二封信，補充了自己的罪行。我只能抱著一絲希望，認為寄宿學校是出於我父親的主意，而非母親的，因此她可能是我們獲釋的最後希望。

我們兩人的學校距離半哩，我們之間唯一可能的聯繫是借一輛腳踏車，然後在一個空地碰面。芮秋跟我決定不論我們要做什麼，都要一起行動。於是在第二個禮拜的週間，在我們哀求的信件都還沒到歐洲之前，我們在最後一堂課結束後，跟非住宿的學生溜了出去，在維多利亞車站晃到晚上，直到我們確定飛蛾應該會在家裡讓我們進門，我們回到了露芙尼花園街。我們都知道飛蛾似乎是唯一一個我母親願意聽信的大人。

「啊，你們等不及週末了嗎？」他只這樣說。有一個纖瘦的男人坐在以前我父親習慣坐的扶手椅上。

「這是諾曼．馬歇先生。他曾經是泰晤士河以北最厲害的次中量級拳擊手，大家叫他『皮立柯的飛毛腿』。你們聽過嗎？」

我們搖頭。我們更在意的是他讓一個我們不認識的人到我父母的屋子裡。我們從來沒想過這個可能。我們也擔心我們逃離學校會有什麼後果，以及我們這個未經測試的監護人對此會有什麼反應。但不知為何，飛蛾並不在意我們在週間逃回家。

「你們一定餓了，我來熱一下烘豆子。你們是怎麼回來的？」

「搭火車，再搭公車。」

「很好。」他說了這句話後就走進廚房，讓我們跟皮立柯的飛毛腿待在一起。

「你是他的朋友？」芮秋問。

「完全不是。」

「那你怎麼會來這裡？」

「那是我爸爸的椅子。」我說。

他忽略我的話，轉向芮秋。「親愛的，是他要我過來的。他在考慮這週末在白教堂區下注一隻狗。你去過那裡嗎？」

芮秋沉默，彷彿她剛剛什麼都沒有說。他甚至不是我們的房客的朋友。「你為什麼不說話呢？」他問她，然後把他淡藍色的眼睛轉向我。「看過賽狗嗎？」我搖頭，然後飛蛾回來了。

「好了，兩盤豆子。」

---

4 Sir Ernest Henry Shackleton，1874-1922，英國探險家，曾數次帶領團隊遠征南極探險。

5 P. G. Wodehouse，1881-1975，英國幽默小說家，作品主要以第一次世界大戰前的英國的上流社會為背景。

「他們從來沒去看過賽狗，華特。」

華特？

「我這禮拜六應該帶他們去。你的比賽是幾點？」

「奧米艾拉盃都是下午三點。」

「這兩個孩子有時候可以在週末外出，只要我寫個字條。」

「事實上……」芮秋說。飛蛾轉向她，等她繼續說下去。

「我們不想再回去了。」

「華特，我先走了。看來你有麻煩事要處理。」

「喔，沒什麼麻煩，」飛蛾輕鬆自在地說。「我們可以處理的。別忘了我們的信號。我可不希望我的錢下注在一隻沒用的狗身上。」

「好啦，好啦……」飛毛腿站起來，很奇怪地將一隻手放在我姊姊肩膀上，像是在安慰她，然後留下我們三個。

我們吃了豆子，而我們的監護人看著我們，不帶任何評斷的意思。

「我會打電話給學校，叫他們別擔心。他們現在肯定急得像熱鍋上的螞蟻。」

「我明天一大早就有個數學考試。」我自首。

「他差點因為在水槽裡尿尿被退學！」芮秋說。

不管飛蛾有什麼權威，他用起來時顯然具備俐落的外交手腕。他隔天一大早陪我們回學校，然後跟校長談了三十分鐘。校長是個矮小而令人害怕的男人，總是穿著膠底皮鞋在走廊上無聲地移動。我很震驚一個通常在比格街吃街頭小吃的男人會有這樣的權威。無論如何，那天早上我回到班上時，已經不再是寄宿學生，然後飛蛾帶著芮秋到路上另一頭的她的學校，去協商另一半的問題。所以我們在到校後第二個禮拜，再度成為非寄宿學生。我們甚至根本沒有考慮我們的父母對於這樣劇烈的重新安排會有什麼感覺。

在飛蛾的照顧之下，我們大部分的晚餐開始變成來自當地街頭的餐車。大轟炸過後至今，比格街一直都沒有再通行車輛。幾年前，在芮秋跟我被疏散到薩福克郡跟外祖父母住時，一顆本來可能要打普特尼橋的炸彈在大街上（High Street）爆炸，距離露芙尼花園街只有大約四分之一哩。黑白牛奶吧跟辛德芮拉舞廳都被炸毀了。將近一百人喪生。那個夜晚有著我們的外婆所說的「轟炸機月夜」——城市、小鎮跟村莊都一片漆黑，但下方的土地卻在月光下清晰可見。即使在我們回到露芙尼花園街之後，我們住的地區的一些街道還有斷垣殘壁，而沿著比格街，有大約三到四輛餐車販賣從市中心流出來的食物——就看西區的飯店有哪些剩下的東西。據傳飛蛾也參與協調將一些剩餘的食材運送到泰晤士河以南的地區。

我們兩個之前從來沒吃過街頭餐車的東西，但現在這已經變成我們的日常飲食——我們的監護人對烹飪毫無興趣，甚至對於請人煮飯也一樣。他說他喜歡「草率的生活」。所以我們幾乎每天晚上都會跟他一起站在某個女歌劇演員或當地裁縫或腰帶上還繫著工具的沙發師傅旁，聽他們討論爭執當天的新聞。飛蛾在街上時比較有活力，眼鏡後的雙眼會關注周遭的一切。比格街似乎才是他真正的家、他的劇場，在這裡他似乎感到最自在，而我跟姊姊則覺得像是誤闖別人的地盤。

儘管飛蛾在這些路邊攤吃飯時顯得融入人群，但他還是不太跟人來往。他極少跟我們說他的感受。就像他不講戰爭的經驗一樣，他也絕口不提自己的興趣，除了會問一些奇特的問題之外——例如他一直狀似不經意地問我一座附屬我學校的美術館，問我能不能畫美術館的平面圖給他。他顯然不習於跟小孩子說話。「你們聽聽看……」他短暫地從攤開在我們晚餐桌上的報紙抬起眼睛。「據稱拉提岡先生[6]說法文所稱的『英國惡習』不是指雞姦或鞭打，而是指英國人在表達情感上的無能。」他停下來，等我們回應。

身為充滿自信而自以為是的青少年，我們認為女人不可能會被飛蛾吸引。我姊姊列出他的一連串特徵。濃密的黑色水平眉毛。偏大但是感覺友善的肚子。還有他的巨大鼾聲。就一個慣於獨處，喜歡古典音樂，大部分時候都安靜地在屋子裡飄來飄去的男人而言，他的鼾聲真的奇大無比。爆裂的空氣似乎並非僅從他的臉上爆發出來，而是源於那友善的大肚子深處。而且三四聲鼾聲會緊接而來，發出巨大聲響。在夜深時，這些清晰的聲響從他在閣樓的房間穿透而下，彷彿他是訓練有素的演員，在舞臺上的獨白可以傳到最遠一排的觀眾。

大部分夜晚他都坐在那裡仔細瀏覽《鄉村生活》雜誌，盯著那些富麗堂皇的大屋子的照片看，同時不斷從一個外型如頂針的藍色玻璃杯裡啜飲看起來像是牛奶的飲料。就一個對資本主義發展大表不滿的人而言，飛蛾對貴族階級卻有熾熱的好奇心。他最好奇的地方是奧爾巴尼宅邸[7]，那裡要從皮卡迪利廣場旁一個隱密的院子才能進入，他有一次喃喃地說：「真希望去裡面晃晃。」這是他極少數坦承內心犯罪慾望的時候。

他通常在日出時就從我們身邊消失，直到黃昏前都不見人影。在節禮日這天[8]，飛蛾知道我無事可做，就帶我一起去皮卡迪利。早上七點時，我已經跟他一起走在「標準宴會廳」[9]鋪著厚地毯的大廳，看他監督大部分是移民的員工每天的工作。隨著戰爭結束，慶祝的宴席似乎一波接

6 泰倫斯・拉提岡（**Sir Terence Mervyn Rattigan, 1911-1977**），英國劇作家，二十世紀中期最受歡迎的戲劇家之一。
7 **The Albany**，位於皮卡迪利廣場附近的公寓，這座三層樓的豪宅建於一七七〇年代，於一八〇二年分為公寓。
8 **Boxing Day**，十二月二十六日，為英國教會傳統節日，其由來是設置慈善箱，由教徒自由捐獻，等到聖誕節隔日打開，將裡面的捐獻物品及金錢分送給貧窮家庭。
9 **Criterion Banquet Hall**，位於英國倫敦西敏市皮卡迪利圓環。

著一波。半小時內，飛蛾已經安排好他們各式各樣的工作——幫走廊吸塵，階梯地毯要清洗晾乾，欄杆要擦亮，一百件用過的桌巾要送到地下室的洗衣室清洗。而依據當天晚上要舉辦的宴會的規模——歡迎英國上議院新成員的迎新宴、某個猶太男孩成年禮、一場成年女孩初入社交圈舞會，或某個貴婦死前最後一場生日宴——他會指揮員工把這些龐大空蕩的宴會廳在宛如縮時攝影的時間中徹底變身，直到它們為當晚的歡慶容納一百張桌子跟六百張椅子。

有時候飛蛾必須出現在這些夜晚的活動上，在這些金碧輝煌的房間的邊緣陰影中移動，如一隻飛蛾。但他顯然偏好這些早晨的時刻，當這些永遠不會被晚上的客人看見的員工在三十碼長的擁擠的大廳裡，如壁畫般地工作著，巨大的吸塵機隆隆作響，踩在梯子上的男人拿著三十呎長的雞毛撣子拉掉水晶吊燈上的蜘蛛網，還有擦亮木頭的工人遮蓋掉前一晚留下的臭味。這裡跟我父親空無一人的辦公室是天壤之別。這裡比較像火車站，每個旅客都有他的目標。我爬上金屬階梯，來到等著跳舞時刻被點亮的弧光燈懸掛的地方，俯瞰所有人。在浩瀚的人海中，飛蛾的巨大身形坐在一百張圓桌的其中一張，鬧哄哄的歡樂圍繞在他四周，而他填寫著工作表，不知為何就是清楚知道每個人正在或應該在這五層樓建築的什麼地方。整個早上他指揮著銀器擦拭工跟蛋糕裝飾師傅、幫推車輪子跟電梯門上油的人、移除線頭跟嘔吐物的人、幫每個水槽換上新肥皂的人、在小便池放上新的含氯清潔錠的人、負責沖洗入口人行道的人，還有在生日蛋糕上擠出他們從來沒拼過的英文名字，把洋蔥切成方塊，用可怕的刀子劃開豬肚，或準備艾佛．諾韋洛廳（Ivor Novello）廳或米蓋爾．英佛尼爾廳（Miguel Invernio）十二小時後所需的任何東西的移民工人們。

我們準時在下午三點從這棟建築溜出去，然後飛蛾消失不見，我則獨自回家。我的這個監護人有時候會在晚上回到標準宴會廳去處理緊急情況，但是從下午三點之後，到他回到露芙尼花園街之前，他究竟做了什麼，沒有人知道。他是個有許多扇門的男人。他還兼差從事其他職業嗎？即使只有一兩個小時？某個高尚的慈善工作或某種擾亂秩序的行當？我們遇過的一個男人曾暗示他一週有兩個下午跟閃語族人還有激進的國際裁縫業機械業及壓榨機業公會一起工作。但是這可能是虛構的故事，就像他戰時在國家護衛隊擔任火災瞭望員的事。我後來發現，格羅夫納飯店的頂樓剛好就是能清楚傳送無線電給在敵軍戰線後的同盟國軍隊的最佳地點。飛蛾最初就是在那裡開始跟我母親一起工作。我們曾抓著他們說過的那一丁點他們在戰時的故事不放，但在她離開之後，飛蛾就撤退了，讓這些故事跟我們保持距離。

地獄之火

我們跟飛蛾住在一起的第一個冬天結束時，有一天芮秋要我跟她一起到地下室，而就在那裡，在一塊防水布跟她已經拉開的幾個箱子下方，有我們母親的大行李箱。根本不在新加坡，而是在這裡。那感覺像是魔術，好像這個箱子經過一趟旅行回到這棟屋子。我什麼都沒說。我爬上梯子，離開地窖。我想我是害怕會發現她的身體也在裡面，緊貼著那些如此仔細摺疊打包好的衣服。芮秋用力甩門，離開了屋子。

飛蛾當天晚上很晚回來時，我在自己的房間裡。他說當晚標準宴會廳會很多災多難。通常如果我們在自己的房間裡，他都不會來吵我們。但這一次他敲了我的房門，然後走進來。

「你沒吃飯。」

「我有吃。」我說。

「你沒吃。我看不到你吃過的證據。我煮點東西給你吃。」

「不用了，謝謝。」

「我就……」

「不用，謝謝。」

我不肯看他。他站在那裡動也不動，不發一語。最後，「納桑尼，」他靜靜地說。就這樣。然後他說：「芮秋人呢？」

「我不知道。我們找到她的行李箱。」

「是，」他安靜地說。「行李箱在這裡，是吧，納桑尼。」我明確記得他的用字，重複叫我的名字。更多的是沉默。可能是我的耳朵聽不到任何聲音，即使有聲音。我一直弓著身子。我不知道是多久以後，但他終於讓我走下樓，於是我們走進地下室，飛蛾打開了行李箱。

在裡頭，彷彿永恆不變地，被壓得緊緊地，是我們看著她如此戲劇化地放進去的所有衣服跟物品。每一樣她都給了一個合理的解釋，說明為什麼她會需要某件特定的長及小腿的洋裝或某條披肩。她說她必須帶著那條披肩，因為那是我們送她的生日禮物。還有那個小罐子，她會用得到。還有那些休閒鞋。每樣東西都有它的目的跟用途。但每樣東西都被留了下來。

「如果她不在那裡，那爸爸也不在那裡嗎？」

「他在那裡。」

「如果媽媽不在那裡，為什麼爸爸會在那裡？」

沉默。

「她在哪裡？」

「我不知道。」

「你一定知道。你處理好學校的事。」

「那是我自己處理的。」

「你有跟她保持聯絡，你自己說的。」

「對，我說過。但是我不知道她此時此刻在哪裡。」

他在寒冷的地下室裡抓住我的手，直到我掙脫他，回到樓上，坐在沒點燈的客廳裡的瓦斯爐火旁。我聽到他走上來，經過我人在裡頭的房間，然後上去他在閣樓裡的房間。當我回想我的年少時代，如果你要我立刻想起來一件事，一定就是芮秋消失後的那幾個小時裡，那夜晚中的黑暗的房子。而且每次我看到「地獄之火」這個奇怪的詞彙時，感覺都像是找到一個標籤，最適於標示我跟飛蛾一起在屋子裡，而我幾乎不曾離開那壁爐火焰的時刻。

他試著說服我跟他一起吃飯。當我拒絕後，他開了兩個沙丁魚罐頭。兩個盤子——一盤給自己，一盤給我。我們坐在火旁。他跟我一起坐在黑暗裡，在瓦斯火焰的微小光圈裡。我此刻想到我們講的話，帶著很多困惑，毫無時序可言。他感覺試圖解釋什麼，或揭露某件我還不知道的事情。

「我爸爸在哪裡？」

「我跟他沒有聯絡。」

「但我媽媽是去找他。」

「不是。」他停頓了一下，思考要怎麼說下去。「你得相信我，她沒有跟他在一起。」

「但她是他太太。」

「這我知道，納桑尼。」

「她死了嗎？」

「沒有。」

「她有危險嗎？芮秋不見了嗎？」

「我會找到芮秋。讓她獨處一點時間。」

「我覺得不安全。」

「我都會在這裡陪你。」

「一直到我媽媽回來為止？」

「對。」

一陣沉默。我想站起來走開。

「你記得那隻貓嗎？」

「不記得。」

「你有過一隻貓。」

「沒有。」

「真的有。」

我不講話，是出於禮貌。我從來沒養過貓。我不喜歡貓。

「我看到貓都會躲開。」

「我知道，」飛蛾說。「你覺得那是為什麼？為什麼你會躲開貓？」

瓦斯壁爐的火發出劈啪聲然後熄滅，於是飛蛾跪在地上，在瓦斯表裡投了枚硬幣讓它復活。火焰照亮了他左邊的臉。他保持那個姿勢，彷彿他知道只要他往後靠，他就會再度陷入黑暗中，彷彿他想讓我看到他，保持親密的接觸。

「你有過一隻貓，」他再次說。「你很愛牠。那是你小時候唯一養過的寵物。牠很小隻。牠會等你回家。人不會什麼都記得。你還記得你第一天去上學？在你搬到露芙尼花園街之前？」我搖搖頭，看著他的眼睛。「你很愛那隻貓。晚上你睡著時，牠會像是自己在唱歌。但那其實是嚎叫，不是什麼好聽的聲音，但牠就是喜歡這樣。這惹惱你爸爸。他很淺眠。他因為之前的戰爭而開始害怕突如其來的噪音。你的貓的嚎叫把他逼瘋了。你們那時候住在倫敦郊區。我想是圖爾斯山那附近。」

「你怎麼會知道？」

他好像沒聽到我說話。

「對，圖爾斯山。圖爾斯？那到底是什麼意思？總之你爸爸以前常警告你。你還記得嗎？他會走進你房間，就在他跟你母親房間隔壁，然後把貓抓出去，讓牠整晚待在外面。但這讓狀況變更糟。牠唱得更大聲。當然你爸爸不覺得牠是在唱歌，只有你這麼覺得。你是這樣跟他說的。問題是，那隻貓都會等到你睡著之後才開始嚎叫，好像牠不想在你入睡時吵到你。所以有一天晚上，你爸爸就把牠殺了。」

我的眼睛沒有從火前移開。飛蛾往前更靠近火，因此我不得不看到他的臉，看到那是一張人的臉，即使看起來像在燃燒。

「到了早上，你找不到你的貓，所以他就告訴你了。他說他很抱歉，但他受不了噪音了。」

「我做了什麼事？」

「你逃家了。」

「我去了哪裡？」

「你父母的一個朋友家。你跟那個朋友說你想去那裡住。」

一陣沉默。

「你父親很優秀，但他的情緒不是很穩定。你得了解，戰爭對他造成很大的傷害。而且他不只是害怕突然的噪音。他還有一些祕密，他需要獨處。你母親很清楚這點。或許她早應該告訴你。戰爭並不是什麼光彩的事。」

「你怎麼會知道這些？你怎麼會知道？」

「我也是聽到的，」他說。

「誰告訴你的？誰……」然後我停下來。

「你找的人就是我。是你告訴我的。」

於是我們都安靜下來。飛蛾站起來，從火前離開，直到我幾乎看不到他在黑暗中的臉。這樣感覺比較容易說話。

「我跟你住了多久？」

「沒有很久。最後我還是得帶你回家。記得嗎？」

「我不知道。」

「你有一段時間都不說話。你覺得那樣比較安全。」

我姊姊在那天晚上很晚才回來，已經過了午夜。她顯得漠不在乎，幾乎不跟我們說話。飛蛾沒有質問她為什麼不見，只問說她是不是喝酒了。她聳聳肩。她看起來精疲力盡，手臂跟雙腿都很髒。那天晚上之後，飛蛾就刻意想跟她親近。但我覺得她彷彿跨過了一條河，現在已經遠離了我，在其他某個地方。畢竟是她發現那個行李箱，我們的母親搭上飛機，展開那前往新加坡的兩天半旅程時就這樣「遺忘」的行李箱。沒有披肩，沒有小罐子，沒有她可以穿著在某個午茶舞會上旋轉的長及小腿肚的洋裝，不管她是跟我們父親一起，或跟誰在一起，或在哪裡。但是芮秋拒絕討論這件事。

馬勒在他的樂譜的某些段落上標註「*schwer*」這個德文字，意思是「困難的」、「沉重的」。我們在某個時候聽到飛蛾說這件事，像是個警告。他說我們必須為這樣的時刻做好準備，以便有效率地應對，以防我們突然間需要發揮機智。我們每個人都會遇到這種時刻，他一直這樣說。就像沒有樂譜會要求交響樂團裡的樂手只彈一個音高或只用一種程度的力氣。有時候樂譜會要求你靜默。他給我們這個警告很奇怪，像在警告我們一切都不安全了。「*schwer*，」他會這樣說，並且用手指比出雙引號，我們也會無聲地唸出這個字以及它的翻譯，或者只是厭煩地點頭表示知道了。我跟姊姊後來習慣互相學舌似的重複這個字——「*schwer*」。

★

這麼多年後，當我寫下這一切時，有時候會覺得我像是在燭光下書寫。彷彿除了鉛筆的移動之外，我看不到在黑暗中發生的一切。這些過去的時刻感覺都像少了前後脈絡。有人告訴過我，畢卡索年輕時都只在燭光下作畫，好容納不斷改變的陰影變化。但小時候的我會坐在書桌前描繪出輻射到世界其他地方的詳盡的地圖。所有小孩都會做這種事，但我會盡可能地畫得詳盡：我們呈U字型的街道、下里奇蒙路上的商店、泰晤士河旁的步道、普特尼橋的確切長度（七百呎）、布朗普頓墓園的磚牆的高度（二十呎），最後結束在富勒姆路街角的高蒙電影院。我每個禮拜都這麼做，確認有沒有任何新的改變，彷彿任何沒被記錄下來的東西都會有危險。我需要一個安全區。我知道如果我把兩張這樣的自製地圖放在一起，看起來會像是報紙上的測驗遊戲，叫你在兩幅似乎一模一樣的畫中找出十個不一樣的地方——一個時鐘標示的時間、一件外套的釦子沒扣、一次是有貓、一次是沒有貓。

有些夜晚，在我有圍牆的花園的黑暗中，在一陣十月的狂風中，我可以感覺到那些圍牆將東岸的風導向我頭頂的空中，而不斷顫抖，於是我覺得任何東西都無法入侵或打破我在這稍微溫暖的黑暗中找到的孤獨。彷彿我受到保護，不再被過去侵害，那個害怕想起飛蛾的臉被瓦斯爐火照亮時，我問了一個又一個問題，想掰開一扇未知的門的過去。或是我無意間吵醒青春時期的愛人的過去。即使那個過去是我鮮少探訪的地方。

在歷史上某個時期，建築師要負責的不只是建築，還有河流。克里斯多佛．雷恩[10]建造了聖保羅大教堂，也改造了艦隊河的下游河段，擴張它的兩邊堤岸，讓這條河可以用來運煤。但隨著時間過去，艦隊河的生命結束了，最後變成汙水道。當這些地下汙水道乾涸之後，那些有雷恩正字標記的拱頂跟拱廊便成為城市底下的非法聚集地，讓人們在夜晚，在這些不再潮濕的河道上聚集。世事無常。即使是文學或藝術的名聲也無法保護我們身邊俗世的事物。康斯塔伯[11]繪製的池塘乾涸了，被埋在漢普斯特德的荒地下。一條鄰近赫恩山的艾佛拉河細小支流，羅斯金[12]描述為「充滿蝌蚪的溝渠」，還畫了許多美麗河景素描，現在可能也只存在檔案庫的某一幅圖畫裡。古

10 克里斯多佛．雷恩（**Christopher Wren, 1632-1723**），英國著名建築師、天文學家。

11 康斯塔伯（**John Constable, 1766-1837**），英國風景畫家，他的三幅作品《乾草車》、《英國的運河》和《漢普斯特德的荒地》在一八二四年的巴黎沙龍展中聲名大噪。

12 約翰．羅斯金（**John Ruskin, 1819-1900**），英國維多利亞時代主要的藝術評論家之一，和英國藝術與工藝美術運動的發起人之一，同時也是藝術贊助家、製圖師、水彩畫家、和傑出的社會思想家及慈善家。

老的泰柏溪[13]消失了，連地理學家跟歷史學家都不見得知道。同樣的道理，我相信我仔細記錄的下里奇蒙路上的建築很可能也有這樣的危險，也是短暫易逝的，就像偉大的建築在戰爭中消失，就像我們失去我們的父親跟母親。

到底是什麼原因讓我們看似如此不擔憂我們父母的缺席？我本來就不那麼瞭解在我們眼前搭上前往新加坡都鐸客機的父親。但是我母親在哪裡？我以前常坐在緩慢移動的公車的上層座位，盯著空蕩蕩的街道看。城裡有些區域幾乎看不到什麼人，只有幾個小孩單獨走著，像遊魂一樣無精打采。那是充滿戰爭鬼魂的時代，灰色的建築沒點燈，連在晚上也是，粉碎的窗戶上過去玻璃所在的地方仍由黑色的東西蓋著。這城市仍感覺受著傷，不知道何去何從。這讓人可以無法無天，反正什麼事都發生了。不是嗎？

我承認有時候我覺得飛蛾很危險。他有種不均衡的感覺。並不是他對我們不好，只是身為一個單身男人的他不知道要怎麼對小孩子說實話——他經常給我們這種感覺。飛蛾打破了應該安全存在我們屋子裡的規矩。就像一個孩子聽到應該只能講給大人聽的笑話時的情況。我們以前以為安靜內向的這個男人現在顯得充滿祕密而危險。所以即使我不想相信他那天晚上在爐火旁說的話，我還是把資訊收藏起來。

我們的母親離開而讓我們單獨跟飛蛾同住後的剛開始幾個禮拜，家裡只來了兩個訪客，平立柯的飛毛腿，跟比格街的歌劇歌手。我下課回來時，有時候會看到她跟飛蛾坐在我們的餐桌旁，翻著樂譜，用一支鉛筆畫出主要的樂句。但那是在我們的家變得人潮洶湧之前。在聖誕節假期期間，整個房子塞滿了飛蛾認識的人，大部分人都待到深夜，聊天的聲音在我們睡覺時傳進我們的臥室裡。到午夜時，我可以看到樓梯間跟客廳都還大亮著燈。即使在那時刻，他們談話的內容也不是隨興的。永遠都有緊繃的氣氛，總有人在尋求急需要的建議。我有一次聽到有人問：**「給賽狗什麼藥最不容易被查出來？」**不知為何，姊姊跟我都不覺得這類對話不尋常。這些話感覺起來就像飛蛾跟母親有一次講到他們在戰爭中的活動一樣。

但他們都是什麼人？他們是在戰時跟飛蛾一起工作的人嗎？顯然因為過去某種無人提起的不法行為而備受懷疑的囉嗦的養蜂人佛羅倫斯先生，曾講到他如何在義大利戰役中學到他可疑的麻醉藥的技能。飛毛腿還宣稱泰晤士河上現在有太多不法的聲納活動，格林威治鎮議會甚至懷疑有一隻鯨魚游進了河口。飛蛾的朋友們顯然是在新勞工黨的左派——大約向左三哩那麼遠。而我們的房子，在我父母居住時如此井然有序清淨簡約，如今則像蜂窩般充滿這些忙碌爭執的靈魂的躁

13 應該指Tyburn Brook，西柏恩河（River Westbourne）的一條支流，兩條河道都在地底下。

動，他們在戰爭的某個時刻合法地跨過了某個界線，現在突然被告知不能在和平時期再度跨越。舉例來說，當中有個女裝設計師，他的名字從來沒有人叫，大家都叫他的小名「希特奈拉」，他在戰時從一個成功的縫紉器材商人大轉彎成為政府間諜，現在安然退下來，成為少數皇室家族成員的女裝設計師。我們下課回來後，坐在那裡烤著自己的煎餅，完全不懂這類人為什麼會成為飛蛾的朋友。這屋子似乎跟外面的世界是相抵觸的。

夜晚總是在所有人突然一起離開，屋子裡一片寂靜結束。這時如果芮秋跟我還醒著，這時候我們知道飛蛾打算做什麼。我們看過他好幾次用手指小心翼翼地拿著一張唱片，吹掉上面的灰塵，溫柔地用袖子加以擦拭。一陣漸強的樂音開始充滿樓下。那已經不再是我們母親還在的時候，會從他房間裡傳出的寧靜的音樂。這音樂感覺暴力而混亂，沒有禮節可言。他選擇在夜晚用我父母的留聲機播放的音樂感覺比較像是一陣暴風雨，某種從高處吵雜地翻滾而下的東西。要等到那不祥的音樂結束後，飛蛾才會播放另一張唱片——一個安靜獨唱的歌聲——大約一分鐘後，我幾乎可以想像一個女人加入其中，某個我相信是我母親的女人。那就是我等待的一刻，而在那之後某個時刻，我就會入睡。

在期中假之前，飛蛾提議如果我想賺點錢，他可能可以在接下來的假期幫我安排工作。我謹慎地點了頭。

「電梯男孩邪惡的善舉」

在標準宴會廳的地下室有九臺巨大的洗衣桶無止盡地旋轉著。那是個灰暗的宇宙，沒有窗戶，跟任何日光安全隔離。我跟提姆．康佛德，還有一個叫托羅的男人在那裡，把桌巾抬起來丟進去，當那些機器停下來時，我們再把桌巾拖到房間另一頭，由其他機器以蒸汽把桌巾熨平。我們身上穿的所有衣物都會濕透到變重，因此在把熨好的桌巾裝進推車推到走廊去之前，我們會先把衣服脫光，用壓榨機扭乾。

我第一天上工時，本來想著到家後就要告訴芮秋所有的經過。但到最後我什麼都沒說——一開始我只是對於自己的肩膀跟雙腿都如此痠痛，或自己因為從晚上的點心推車上偷了個小東西吃而一陣竊喜，感到不好意思。我回到家時，唯一做的只是把我仍舊濕透的衣服掛在欄杆上晾乾，然後爬上床。我被丟進一個令人疲憊的賤民生活中，已經很少見到我的監護人，他身處在數千個輪幅的中心而忙碌不已。在家裡時，就算我試圖抱怨，他也不想聽。我做得如何以及我如何被對待，他都不關心。

後來我有機會可以做晚班工作，拿一倍半的薪水，於是我立刻接受。我變成電梯操作員，百無聊賴地待在鋪著絲絨的電梯間，有如隱形人，或是在另一個晚上穿著白色外套在廁所工作，假裝對客人而言不可或缺，但實際上客人根本不需要我。有小費當然很好，但那些晚上都沒有小費，而且我要到午夜才能到家，然後六點就要起床。不了，我寧可去洗衣房。有一次，在午夜過後，某場宴會結束後，我被告知要去地窖幫忙運一些藝術品出來。許多重要的雕刻跟繪畫顯然在戰爭時被運出倫敦藏在威爾斯的板岩礦場裡。比較不重要的作品則被安置在大飯店的地下室暫時被遺忘，但此時它們漸漸重見天日。

我們沒有人知道標準宴會廳底下的隧道延伸多長，或許有可能遠到皮卡迪利廣場下方，但那下面的熱度讓人難以忍受，夜班的工人幾乎赤身裸體工作，跟那些同樣赤裸的雕像搏鬥著，要把它們抬出黑暗中。我的工作是操作手動電梯，把這些男男女女從我們迷宮般的隧道送上門廳，這些男女有的少了四肢；或是躺臥著，狗兒躺在腳邊；或跟一頭公鹿扭打。有一段時間，大廳呈現如眾多賓客到來的最忙碌的時刻，一整排滿布灰塵的聖人，有些腋下還夾著箭，有禮貌地排成一列，彷彿在等候報到。我伸手越過一個女神，要去轉動銅製手把，讓我們往上一層樓時，摸到了女神的胸口，因為我在電梯有限的空間裡幾乎寸步難移。然後我拉開電梯柵欄，它們就都從墊木上滑到大廳裡。這麼多我從來都不知道的聖人跟英雄。到了破曉時，它們就都各奔前程，往城裡的各個博物館或私人收藏去了。

在短暫的假期結束時，我在學校的廁所鏡子裡仔細觀看自己的影像，看看自己是否改變或學到什麼，然後再回到數學跟巴西地理上。

芮秋跟我經常比賽誰最會模仿飛毛腿。例如他走路的樣子總是偷偷摸摸的，像是在節省力氣，留著晚一點使用。（芮秋說，或許他是在等待「沉重時刻」到來）。永遠比我擅長表演的姊姊可以做出像是在躲避探照燈而小跑步的樣子。飛毛腿跟飛蛾不一樣。他非常講求快速。他在侷限的空間裡顯得最自在。畢竟他早年身為皮立柯的飛毛腿時，曾靠著蹲踞在狹小的拳擊臺角落裡而小有成就，而且我們也很不公平地相信他這生當中或許曾經在九乘六呎的監獄牢房裡蹲過幾個月。

我們對監獄很好奇。我們母親離開前的一兩個禮拜，我跟芮秋決定模仿《最後一個摩希根人》[14]中的追蹤人，跟蹤她到倫敦各地。我們換乘兩次公車，然後很震驚地看到我們的母親跟一個很高大的男人說話，而那男人握著她的手肘，帶她走進蛇林監獄[15]的圍牆內。我們兩個撤回家

14《最後一個摩希根人》（*The Last of the Mohicans*），美國作家詹姆斯・費尼摩・庫柏（James Fenimore Cooper, 1789-1851）於一八二六年出版的小說。

15 Wormwood Scrub，位於倫敦西部的監獄，其名稱來自附近據說曾常有蛇出沒的森林。

裡，預料再也不會見到她了，我們坐在空蕩蕩的客廳裡，不確定該怎麼辦，後來她回家煮晚餐時，我們反而更困惑。在發現那只旅行箱之後，我半信半疑地認為母親根本沒有去遠東地區，而是乖乖回到監獄圍牆後，去服完她為某個罪行或某種行為而延後的刑期。無論如何，如果我們母親有可能被監禁，那麼顯然更無法無天的飛毛腿肯定曾在某個時候淪落到這樣的地方。我們覺得他應該是最善於經由令人窒息的隧道逃脫的那種人。

接下來的假日，我在標準宴會廳找到另一個工作，洗碗。這一次我身邊圍繞著同伴，最重要的是，可以聽到無數轉述或捏造的故事。例如某個人躲在一艘波蘭船貨艙的雞群當中偷渡進來，然後全身是羽毛地跳進南漢普敦的海中；或某個人是某個英國板球選手在「邊界之外」的安地瓜或西班牙港跟他母親上床而生下的私生子[16]——這些告白都被戲劇性地吼出來，被三百六十度的碗盤、刀叉碰撞的噪音環繞，同時水流就像時間一般不斷從水龍頭沖瀉而下。此時我十五歲了，我熱愛這些。

在交錯的用餐時間的靜默中，則有另一種氣氛。這三十分鐘的午餐時間裡，有一兩個人會坐在硬椅子上，我們其他人則坐在地上。然後關於性愛的奇聞軼事於焉展開，裡面會講到「雞掰」這種字——還會講到姊妹或兄弟或好朋友的母親慷慨而無名分地引誘並教育年輕的男女，大部分人一輩子都沒見識過的事跡。柯瑪先生，一個臉上有道疤的了不起的男人，他描述關於各式各樣冗長而詳盡的性交課程會占據整個午休時間，結果害我剩下下午時間洗碗盤時，都無法從聽到的內容中恢復過來。如果運氣好的話，剛好柯瑪先生隔天或再隔一天跟我一起在一號水槽工作，這個故事情節——彷彿是我這個新朋友青春年代的漫長而複雜的長篇故事——就會有更進一步的性愛事件。他描寫的是一個充滿魔力的宇宙，有用不完的時間，丈夫似乎永遠缺席，孩子也永遠不在。年輕的柯瑪先生曾經很享受跟一位羅芙緹太太的鋼琴課，他似乎為了讓擺明虛構的故事營造高潮，某個午後，我們大約十二個人在一間宴會廳為了當晚某個活動布置舞臺時，柯瑪先生把一張凳子滾到鋼琴前，然後在大家一邊工作時，坐下來彈了一首華麗的曲調。這首曲子持續了十分鐘，所有人都靜止下來。沒有歌聲伴隨，只有他訓練有素的手以熱烈而睿智的方式飛快撫摸琴鍵，所以我們不可能不驚訝先前大家以為都是虛構的故事似乎都是真的。彈完之後，他在原位坐了半分鐘，然後安靜地闔上琴蓋，彷彿這個動作就是故事的結束，故事的真相或證明，證明在距離皮卡迪利廣場四百哩的提羅謝小鎮上，羅芙緹太太曾經教過他。

這樣驚鴻一瞥的故事，對當時還是男孩的我有什麼影響？當我想到這些情節時，我想到的不

---

16 出自*Beyond a Boundary*，英國千里達裔歷史學家C．L．R詹姆斯（C. L. R. James, 1901-1989）於一九六三年出版關於板球的回憶錄，其中摻雜了社會評論，並主張在板球場邊界內發生的事也會影響到邊界之外的生活，反之亦然。

是我看到臉上有疤的四十六歲的柯瑪先生，而是跟我當時一樣還是男孩子的亨利．柯瑪，羅芙緹太太幫他做了一大杯刺番荔枝果汁，叫他坐下來，問了他一連串關於他的人生想做什麼的問題。因為我相信，如果有什麼是他虛構的，應該只是他對他一小群午餐時間的聽眾如此隨心所欲鉅細靡遺描述的性愛場景，這年長的男人後來人生中獲得的知識很可能加諸在當時還純真的少年身上。事實是這當時可能有疤或還沒有疤的男孩跟另外兩個送貨男孩一起到羅芙緹太太的屋子，而她在他們第一次見面時對他說：「你跟我兒子上同一所學校，是吧？」而亨利．柯瑪回答：「是的，太太。」

「你以後長大想做什麼？」他看著窗外，對她的問話心不在焉。「我想加入樂團，打鼓。」

「喔，」她說。「誰都可以打鼓。你應該學彈鋼琴。」

「她好漂亮，」我還記得亨利．柯瑪對我們所有人以寫小說般的技巧描述她色彩繽紛的洋裝、細瘦的深色腳趾跟指甲上蒼白的指甲油。這麼多年後，他還記得她手臂上清楚的肌肉線條。所以我沒有絲毫懷疑地墜入愛河，就跟亨利．柯瑪一樣，愛上這個就是知道如何跟少年說話的女人，願意花時間聆聽跟思考他說的話，或思考自己接下來要說什麼，然後停頓一下，從冰箱拿東西出來，而根據亨利成年後所說的故事，這一切都將導向那些性愛故事的準備，那些我們坐在標準宴會廳的水槽旁地上時都沒有想像到或準備好迎接的性愛故事，而柯瑪先生則在我們之上，坐在僅有的兩張椅子其中一張。

他說她的手在他臉上感覺有如葉子。他在她體內射精之後——那個古怪而令他吃驚的神奇動作——她會用手掌將他臉上的頭髮往後梳，直到他的心跳不再那麼快速。感覺就像所有神經終於平靜下來。他才意識到她大部分的衣服都還穿著。到頭來這一切都是在倉促間進行，並沒有什麼遲疑或折磨。然後她慢慢脫下衣服，從側邊彎身，舔掉他身上最後一滴。他們在戶外的水龍頭下洗澡。她將三桶或四桶水從他頭顱澆下，水順流而下，他的身軀突然間失去目標。她舉起水桶，水沿著她的身體流下，她把手伸進水流中，清洗自己。「你可以在全世界各地的音樂會演奏，」她在另一個午後這樣說。「你想嗎？」

「想。」

「那我教你。」

我安靜地坐在地板上，聆聽當時我已經知道不存在世界上其他地方，只可能發生在夢裡的這美好的分享。

在廚房跟上升到宴會廳層的工作電梯之間有一道推車走廊，這裡會有一場回力球賽。不論某個八卦故事進展到什麼階段，不論這些員工多麼疲累，我們都會把午休時間的最後十分鐘用在每五人一隊，在六呎寬沒鋪地毯的水泥地上衝向對方。這球賽的重點不在於傳球或跑步的技巧，而在於平衡跟蠻力，你將你們隊的爭球列往前推，而你所有的怒氣似乎因為這一切都在沉默中進行而更加憤怒。沒有任何言語上的詛咒、呻吟、或喊痛的哀號洩漏出在推車走廊上發生的無政府狀態，就像一段呈現暴動的默片。鞋子的嘎吱聲、身體倒下的聲響，是唯一洩露我們非法行徑的聲音。之後我們氣喘吁吁地躺在原地，再站起來回去工作。柯瑪先生跟我回到大水槽旁，把脆弱的杯子插進不斷旋轉的鬃毛刷上，半秒鐘後再把它們丟進滾燙的水裡，讓負責擦乾的人可以在它們彈回來時把它們拔起來，疊起來。我們可以在十五分鐘內處理完超過一百只杯子。盤子跟刀叉需要比較久，但現在它們是由別人負責，所以現在只有我跟亨利·柯瑪，帶著我們最近的午餐故事，遁入感覺像是急迫需要的睡夢中，是那些故事自然歸屬的地方。只有那廚房的巨大聲響在我們的耳朵裡，水龍頭湧出源源不斷的水，那巨大的潮濕刷子在我們面前轉來轉去。

為什麼我到現在還記得在標準宴會廳的那些白天跟夜晚？一個男孩年少時的春天的片段？一段看似不重要的時間？我之後在露芙尼花園街遇到的男人女人其實比較會煽風點火，也將在我的人生路途上變成比較重要的人。或許是因為只有那個時候那男孩是獨自一人，是在一群陌生人當中的一個陌生人，他可以從在水槽旁與他並肩工作的人，或在球賽隊伍中一起打球的人當中，選擇自己的盟友跟對手。當我意外打斷提姆·康佛德的鼻子時，他必須息事寧人，以免丟了薪水。他頭昏眼花地坐在原地，站起來，在水龍頭下刷洗掉他襯衫上的血，然後回去繼續工作，幫一張缺角的地板鋪板重新上漆，好在賓客到來前來得及乾。因為大部分底層的員工都要在晚上六點前離開大樓，就像那些小小鞋匠要在真正的主人回來前消失一樣。

現在我很高興飛蛾對於我如何在這份工作中存活或惹了什麼麻煩都沒有興趣。我隱藏了我學到的一切，不只是對他，也對我過去曾分享一切的姊姊。亨利・柯瑪所說的性愛寓言沒有更進一步的發展，但跟羅芙緹太太共處的午後留了下來，而我跟亨利也有一段短暫而猶豫的情感。我記得我們在一起去過的幾場足球賽上大聲喧鬧，或在疲憊的一天結束時比較彼此燙傷的手跟每隻手指上起皺摺的肉——即使是那些曾如此令人吃驚地彈著鋼琴，讓整間標準宴會廳的員工都安靜下來的靈巧手指。他帶著這樣的技巧，最終到底去了何處？他已經是中年人。我只知道他會繼續拿他的故事去煩別人。但羅芙緹太太答應他的未來在哪裡？我永遠不會知道。我失去了他。以前我們兩個人如果同一時間下班，就會一起走路去公車站。我不到三十分鐘就能到家。他則要搭兩班公車，花上一個半小時。我們兩個人都沒有想過要去造訪對方的家。

★

我們不時聽到有人叫飛蛾「華特」，但芮秋跟我覺得我們為他選擇的名字帶有的模糊感覺，比較適合他。我們對他的印象還不穩定。他真的在保護我們嗎？我必定渴望某種真相跟安全，就像曾經為了逃脫危險的父親去投靠他的那個六歲男孩一樣。

例如，飛蛾究竟是用什麼樣的篩子過濾出他選擇來塞滿我們家的那些人。芮秋跟我興奮滿足地看著他們出現，即使感覺這是不對的。如果我們的母親曾想過打電話給我們，不論她在哪裡，我們肯定都會小心翼翼地說謊，說一切都很好，絕口不提那一刻剛好擠進我們家的陌生人。他們完全不像一個正常的家庭，連在海灘生活的魯賓遜家族都不像。整間屋子感覺比較像是個夜間動物園，充滿了鼴鼠、寒鴉、腳步蹣跚的野獸，而牠們剛好是棋手、園丁、疑似偷狗賊，跟一個歌劇歌手。如果我此刻試著回憶其中一兩人的活動，腦中浮現的會是超現實的、不按時間順序的片段。例如佛羅倫斯先生在道利奇美術館吸著平常用來讓他的蜜蜂冷靜下來而變昏沉的「醺煙器」，對著一個警衛的臉噴，迫使他吸入燃燒的木柴跟引發睡眠的煤炭結合的濃煙。這件事發生的當下，這個穿著制服的男人雙手被綁在他的椅子後方，過了一會他的頭才往前垂下，就跟睡著的蜜蜂一樣冷靜，好讓我們可以在佛羅倫斯先生對著那失去意識的臉噴最後一縷煙時，拿著兩幅或三幅水彩畫離開。「很好！」他小聲地喊道，很得意的樣子，彷彿他剛畫出一條無懈可擊的直線，然後把那熱燙的醺煙器交給我收到安全的地方。我打包了許多這樣不完整的罪惡的時刻，就跟我母親行李箱裡那些用不到的東西一樣毫無意義。而那些事件的時間順序都分崩離析了，不論是出於什麼樣防衛的理由。

芮秋跟我每天先搭公車，再從維多利亞車站搭火車去各自的學校，而在鐘響前大約十五分鐘，我會跟其他男孩子在校園裡亂晃，興奮地討論他們前晚聽到的廣播節目《懸疑時刻》或其他笑點完全來自於重複口頭禪的半小時喜劇。但我現在極少聽那些節目了，因為我們聽廣播的時間經常被過來找飛蛾的客人打斷，或者飛蛾會帶我們去城裡，而我回來時會累到不再好奇新一集的《懸疑時刻》在播什麼。我很確定芮秋跟我一樣，也不曾跟人透露我們的家庭生活實際上已經變成什麼樣子——飛蛾的存在、因為過去的可疑行徑而籠罩在神祕霧中的養蜂人，還有最重要的，我們的父母「離開了」的事。我懷疑她跟我一樣，也假裝聽了那些節目，點頭大笑，宣稱被我們根本沒聽過的某個懸疑故事嚇死了。

飛蛾有時候會消失兩三天，沒有任何預警。我們會獨自吃晚餐，隔天早上長途跋涉去學校。

他之後會提到飛毛腿開車經過，確保這個地方「沒有陷入熊熊大火」，所以我們很安全。但想到飛毛腿曾在那些夜晚出現在附近，並不會給我們安全感。我們在其他傍晚就聽過他讓他的摩利士車引擎發出怒吼——同時重踩煞車跟油門——在他送我們的監護人回來的午夜時，也認得他在駛離時充滿街道的喝醉的大笑。

熱愛音樂的飛蛾對於飛毛腿明顯的非法行徑視而不見。這個前拳擊手所做的一切都位於一個顫巍巍的斜坡上，隨時都會傾斜翻倒。最糟的是那些開往白教堂區擁擠的車程，他們兩個坐在前座，芮秋跟我有時候跟三隻灰獵犬擠在後座。我們甚至不確定那些狗是否是他的狗。飛毛腿很少叫得出牠們的名字，牠們緊繃地、顫抖地坐著，骨頭突出的膝蓋刺進我的大腿。還有一隻喜歡靠著我的脖子休息，像是一條圍巾，牠溫暖的肚子抵著我。有一次，在靠近克拉珀姆區附近，牠甚至不是出於恐懼或需要，就決定尿在我的襯衫上。我本來要在賽狗後去學校一個朋友的家，我為此抱怨時，飛毛腿誇張地笑到差點撞上人行道指示燈。不，我們並不會因為他在旁邊覺得安全。顯然他只是忍受我們，他會寧可我們留在「華特的家裡」，他這樣稱我父母的家。我也懷疑那根本不是他的車，因為我發現那輛藍色摩利士車的車牌號碼經常變更。但飛蛾很喜歡處在飛毛腿身後的氣流裡。內向的人容易被這類的偽裝吸引。無論如何，飛蛾離開家時我們所感受到的緊張，不是因為我們的監護人不在家，而是因為知道飛毛腿被准許以他那樣勉強的、毫不在意的態度來監督我們。

有一天我因為不見了一本書跟芮秋吵架。她否認拿了書，但我後來在她房間裡發現它。她的雙臂在我面前揮舞。我抓住她的脖子，她瞬間不動，從我的掌握中掉下去，然後開始渾身顫抖，用頭跟腳跟撞擊木地板。接著她發出如貓叫的噪音，瞳孔滑開，眼白取而代之，雙臂仍不斷胡亂揮舞。門打開，樓下人群的噪音流瀉進來，然後飛毛腿走進來。他一定是剛好經過她的房間。

「**走開！**」我大吼。他關上身後的門，跪下來，拿起我的書，我被偷走的《燕子與亞馬遜》[17]，在芮秋喘息掙扎時，塞進她嘴裡。他把床上的一張毯子拉過來蓋住她，然後在她旁邊躺下來，用雙臂環抱住她。直到房間只剩下她呼吸的聲音。

「她偷了我的書，」我緊張地低語。

「拿一些冷水來。擦在她臉上，可以讓她冷靜下來。」我照做。二十分鐘後，我們三個人仍在地板上。我們可以聽到樓下飛蛾的熟人的聲音。

「以前發生過這種情形嗎？」

「沒有。」

17 *Swallows and Amazons*，亞瑟・蘭索姆（Arthur Ransome, 1884-1967）所寫的兒童小說，一九三〇年出版。

「我以前有一隻狗，」他看似不經意地說。「牠有癲癇，不時會像煙火一樣爆發。」飛毛腿靠在床緣，對我眨眼，幫自己點了一支菸。他知道芮秋討厭他在她身邊抽菸。現在她只是靜靜地看著他。「這是本爛書，」他宣稱，手指摩擦著芮秋在書皮上的咬痕。「納桑尼，你要好好照顧你姊姊。我會教你。」

平立柯的飛毛腿可以隨時浮現出他的另一面，實在很令人驚訝。那天晚上，當飛蛾的派對在樓下繼續時，他居然能對我們這麼好。

那個時代大家比現在要恐懼癲癇的影響，包括認為經常的發作可能會影響一個人的記憶。芮秋在圖書館讀到這些癲癇帶來的侷限後，曾說給我聽。我想我們都會各自選擇我們覺得最安全的生活；對我而言是一個遙遠的村莊，一個有圍牆的花園。但芮秋把這些顧慮都拋在腦後。「那只是『schwer』而已。」她會這樣對我說，用手指比著引號，強調這個字眼。

★

一個跟飛毛腿交往的女人開始晃進我父母的屋子裡，有時陪他來，有時在每次約定跟他碰面的時間來。她第一次來訪時，飛毛腿太晚到，以至於剛放學回來的我跟姊姊只好在他的缺席留下的真空裡自我介紹。這表示我們因此有機會好好看看她。我們很小心地不要提到飛毛腿先前已經帶進這屋子裡的其他女性，因此在回答她關於他的詢問時，我們的回答顯得有些愚蠢，好像我們記不得他跟誰來往或他是做什麼的，甚至他可能在哪裡。我們知道他喜歡保留底牌。

但奧莉芙·羅倫斯仍舊令人意外。對於像飛毛腿這樣一心一意認定女人應該在世界上扮演什麼角色的人，他彷彿有種近乎自毀的傾向，總是選擇跟極度獨立的女人來往。她們立即就會受到挑戰，因為飛毛腿會帶她們去白教堂區或溫布利球場看擁擠而吵雜，兩人根本無法私下講話的運動賽事。他認為預測前三名的下注就足以讓她們覺得興奮才對。而且對飛毛腿而言，他根本沒有興趣去其他的公共場合。他這輩子從沒進過劇院。去看一個人假裝是真實的人，或看一個人在舞臺上說出事先寫好的臺詞，在他看來都不值得信任。身為一個遊走在法律邊緣的人，他需要能安心地判斷他所聽到的話有多可靠。只有電影對他有吸引力；不知道為什麼，他相信電影捕捉到真相。然而吸引他的女人似乎都絕對不是能夠快樂地生活在他的規則之下的，謙遜或容易被說服的女子。有一個是壁畫畫師。在奧莉芙・羅倫斯離開之後的另一個則是愛爭吵的俄國人。

在頭一天下午獨自出現，讓我們三個不得不互相自我介紹的奧莉芙・羅倫斯是個地理學家及民族誌學家。她跟我們說她經常去赫布里底群島記錄風向，其他時間則在遠東地區單獨旅行。這些專業女性身上有種特質讓人覺得其實不是飛毛腿選擇了她們，而是她們選擇了他，彷彿奧莉芙・羅倫斯這樣一個遙遠文化的專家，突然遇到這個讓她聯想到近乎滅絕的中古世紀種族的男人，一個對近百年來新產生的重要社會禮儀都還毫無知覺的男人。在她面前的這個男人從來沒聽說過有人只吃蔬菜，也不知道要幫女士開門，讓她在他前面先走進建築裡。有誰能夠像這個彷彿凍結在時間裡，或可能才從最近發現的部族被釋放出來而神奇地現身在她家鄉的男人，讓像奧莉芙・羅倫斯這樣的女人如此著迷。然而女人跟飛毛腿在一起的方式似乎別無其他選擇。這裡唯一能遵循的規則就是他的規則。

奧莉芙・羅倫斯把等待她的新愛人回來的這一個小時都用在以某種驚異的口氣描述他們一起吃的第一頓晚餐。他在飛蛾的朋友中發現她，然後開車帶她去一間希臘餐廳，一個只有五張桌子的長方形小地方，有著如潛水艇的照明，然後提議共享一頓羊肉晚餐跟一瓶紅酒，以確認這段新生的親密關係（此時這親密關係還沒發生，但很快就會）。那時她心頭是否閃過什麼東西，強風預告之類的東西？但是她默許了。

「我們要煮好的羊頭。」他對服務生要求。這黑暗嚇人的句子被他說得如此不經意，好像他只是要求一小枝茴香。她聽到羊頭時臉色變得蒼白，而附近的顧客吃飯的動作也都慢了下來，想見證即將到來的家內對抗。飛毛腿或許不喜歡戲劇，但接下來發生的事就像長一個半小時的類史特林堡[18]的劇作演出，有五六組客人看著。我們都知道飛毛腿很會狼吞虎嚥，因為每次我們跟他在賽狗季節時出門，他都會一邊開著他的摩利士，一邊敲開並吞下幾顆雞蛋，再把蛋殼丟到後座。但在安吉洛普洛之星餐廳，他卻是慢條斯理。奧莉芙．羅倫斯坐在我們面前的硬背廚房椅子上，重演那一刻，描述每一次的堅持跟拒絕，描述她如何被勸說、說服、或強迫，或迷惑——她不確定是何者，她已經不知道，那一切就像夢魘般令人迷惑——最後吃下一頭她肯定是在帕丁頓某個人家的地下室被宰殺的一頭羊的屍體。

然後是羊的頭。

看來是飛毛腿贏了。而他預期的親密關係也在幾個小時後在他的公寓裡發生。那兩瓶紅酒確

---

18 史特林堡（**August Strindberg, 1849-1912**），瑞典作家、劇作家和畫家，被稱為現代戲劇創始人之一。史特林堡是一位多產的作家，總共寫了六十多部戲劇和三十多部著作。

實有影響，她跟我們說，仍舊顯得有點喪氣。但或許是因為他真心相信自己是對的，他並不是要跟她爭執，逼她吃下羊頭和她最後必須報仇似地吞下去的一顆羊眼睛。那眼珠的口感像鼻涕。她真的是用這個字。而羊頭的口感像……像什麼，她也不知道。她吃下去是因為她看得出來他相信吃這個是對的。這是她一輩子都不會忘記的事。

等到飛毛腿抵達我們家，滿嘴都是不太有說服力的遲到藉口時，我們已經決定我們喜歡她。她曾跟我們談論過亞洲，還有地球的另一端，彷彿它們只是倫敦比較遠的區域，很容易到達。她講到這些地方時的聲音完全不同於她描述那頓希臘晚餐時的被圍剿的口氣。我們問她的工作是什麼時，她非常明確告訴我們。「**民族誌學家**，」她慢慢地說，好像我們應該一個字一個字地寫下來。她說到她旅行時的快樂，跟我們說她曾經在南印度的河口三角洲漂流，只靠著一臺肚子裡某處有個二行程引擎的小船。她描述雨季豪雨的速度——你全身濕透，但五分鐘後衣服又都被太陽曬乾了。她講到一座點著燈的粉紅色帳篷，裡頭安置著一小尊的小神像，舒適地待在陰影裡，而外面的世界正被熱氣摧毀。她給我們的，是我們遙遠的母親本來可以用信件寫給我們的描述。她曾沿著安哥拉的希魯安果河地區旅行，那裡有著古老的崇拜儀式，因此鬼魂取代了神祇。她的話語閃閃發亮。

她跟飛毛腿一樣高而瘦，一頭不梳理的頭髮，我相信那髮型都是由她身處的天氣塑型再塑型。一個獨立的生物。我懷疑如果是她自己在某個土耳其的草地上殺了一頭羊，她也會把牠吃下去。倫敦的室內世界一定讓她很煩躁不安。回想起來，或許就是她跟飛毛腿之間極端的不同讓他們的感情延續了比我們預期久的時間。而且不論她對他有多麼迷戀，她似乎焦躁地想要往前進。或許她是剛好在工作的休息期間，需要待在倫敦寫她的報告，之後她就要再離開了。那尊在粉紅帳篷裡的小神需要她再去探訪。那表示她要把所有感情跟日常用品拋諸腦後。

不過最讓我們好奇的是飛蛾跟她的關係。飛毛腿跟奧莉芙在我們的客廳，或更糟的是在飛毛腿充滿回音的狹小車上空間起衝突時，飛蛾會被他們兩人夾在每件事所持的相反意見當中，但他拒絕選邊站。不論是基於什麼原因，飛蛾顯然在工作上需要飛毛腿，而我們看得出雖然她可能只是短暫的存在，飛蛾也被她吸引。我們很愛在他們三個旁邊，看他們爭吵。飛毛腿現在顯得比較複雜而陰暗，因為他顯然有這個弱點，總是喜歡找跟他意見相左的女人在一起。當然他自己的意見也不會改變。我們也愛看到飛蛾陷入窘境，看他在飛毛腿跟奧莉芙．羅倫斯吵得不可開交時顯得尷尬。他突然間像是只能準備打掃碎玻璃的服務生領班。

奧莉芙是來我們家的人當中唯一看起來有能力做出清楚判斷的。她對飛毛腿的看法很前後一致。她承認他令人厭煩，又伴隨著某種快速而奇特的魅力，這同時讓人驚駭也讓人著迷，就像他位於鵜鶘階梯的毫無秩序的公寓裡所凸顯的極致男性品味。我也看到她看著飛蛾的樣子，像是不確定他究竟是正面或負面的力量。飛蛾抓住了飛毛腿，她此時的愛人什麼把柄嗎？他是她剛認識的這兩個孤兒般的孩子的善意守護人嗎？她總是聚焦在一個人可能有什麼樣的人格。她衡量著人格，可以在一個人的些許微粒中發現他的人格，即使在一個人不表態的沉默中。

「城市有一半的生命都發生在夜晚，」奧莉芙．羅倫斯警告我們。「那時候的道德會變得比較不明確。在晚上有些人會出於必要而吃某些肉——他們可能會吃鳥，吃一隻小狗。」奧莉芙說到這些時，比較像是私下在翻閱她的思緒，發自她知識的暗影某處的自言自語，是她還不確定的想法。有一天晚上，她堅持要我們跟她一起搭公車到斯特里薩姆公園，然後走上那裡的緩坡高地到魯克里。芮秋在那開闊的黑暗中覺得不知所措，想要回家，說她覺得好冷。但是我們持續向前走，直到我們走到樹林當中，整個城市在我們背後消逝。

在我們周遭充滿無法翻譯的聲音，某個東西在飛翔，一連串的腳步聲。我可以聽到芮秋的呼吸，但奧莉芙．羅倫斯沒發出任何聲響。然後在黑暗中，她開始講話，幫我們辨認那些幾乎聽不到的聲音。「今天晚上很溫暖……那些蟋蟀的音高是D……牠們會發出甜美細微的口哨聲，其實那是翅膀摩擦的聲音，不是用氣息發出的，而且聲音這麼多，表示接下來會下雨。所以現在才這麼暗，雲擋在我們跟月亮之間。你們聽。」我們看到她蒼白的手指向我們附近，左邊的地方。「那個抓的聲音是一隻貛。不是在挖洞，只是牠的手掌摩擦。其實那是很溫柔的動作。或許是剛做完一個可怕的夢。牠腦袋裡還殘留著一個小小的崎嶇不平的惡夢。我們都會做惡夢。親愛的芮秋，對你而言可能是想像癲癇發作的恐懼。但是在夢裡不需要恐懼，就像我們在樹底下，不會因為下雨而有危險一樣。這個月分很少會有閃電，我們很安全。我們繼續走吧。蟋蟀可能會跟我們一起移動，樹枝上跟灌木叢裡好像都是牠們，到處都是很高的C音跟D音。在夏末產卵的時候，牠們的聲音可以高到F。牠們的聲音好像是從上面落下來的，是吧？感覺今晚對牠們而言很重要。記住這件事。你們自己的故事只是一個故事，而且或許不是重要的故事。自己並不是最重要的。」

她的聲音是我小時候聽過最平靜的聲音。裡頭從來沒有爭論。她只對於她感興趣的事有種明確的好奇，而那平靜讓你可以置身在她親近的空間裡。在日光下，她跟你說話或聽你說話時，總是會跟你目光相接，她會完全跟你在一起。就像她那天晚上跟我們兩人在一起時。她希望我們兩人記住的晚上，我記住了。芮秋跟我絕對不會單獨穿過那座黑暗的森林。但是我們相信奧莉芙·羅倫斯腦中有明確的路線，因為遠處一點微弱的光或風的轉變就會明確地告訴她，她身在何處，要往哪裡去。

然而還有其他時候，另一種自在會籠罩著她，讓她可以在露芙尼花園街屋子裡，我父親的皮椅上，無憂無慮地睡著，雙腳壓在身體下，即使整個房間都是飛蛾的朋友。她臉上的表情仍舊很專注、聚焦，彷彿她還在接收資訊。她是我見過的女人當中，事實上是所有人當中，第一個可以毫無愧疚地在別人面前如此隨意睡著的。然後她會在半小時後，在其他人開始疲憊時，神清氣爽地醒來，拒絕飛毛腿不太有說服力的載她回家的提議，而大步走進夜色裡——彷彿她此刻只想獨自走過整座城市，帶著新的思緒。我會上樓，從臥室的窗戶往下看著她進入並穿過每一灘街燈灑下的光圈。我可以聽到她低聲吹著口哨，彷彿在回憶一首小曲，我所不知道的某個東西。

儘管我們會在晚上出去，但我知道奧莉芙的職業通常是在陽光下的工作，測量大自然對海岸線造成的影響。她顯然從二十歲出頭時，在戰爭剛開始的階段就已經在海軍工作，負責測量海流跟潮水。（這件事差點被飛蛾的那群朋友當中一人透露之後，她才低調承認。）她腦裡藏著那麼多的地形。她可以讀出森林的各種聲響，她也曾經測量巴特西橋堤岸旁的潮水漲落。我一直很好奇我跟芮秋為什麼從來沒有嘗試去過像她那樣的生活，仿效她那樣鮮明的獨立生活又對周遭一切充滿同情的典範。但是你得記著，我們並沒有認識奧莉芙．羅倫斯那樣長的時間。雖然那些夜晚的散步——陪她走過被轟炸夷平的碼頭周圍或走進格林威治河底步道，我們三人唱著她教我們的歌詞聲，「在冬日寒冷的星光下，在八月的月光下……」——是我永遠不會忘記的。

她很高。而且柔軟。我猜，當她跟飛毛腿在那段不可能的感情所維持的短暫時間裡，她是飛毛腿的情人的時候，她一定很柔軟吧。我不知道。一個男孩子會知道什麼？那段時間我所看到的她都是自給自足的，例如她在我們半擁擠的客廳裡睡著，看起來跟其他所有人都隔絕開來的時候。是出於少年的自我審查還是禮貌？我還比較容易想像她擁抱著一隻狗，躺在牠旁邊的地板上，讓牠的頭的重量壓在她的喉嚨上，幾乎難以呼吸，但還是樂於讓那動物待在原處，維持那個姿勢。但如果是一個男人跟她跳舞呢？我想像她心裡會有一股太逼近的窒息感。她總是很興奮能待在開放的空間跟風雨的夜晚，彷彿她在那裡不會被限制或全然暴露出來。但在那麼多進出我們露芙尼花園屋子的熟人跟陌生人當中，她是最突出的。她像是個意外，是我們餐桌上的局外人，是飛毛腿在我們父母家裡發掘出來，而更令人意外地是被飛毛腿追到，因此很快被稱為「飛毛腿的女人」。

「我會寄明信片給你們兩個。」奧莉芙．羅倫斯最終離開倫敦時，對我們說。然後就永遠離開了我們的生活。

但是在黑海邊緣的某處，或在靠近亞歷山卓的某個小村莊郵局辦公室裡，她真的寄給我們一張柏拉圖式的情書，關於山脈的某個雲系，顯示著另一個世界，她的另一個生活。那些明信片變成我們的寶貝，尤其是我們知道她跟飛毛腿並沒有任何聯絡。她就這樣走出他的人生，沒有回頭看一眼。一個女人會信守承諾從遠方寄明信片給兩個孩子，表示她的某種遼闊，同時還有寂寞，一種隱藏在她心底的需求。這顯示了兩種非常不同的狀態。但又或者不是。一個男孩子會知道什麼……

在那之後某些時刻，我會把關於奧莉芙．羅倫斯的這類思索寫下來，當下我幾乎相信我是在建構我母親的某種可能的形象，既然她也是距離遙遠做著我一無所知的事。這兩個女人都在某個不知名的地點，但當然只有奧莉芙．羅倫斯有禮而且遠超出她義務地，不管去到哪裡都寄明信片給我們。

這兩個女人構成的三角形還有另一個角，那是我現在才想到的。那就是芮秋，她需要跟一個母親有一段的親密的關係，以母親才能有的方式保護她。那天晚上，她可以走在奧莉芙跟我當中，走上平緩的上坡，到史特森森林裡，是因為她聽說即使在黑暗中，只要跟我們在一起就不會有危險，即使在她的夢裡或癲癇發作的不安騷動裡，也不會有危險，於是我們頭頂上只有蟋蟀在唱歌，只有一隻貛舒服地翻身的刮擦聲，只有山雨欲來前的寂靜，跟突如其來的雨的低語。

我們的母親本來預想她不在時，我們會怎麼樣？難道她以為我們的生活會像當時很受歡迎的那齣劇《令人欽佩的克里斯頓》（*The Admirable Crichton*）——她曾帶我們去西區看過這齣劇，我們看的第一齣劇——那樣，一個管家（我想在我們的例子裡等同於飛蛾）會在荒涼小島這樣某種天翻地覆的世界裡，讓一個貴族家庭維持著良好的紀律，因此一切安然無恙？她真的以為我們的世界的外殼不會碎裂嗎？

有時候，在喝了不知道什麼東西而醉醺醺時，飛蛾會變得興高采烈地講些我們聽不懂的話，儘管他看起來很確定知道自己在說什麼——即使他說的話包含前一句話遺漏的散落的字句。一天晚上，芮秋睡不著，他從我母親的書架上拿下名為《金碗》[19]的一本書，開始唸給我們聽。那些段落的風格，其中的句子像是閒晃地走出一條如迷宮的路然後蒸發消失，對我們而言就像飛蛾喝醉而擺出家長姿態時說的話。感覺像是語言彬彬有禮地從他的身體分離出來。還有其他晚上，他的舉止也很奇怪。有一天晚上，廣播說在薩伏伊飯店（Savoy）前，有個男人瘋狂地把一輛西爾曼明克斯[20]車子裡的乘客都拉出來，然後放火把車燒掉。飛蛾一個小時前才剛回到家，他專注地聽著，哀號著：「天哪，希望那不是我！」他眼睛往下瞄著自己的雙手，彷彿他可以在手上找到石蠟的痕跡，然後他看到我們的憂慮，又眨個眼對這可能性一笑置之。顯然我們到現在都聽不懂他的笑話。相反的，飛毛腿發明的事儘管誇張得多，則毫無幽默感，就跟任何遊走在法律邊緣的人一樣。

19《金碗》（*The Golden Bowl*），亨利．詹姆斯（Henry James, 1843-1906）於一九〇四年所寫的小說，故事描寫一對父女及其配偶之間相互關係的糾纏。

20 Hillman Minx，於一九三二－一九七〇年間盛行英國的轎車。

然而飛蛾有著幾乎不可動搖的冷淡態度。或許他確實就是我們的令人欽佩的克里斯頓，即使他會用曾經連在一個洗眼液瓶子的小小藍色杯子測量那冒煙的液體，像是喝雪莉酒似的喝下去。我們不介意他這個習慣。只有這個時候他會安詳地滿足我們的希望，而芮秋總是可以在這些時候說服他帶我們去城市中某些他似乎很熟悉的區域。飛蛾對於被遺棄的建築毫無興趣，例如在南華克的一間早在麻醉藥發明前就在運作的十九世紀的醫院。他設法讓我們進入那個地方，並點燃了鈉蒸氣燈，讓燈光在黑暗的手術室裡顫抖。他知道好多城裡不再被使用的地點，由十九世紀的燈光照明的，在我們眼中陰影幢幢而顯得不祥。我不知道芮秋後來的劇場生活是否是在那些半明半暗的夜晚成形的。她必定察覺到一個人可以把人生中不快樂或危險的部分變暗或隱藏起來，或至少推遠一點；我想她最終操作舞臺石灰燈跟假雷聲的技術讓她可以釐清對她而言，什麼是真，什麼是假，什麼是安全，或不安全。

到這時候，飛毛腿正要疏遠那個俄國女人，因為她火爆的脾氣讓他決定在她知道他的地址前趕快脫逃。這當然表示她也會在奇怪的時間出現在露芙尼花園找他，在空氣中嗅聞他的氣味。他變得小心翼翼，再也不把車子停在街上。

飛毛腿各個伴侶的出現表示我突然間跟女人變得很接近，不像以前只有我母親跟我姊姊。我念的學校只收男生。那時候我的思緒跟友誼本來應該在他們身上。但是奧莉芙．羅倫斯自在而親密的說話方式，她如此直接地談論自己的希望，甚至自己的慾望，帶我進入一個與我過去所知的地方截然不同的宇宙。我變得對來自我領域外的女人很著迷，而且不是出於血肉之軀或性慾的動機。這樣的友誼不是我所控制，而且都很偶然而短暫。它們取代了家庭生活，但我又能保持在一段距離之外，那是我的缺陷。但是我喜歡從陌生人那裡學到的真相。即使在飛毛腿跟那個易怒俄國女友交往的戲劇化的幾週裡，我待在家裡的時間都超過必要，我還會從學校趕回家，只為了看她在我們的客廳踱步，臉上帶著那不滿足的表情。我會走過她旁邊，輕拂過她的手臂，好在之後回味這一刻。我有一次還提議要陪她去白教堂區的賽狗場，說要幫她找到飛毛腿，但是她擺擺手拒絕了我的提議，或許她猜測我有別的動機，要把她弄出房子。事實上她並不知道她距離飛毛腿有多近，因為他正躲在我的房間裡，看《比諾》[21]。無論如何，現在我已經體會到女性陪伴的奇妙樂趣。

21 *The Beano*，自一九三八年開始發行，英國現今發行時間最久的兒童漫畫雜誌。

艾格妮絲街

那個夏天我在世界盡頭區一家步調很快的餐廳找到一份工作。我又回去洗碗盤，以及在有人請病假時代班當服務生。我本來希望可以遇到柯瑪先生，那個鋼琴家跟寓言故事家，但是那裡沒有任何我認識的人。員工大多是反應很快的女服務生——倫敦北區的人跟來自鄉下的女孩——而我的視線離不開她們，因為她們跟老闆回嘴的樣子，她們笑的樣子，還有即使工作很辛苦，她們仍堅持自己很開心的樣子。她們的地位比我們在廚房工作的人高，所以我們根本不值得她們攀談。那無所謂。我可以從遠處看她們，了解她們。我在那裡工作，遠離這沒有片刻停歇的忙碌餐廳的中心，而她們爭吵的速度跟笑聲讓我很開心。她們會端著三張托盤走過你旁邊，對你嘻笑求歡，然後在你結結巴巴時就走開了。她們會捲起袖子讓你看她們一條條的肌肉。她們會往你靠近，然後突然又變得很遙遠。一個用綠色緞帶把頭髮綁在腦後的女孩在我午餐休息時，發現我在牆角，然後她問可否「借」我三明治裡的那一小片火腿。我不知道要說什麼。我一定是沉默地把火腿拿給了她。我問她叫什麼名字，而她對我的直接似乎很震驚，於是跑回去，組織了三四個女服務生來把我團團圍住，大談特談慾望的危險。我正要進入青春期跟成年期之間沒有邊界的地域。

幾個禮拜後，當我脫光衣服，跟那個女孩一起在一間空屋的陳舊地毯上時，我發現通往她的路徑是看不見的。當時我所知道的激情，仍只是一個抽象的東西，上面堆疊了我還不知道的障礙跟規則。什麼是公平的？什麼又是不正當的？她躺在我身邊，我沒有命令她。她跟我一樣緊張嗎？而且這個情節真正的戲劇性並不是關於我們，而是關於這個情境，其中包含我們用她跟在房地產仲介公司工作的哥哥借來的鑰匙，非法進入艾格妮絲街上的一間屋子。外頭有個「待售」的牌子，裡頭沒有任何家具，只鋪著地毯。那時已經是黃昏，我只能藉著街燈或在某部分地毯上方一連串點燃的一根根火柴，來分辨她的反應。我們後來忙著確認那段地毯是否有血漬，彷彿這裡可能曾經出過命案。那感覺不像愛情故事。愛情故事是奧莉芙．羅倫斯的活力與火花，是被飛毛腿拋棄，因為對飛毛腿越加懷疑而顯得更美的俄國女子的熾熱的性愛怒火。

盛夏中的另一個傍晚。我們在艾格妮絲街上的一間屋子洗了冷水澡。裡頭沒有毛巾可以拿來擦乾身體，連我們可以用來摩擦身體的窗簾都沒有。她把她深金色的頭髮往後撥，然後搖搖頭，她的頭髮散開來變成一個光圈。

「其他所有人，說不定這時候正在喝雞尾酒。」她說。

我們藉由在空蕩的房間走來走去弄乾身體。這是我們從六點進來這屋子後最親密的程度。已經不再有性交的情節或聚焦的慾望，只有我們全身赤裸，看不到彼此地身處黑暗中。因為一道車燈閃過，我看到她因為發現這點而浮現一抹微笑。我們之間的一點微小覺察。

「你看。」她說，然後在黑暗中倒立。

「沒看到。再做一次。」這個曾經顯得很不友善的女孩對著我翻跟斗過來，說：「這次你抓住我的腳。」然後她在我把她慢慢放下來時，說：「謝謝。」

她坐在地板上。「真希望我們可以打開一扇窗戶。在路上跑。」

「我連我們在哪條街上都不知道了。」

「這裡是艾格妮絲街。那花園！來——」

在樓下的走廊，她推著我走快一點，於是我轉身，抓住她的手。我們靠著樓梯摔角，都看不到對方。她身體前傾，咬我的脖子，然後從我的懷抱中掙脫。「快點！」她說。「這邊！」然後她撞到牆。彷彿我們兩個都只想要逃脫這種緊密，但也只有這種緊密能幫助我們逃脫。我們在地板上親吻我們能碰到的每個地方。我們相幹時，她的雙手拍打我肩膀。那不是做愛。

「不，不要放手。」

「不要！」

我掙脫她收緊的手臂，結果頭撞到某個東西，一面牆，或欄杆，然後重重地栽在她胸口，突然意識到她有多嬌小。在這裡某處，我們失去對彼此的知覺，只有發現這運動中的樂趣。有些人從來沒發現過，或再也沒有發現過。然後我們在黑暗中睡著。

「哈囉，我們在哪裡？」她說。

我翻身仰躺，帶著她一起，所以她在我上面。她用她小小的手打開我的嘴唇。

「艾—哈—妮絲街，」我說。

「你再說一次你的名字？」她笑。

「納桑尼。」

「哦，好高級的名字！我愛你，納桑尼。」

我們幾乎無法把衣服穿好。我們緊握著手，彷彿在我們慢慢穿過黑暗走到大門時，會失去彼此。

飛蛾經常不在，但他的缺席，跟他的出現一樣，都沒有什麼影響。我姊姊跟我現在都自己覓食，變得自給自足，芮秋也消失在夜色中。她沒有說她去哪裡，就像我對於我在艾格妮絲街上的生活也絕口不提。對我們兩個而言，學校現在感覺是可有可無的。當我跟其他之前常黏在一起，應該是我朋友的男孩子們聊天時，我從來沒說過在家裡發生的事。那部分留在一個口袋裡，而我的學校生活則在另一個口袋裡。年少時，與其說是我們對自己真實的處境感到丟臉，不如說我們是害怕其他人可能會發現真相而加以評斷。

某個傍晚，我跟芮秋出門去看七點鐘放映的電影，我們坐在高蒙電影院的第一排。在某個時間點，男主角的飛機衝向地面，他的一隻腳被卡在控制桿中間，無法脫離。緊張的音樂充斥在電影院裡，伴隨著飛機引擎的尖叫聲。我陷在這一刻裡，沒察覺到我旁邊發生了什麼事。

「**怎麼了？**」

我看向右邊。在那個說「怎麼了？」的聲音跟我之間，坐著芮秋，顫抖著，一聲呻吟，像母牛般的叫聲從她身上發出來，我知道那將會變得更大聲。她左右搖晃。我打開她的書包，抽出那把木尺要插進她的牙齒之間，但來不及了。我必須用我的手指把她的嘴巴掰開，而她用她細小的牙齒用力咬下來。我打了她一巴掌，在她喘息時，把那把木尺塞進去，然後把她拉到地板上。在我們頭頂，那架飛機撞毀在地上。

芮秋沒有焦點的眼睛看著我，想獲得安全感，找尋安全的路徑脫離她現在所在之處。那個男人也彎身看著她。

「她是誰？」

「我姊姊。她癲癇發作。她需要食物。」

他手上拿著冰淇淋，於是他把冰淇淋給我。我拿過來，塞進她的嘴唇。她的頭後仰，明白那是什麼，便貪婪地吃下去。我們兩個在黑暗中，蹲在高蒙電影院骯髒的地毯上。我試著要把她抱起來，帶她離開這裡，但是她的身體變得很沉重，我便在地上躺下來，把她擁向我，就像飛毛腿曾經做的那樣。在銀幕流瀉的燈光裡，她看起來像是目睹某種恐怖的事。她確實是，因為每次這樣的事件發生之後，她一定都會冷靜地跟我描述她看到了什麼。銀幕裡的人聲充滿了電影院，情節繼續上演，我們則在地板上待了十分鐘，我的外套蓋在她身上，讓她覺得安全。現在有些冥想法可以移轉身體的狀況，避免這樣的衝撞，但是那時候沒有。至少據我們所知並沒有。

我們從側邊的出口溜出去，走向黑布幕後方，走向有燈火的世界。我帶她到一家萊恩柯納連鎖餐廳。她幾乎沒有任何力氣。我逼她吃點東西。她喝了牛奶。然後我們走路回家。她沒有講到剛剛發生的事，彷彿到現在那已經無關緊要，是她最近剛走過的某個致命的海岸。都是等到隔天她才需要討論——不是討論她心裡的困窘或混亂，而是討論如何在一切崩解之前，防止刺激高漲到引發接下來發生的事。這時候的她已經不記得別的，大腦這時候已經不在乎記憶。但是我知道在高蒙電影院裡，有一個短暫的片刻，當她看到那名飛行員掙扎著要逃離時，她也多少感到刺激，並曾跟他並肩同行。

如果我在這個故事裡沒有講到太多我姊姊的事，那是因為我們有分開的記憶。我們兩個人都目睹了我們沒有追求的另一個世界的線索。她的祕密口紅、有一次在摩托車上的男孩、她笑得花枝亂顫地爬進家門，以及她令人意外地變得很愛跟飛蛾講話。我想她或許在他身上找到告解的對象，但我保守自己的祕密，保持距離。無論如何，芮秋對於我們在露芙尼花園的日子的版本，儘管可能在某些方面跟我的版本貼得很近，但一定是用不同的口吻說出的，強調不同的事情。結果是我們只有在我們共享那雙重生活的早期階段是親密的。而現在，這些年之後，我們對彼此都有種隔絕感，只能各自照顧自己。

地毯上，有裹在褐色防油紙裡的食物——起司跟麵包、火腿片跟一瓶蘋果酒——都是從我們工作的餐廳偷出來的。我們在另一個房間，另一間沒有家具的屋子裡，牆壁一片空白。雷聲充斥這棟無人居住的建築。根據她哥哥的說法，這間屋子要花一段時間才能賣出去，因此我們習慣了在一天結束時，他的客戶不太可能出現時，在這裡紮營。

「我們可以開一扇窗嗎？」

「不行，我們會忘記。」

她恪守她哥哥的規則。我甚至需要先通過他那一關，讓他把我從頭到腳打量一番，說我看起來有點太年輕。一次很奇怪的面試。他的名字是麥克斯。

我們在本來應該是餐廳的地方相幹。我的手指碰到過去桌腳安放在地毯上的，凹下去的印記。我們所在的位置在本來的餐桌下，我們頭頂應該會有一頓晚飯。我說的時候往上看，在黑暗中什麼也沒看到。

「你真的很奇特，是吧？只有你會在這時候想到這種事。」

暴風在我們頭頂放肆，砸碎了湯鍋，把湯匙掃到地板上。被炸彈炸壞的一座後牆還沒重建起來，乾燥的雷聲大聲地闖進來，找到裸體的我們。我們毫無防衛地躺著，沒有任何家具，甚至沒有任何藉口可以解釋我們在這裡做的事，我們唯一有的只是一張拿來當盤子的防油紙，跟一只拿來裝水的舊的狗飯盆。「我夢到我在週末幹你，」她說，「然後房間裡有個東西，很靠近我們。」我不習慣談論性。但是艾格妮絲——她現在用這個名字自稱——則會談論性，而且樣子很吸引人。這對她而言很自然。什麼方法最容易讓她達到高潮，要摸她哪裡，要多輕柔，多用力。「來，我弄給你看。你的手給我……」她會半嘲弄我無聲的反應，對我的害羞微笑。「天哪，你有很多很多年的時間可以適應這一切，可以繼續改變。這裡有很豐富的東西。」一個停頓，然後，「你知道……你也可以教我認識你。」

到現在我們不只是互相慾望，也互相喜歡。她談論她的性史。「我有一次借了一件小禮服去約會。我喝醉了——那是我第一次喝醉。我在一間房間醒來，裡面沒有別人。也沒有我的禮服。我只穿著一件雨衣去搭地鐵。」她停頓下來等我說話。「你有發生過像這樣的事嗎？你想要的話，可以用法文跟我說。那樣會比較容易嗎？」

「我的法文當掉了。」我說謊。

「我打賭沒有。」

除了她說話的內容很狂野以外，我也喜歡她的聲音，那聲音裡的茂密樹叢與韻律，跟我學校的男同學比起來是天壤之別。但還有別的東西讓艾格妮絲與眾不同。我在那個夏天認識的艾格妮絲不是她後來會變成的艾格妮絲。即使在當時我就知道了。我想像的那個未來的女人會跟她對自己滿懷的希望是一樣的嗎？就像她可能相信我身上不只有這樣的潛力。那跟我當時生命中認識的其他人都不一樣。在那個時代，青少年被鎖在我們自以為已經是，所以未來也永遠會是的樣子裡。那是英國的習慣，是那時代的惡疾。

那年夏天第一個暴風雨的夜晚——我們兩個在暴風裡瘋狂擁抱彼此——我最後終於回家時，在褲子口袋裡發現一個禮物。我打開我們當作盤子的防油紙，看到一幅炭筆素描，是我們兩個仰躺著，手牽手，在我們上方是那看不到的暴風雨——烏雲、閃電、危險的天空。她很愛畫畫。在我人生的某個時候，我遺失了那幅畫，雖然我本來想留著。我還記得那幅畫看起來的樣子，我不時會搜尋一個版本，希望能在某個畫廊裡找到那幅最早的素描的一個回音。但我始終沒找到這樣的東西。這麼長時間以來，我對她的了解就僅止於她自稱「艾格妮絲街」，也就是我們一起進入的第一間屋子所在之處。在我們出入各個只有隔間的家裡的非法的日與夜，她帶著一種自我防衛的幽默感，堅持那是她的筆名。「筆名，」她誇大地說著。「你知道這是什麼意思吧？」

我們溜出那間屋子。我們得很早去上班。公車站旁有個男人來回踱步，在我們靠近時盯著我們，然後轉頭去看那間屋子，似乎好奇我們為什麼會從那裡出來。他也上了公車，坐在我們後面。這只是巧合嗎？他是來自我們入侵的那棟建築的戰時鬼魂嗎？我們感覺愧疚，而不是恐懼。艾格妮絲擔心她哥哥的工作。但是在我們站起來要離開時，他也站起來，跟著我們。公車停下來。我們站在門口。當公車啟動，開始加速移動時，艾格妮絲跳了下去，腳步踉蹌了一下，然後對我揮手。我也揮手，並轉身經過那個男人旁邊，等到公車開到倫敦市中心某處時，我也跳了下去，而他抓不到我。

淡菜船

芮秋、我，跟飛毛腿在泰晤士河上的第一天，就沿著河一路向西，直到我們幾乎離開了城市。我得用一張很好的河道地圖才能跟你說我們經過或暫停的那些地方，那些我在那幾個星期裡默記起來的名字，我同時還記住了潮汐資料表、錯綜複雜的堤道、古老的收費站、我們進入又離開的船塢、我們學會從船上認得的建築工地跟聚會地點——船弄、公牛巷、摩特雷克、哈洛德百貨公司的家具倉庫、好幾座發電廠，另外還有大約二十幾條一兩個世紀前所開鑿、從泰晤士河往北如輪軸般延伸出去的運河。我以前經常躺在床上反覆念誦這些河流的每個下游，好默記在心裡。到現在我還是會這樣。它們唸起來就像英格蘭國王的名字，到後來我覺得它們比足球隊或數學乘法表更刺激。有時候我們會航行到伍立奇跟巴金區以東，而且在黑暗中甚至能光靠河水的聲音或潮汐的拉力就知道自己身在何處。在巴金區以下還有卡斯皮恩碼頭（Caspian Wharf）、艾利斯支流（Erith Reach）、提伯利切口、下荷普支流（Lower Hope Reach）、布萊斯沙地跟砂礫群島，還有河口，然後就是大海。

泰晤士河沿岸還有許多隱藏的地點，我們會在這裡停下來接那些要出海的船隻卸下它們令人驚奇的貨物，然後遛一下幾隻猶疑地下船的、全都綁在一條長繩子上的動物。牠們於是可以在歷經法國加萊港到這裡的四五個小時航程後解放一下，然後我們會哄騙牠們搭上我們的淡菜船，再歷經一段短短的旅程，直到一些我們只會短暫碰面而且永遠不知道名字的人把牠們領回去。

我們一開始會參與這些河上的活動，是因為飛毛腿那天下午聽到我們在談論接下來的週末。他彷彿是隨意地問起飛蛾，我跟芮秋會不會剛好有空幫他做些事，他講話的樣子像是我們不在同一個房間裡。

「白天還是晚上工作？」

「可能都有。」

「安全嗎？」

飛蛾用極小音量說這些話，彷彿我們不應該聽到。

「絕對安全，」飛毛腿大聲回答，看向我們兩個，對我們露出一個假笑，還不假思索地揮了一下手，表示完全安全。關於是否合法的問題從來沒有浮上檯面。

飛蛾喃喃地說：「你們會游泳吧？」我們都點頭。飛毛腿也跟著問：「他們都喜歡狗吧？」這回換成飛蛾點頭，但他根本不曉得我們是否喜歡狗。

★

「這天氣太棒了。」飛毛腿在頭一個週末時大聲說，當時他一隻手在舵輪上，一隻手正試圖從口袋裡拿出一個三明治。他看起來並沒有全心專注在操控駁船。一陣冷風讓河水掀起陣陣波浪，從四面八方吹襲過來，讓我們直顫抖。我想我們跟他在一起是安全的。我對船隻一無所知，但我立刻愛上那不是來自土地的氣味，水面上的油、那鹽水、那從船尾冒出來的煙霧，後來我也逐漸愛上我們周圍那千千萬萬的河的聲音、那讓我們安靜下來的聲音，彷彿在這匆忙的世界裡，身處在一個突然間深思熟慮的宇宙。那確實是棒極了。我們差一點就擦撞到橋拱。飛毛腿在最後一刻把身體側向一邊，彷彿這可以讓船跟著他動作。然後我們又差點撞到一組四個的划槳手，讓他們得奮力抵抗我們身後留下的波浪。我們聽到他們吼叫，也看到飛毛腿對他們揮揮手，好像一切都是命運的安排，不是誰的錯。那天下午我們要在靠近教堂渡船梯的地方，從一艘安靜的駁船接過二十隻灰獵犬，然後把牠們安靜地送到下游的另一處。我們之前並不知道有這種活動的貨物，也不知道有嚴格的法律禁止非法進口動物到英國。不過飛毛腿似乎什麼都知道。

我們以前認為飛毛腿走路總是彎腰駝背的想法，在他帶我們上淡菜船之後徹底改觀。芮秋跟我小心翼翼地走在滑溜溜的踏板上，但飛毛腿幾乎沒看自己的腳步，可以一邊轉身確認芮秋是否踩穩，同時把自己的香菸丟到堤岸跟上下浮動的船隻之間四吋的縫隙裡。對我們而言感覺極其危險的步伐，對他都像是平滑的舞池地板，而他那小心翼翼的佝僂姿態也消失了，取而代之的是在滿布雨水和油漬、只有一呎寬的甲板邊緣輕鬆自在地移動。他後來宣稱他是在河流上持續二十四小時的暴風雨中受孕的。他的祖先數代都是駁船工人，因此他適合河流的身體只有在陸地上才會顯現出外來者的腔調。他熟知從特威克納姆到下荷普點之間每條潮流，而且從氣味或裝卸貨的聲音就能分辨出是哪個碼頭。他炫耀說，他父親也曾是「河上的自由人」，儘管他講到他父親在他十幾歲時逼迫他進入拳擊這行時，曾把他父親描述成很殘忍的人。

飛毛腿也會吹許多種不同的口哨，因為他告訴我們每艘駁船都有自己的信號。你在一艘新的船上開始工作時就會學到。那是你在河面上唯一被允許使用的信號，用來表示認可或警告，而每一種哨音都是根據一種鳥叫聲而來。他說他遇到過河上生活的人走在內陸的森林裡，突然聽到自己的駁船的哨音，儘管眼前根本看不到任何河流。原來是一隻茶隼在保護自己的巢，而這種鳥百年前必定曾生活在河邊，牠的叫聲才會被幾個世代的駁船伕借用而學起來。

那個週末過後，我想繼續幫忙飛毛腿處理狗，但芮秋開始花更多時間跟飛蛾在一起。我猜測她想要更像個大人。至於我則是會穿著防水外套等著飛毛腿開車過來。我們在露芙尼花園街第一次見面時，他根本沒理會我，那時候我只是他剛巧拜訪的人家裡的某個男孩。但我現在發現飛毛腿是個很好的學習對象。他比飛蛾更不在乎你，但是他會準確地告訴你他需要你做什麼，以及關於他自己的什麼部分不可以讓別人知道。「藏好你的底牌，納桑尼，」他會這樣說，「隨時都要藏好你的底牌。」總之結果就是，他需要像我這樣一個他還算信任的人，每週兩到三次，幫他從某艘安靜的歐洲船上帶下灰狗獵犬，因此他說服我辭去餐廳的工作，轉而幫忙他在黑暗中把犬隻帶到淡菜船上，運送到各個地點去，接著會有一輛廂型車再把他的活生生的貨物飛速送到更遠的地方。

我們勉強在每趟航程運送大約二十隻這樣怯生生的旅客。有時在持續到午夜的航程中，牠們會顫抖著坐在甲板上，而且很容易被一聲大的聲響或突然出現在旁邊的大汽艇的搜索燈光驚嚇到。飛毛腿會擔心他所謂的「預防人員」，因此在河上警察經過時，我必須鑽進毯子裡，挨到牠們當中，在惡臭的狗味中安撫牠們。「他們必須處理更嚴重的事。」飛毛腿宣稱，以此為他的低階犯罪行為辯護。

後來我搞清楚我們所做的事根本不保證會帶來財務上的成功。沒有任何人保證這些狗是賽犬，我們也不知道牠們跑得快或慢。牠們唯一有價值的地方就是牠們提供了「未知的元素」，因為一般大眾並不確定牠們的價值，這就足以確保會有人魯莽地下注——陌生人下注時只能看外表，不能仰賴真實的血統保證來推薦一隻狗或證明牠毫無價值。你把幾英鎊的鈔票下注在一隻不知道身世來源的狗身上，只因為被拴著皮帶的動物一個看似心領神會的眼神，或因為牠大腿的線條，或聽到你希望知悉內情，但實際上毫無所悉的其他人的竊竊私語。我們帶來的狗是過去沒有任何紀錄的浪子，可能被人從某一間莊園綁架出來，也可能是從肉品工廠被救出來得到第二次機會。牠們就跟鬥雞一樣身分不明。

在沒有月光的夜晚河流上，我只要在牠們每次試圖吠叫時，以嚴厲的姿態抬起我這青少年的頭，就能安撫牠們。我覺得好像在讓一個交響樂團安靜下來，有種掌握第一手權力的魅力和愉悅。飛毛腿站在舵手室引導我們穿過黑夜，低聲哼著「但不是為我」。他自顧自唱著，心不在焉，幾乎沒有意識到自己嘴裡唱的歌詞，總讓那歌聲聽起來像一句嘆息。而且我知道那首歌的哀傷跟他與女人之間錯綜複雜天衣無縫的關係毫無相似之處。我知道這點是因為某些晚上我得幫他提供不在場證明，或從公共電話亭傳送假訊息，為他的臨時缺席編造藉口。女人永遠無法確定他的工作時間，更不用說是他實際的工作內容。

那些白天跟夜晚，當我開始進入飛毛腿生活中模糊曖昧的時間表後，我發現我置身在倫敦周圍各郡的駁船走私者、獸醫、偽造者、跟賽狗場共同編織的假造模式裡。收受賄賂的獸醫為這些外來者注射犬瘟熱疫苗。偽造文件的人打印出犬隻的出生證件，證明牠們是在格羅斯特郡或多塞特郡飼主家裡出生——而這些狗在此之前根本一句英文都沒聽過。

在我人生那第一個奇幻的夏天裡，我們在賽狗高峰季節裡，一週走私超過四十五隻狗，在靠近萊姆豪斯區的一個碼頭把這些怯生生的動物接到淡菜船上，然後在黑暗中穿越河流，進入倫敦的核心，往下泰晤士河去。接著我們再循著原路往下游去，而在那些深夜的回程中，船上已經沒有任何一條狗，唯有此刻，飛毛腿擺脫他複雜的時間表，不會有人打斷我們。現在的我對飛毛腿的世界很好奇。在那些夜晚，他會坦率地談論他自己，還有賽狗的複雜狀況，偶爾他也會問我問題。「你第一次見到華特的時候還很小，是吧？」他有一次問我。當我嚇了一跳看著他時，他把這句話收回去，像是收回在大腿上伸得太出去的手。「恩，我知道了。」他說。

當我問他是怎麼認識奧莉芙．羅倫斯時，我先向他坦承自己喜歡她。「喔，我有注意到。」他說。這讓我很驚訝，因為飛毛腿一向對我的反應不注意也不在乎。

「所以你是怎麼認識她的？」

他看向萬里無雲的天空。「那時我需要人給建議，而她是專家，地理學家，**民—族—誌學家**，」他拖長這個詞，就像她講的時候一樣。「誰曉得世界上有這樣的人？會看月亮的樣子或雲朵的形狀來預測天氣？總之她對我當時在做的某件事很有用處，而且我喜歡比我聰明的女人。我告訴你，她啊……恩，她會讓你很驚訝。那對腳踝！我本來想她不可能會跟我出去。她來自梅菲爾區的上流社會，你知道我的意思？她就像口紅，像絲綢。她是律師的女兒，但如果我有麻煩，我想她爸爸不會出手幫忙。總之她長篇大論地說著什麼雙突球狀的雲、鐵砧狀的雲，怎麼解讀一片藍天的意思等等。不過我真正在意的是那對腳踝。她有那種我喜歡的灰獵犬的線條，但是你絕對贏不了她。你只可能掌握她生活中的一個角落。我是說，你看她現在在哪裡？連一句話都沒有。不過我們吃羊肉的那個晚上，你知道，我想她其實是喜歡的。當然她不會承認，但那就像在晚餐時簽署和平協定一樣。一個很特別的女人……但不適合我。」我喜歡飛毛腿這樣跟我說話，好像我跟他平起平坐，能了解女人身上那些反覆無常的細微之處。而且聽到羊頭故事的另一個版本就像看到我在進入那個世界的另一個層面。我覺得自己就像在褪去外皮的毛毛蟲，岌岌可危地保持著平衡，從一種樹葉上移到另一種上。

我們繼續在河流黑暗平靜的水面上移動，感覺我們擁有這條河，直到河口。我們經過熄了燈的如星星般模糊的工業建築，彷彿我們身處在戰爭時期的時光膠囊裡，還在實施入夜熄燈跟宵禁，只有戰爭的火光，也只有無燈的駁船可以在這段河面上航行。我看著這個我一度感覺嚴厲而惡意的次中量級拳擊手轉過頭看著我，溫柔地說話，一邊尋找著準確的字眼來形容奧莉芙·羅倫斯的腳踝，還有她關於天空的青綠色漸層表跟風向系統的知識。我突然明白他可能是為了他工作的某些方面而儲存這些資訊，當然這是要自己別一直盯著她脖子上那緩慢的青色脈搏。

他抓起我的手臂，放到舵輪上，然後走到船邊解放到泰晤士河裡。他吐出一口呻吟。他的動作總是伴隨著某種音響，而我懷疑當奧莉芙・羅倫斯頸子上的脈搏在薄薄一層汗水下跳動的纏綿的時刻，也伴隨著這聲響。我想起我第一次目睹飛毛腿解尿的時候，是某次在杜爾維治美術館勘查時，他吹著口哨，右手的手指握著一支香菸，也握著他指向便斗的陰莖。「瞄準瓷器上的大兵，」他是這麼說的。此刻當我操縱駁船時，我可以聽到他盡忠職守的獨白。「我看到許多烏雲……比任何俄國戲劇能保證的，更多的烏雲。」他在自己獨處時喃喃自語，在這沒有女人陪伴的深夜裡。

駁船慢了下來。我們把船緊緊繫在碼頭的擋板上，然後爬上岸。此時是凌晨一點。我們走到他的摩利士車裡，在那裡坐一會，暫停一下，彷彿要讓自己連結到另一種自然元素。然後他的腳踩下離合器，轉動鑰匙，車子的噪音劃破寂靜。他總是開得很快，近乎危險地穿過狹窄無燈的巷弄形成的平行線裡。城市的這個區域在戰後只有一部分有人居住。我們穿過碎石鋪的馬路，不時會遇到營火。他點燃香菸，讓車窗開著。我們從來不直接回家，他會往左，往右，永遠都確定何時要放慢，然後突然轉進一條沒人看見的巷弄裡，像是在測試逃跑的路線。或者他需要這樣冒險的舉動讓他在如此深夜裡保持清醒？安全嗎？我無聲地對我這邊車窗外的空氣說出飛蛾那時問的這句話。有一兩次，飛毛腿帶著假裝的疲累爬出車外，坐到我的副駕駛座，讓我開車。當我應付著離合器，嘎啦嘎啦的開過柯賓溪橋時，他會斜瞄我一兩眼。然後我們開進城市邊緣的內郊區，我們的對話也就此結束。

我被要求負擔各式各樣的職責而搞得精疲力盡。骨頭跟血液測試都要假造。還要偽造大倫敦獵犬協會的印章，好讓我們的移民可以任意進入這國家一百五十個賽狗場中，彷彿牠們都做好準備，隨時可以用假身分聚集在基度山伯爵的宴會上。跟純種犬的大規模混種雜交正在發生，而灰獵犬飼育業將永遠無法從中復原。奧莉芙·羅倫斯在離開前，發現了飛毛腿的計謀時，翻著白眼說：「那接下來是什麼？進口獵狐犬？還是從波爾多進口偷來的小孩？」

「當然要波爾多的，是吧？」飛毛腿反駁。

但我還是很愛在淡菜船上的那些夜晚。那艘船原本是柯特船廠製造的帆船，但現在安裝了現代的柴油動力。飛毛腿是跟一個「受人敬重的港區商人」借這艘船，因為他一週只需要用三天；除非突然有一場皇室婚禮宣布要舉行，表示他要趕快從法國北部勒哈佛爾的某個地獄磨坊緊急進口燒製了皇室圖像的便宜陶器。在這種情況下，狗的進口就要延後。那是一艘很長的灰色帆船，他說是在荷蘭製造的，以前經常沿著海岸航行在淡菜田上。它在其他駁船當中顯得很突出，是泰晤士河上少見的船隻。船肚子的艙底可以打開裝滿海水，讓採收到的淡菜儲存在那裡，在抵達港口前一直保持新鮮。但是這艘帆船的最大優點是它吃水很淺，讓我們可以在整條泰晤士河上航行，從河口一直到最西邊的里奇蒙甚至到河水太淺，大部分拖船或駁船都無法行駛的特丁頓。飛毛腿還可以拿它做其他生意，航行到從泰晤士河往北跟往東延伸，通往牛頓沼澤跟沃特瑟姆修道院區的河道跟運河。

我至今都記得那些名字……艾利斯支流、凱斯皮恩碼頭，還有我跟飛毛腿在午夜過後許久駛過的那些街道。我們完成那些混亂的駁船航程後，他會為了讓我保持清醒，跟我說他最喜愛的電影的情節。他重現電影《天堂裡的煩惱》[22]的臺詞時，聲音會染上一種貴族的腔調：「你還記得那個走進君士坦丁堡銀行，然後帶著君士坦丁堡銀行走出去的男人嗎？我就是那個男人！」車子在沒有燈的道路上飛馳，他會轉頭看我，講奧莉芙．羅倫斯在爭吵時的習慣來娛樂我，或唸出一串我們開過的重要街道的名字——柯魯克路（Crooked Mile）、席沃斯東街（Sewardstone Street），或我們經過的一座墓園——說：「納桑尼，這些你都要記住，以防某天晚上我需要派你單獨出去。」我們的車速之快，經常半個小時就到城裡了。偶爾也有歌詞可聽。飛毛腿會大聲唱著「新娘子——身邊站著那個男人」或「眾人皆知烈火般的女子」[23]。他會快活地唱著，突然間揮舞手臂，彷彿要打斷自己，好想起剛發生在他身上的又一段充滿欺騙的激情。

灰獵犬賽狗已經是一門歡樂的非法行業。數百萬英鎊換手。龐大的群眾來到白城體育場或富勒姆鐵道橋，或造訪在全國各地如雨後春筍般冒出來的臨時賽狗場。飛毛腿並不是一時衝動就跳進這一行。他首先調查了這個領域。這種運動有種類似賤民的地位，因此他知道最終政府還是會出來管制。《先驅日報》的嚴厲社論警告社會大眾說：「獵犬競賽中存在一種來自消極性娛樂的道德淪喪」。但飛毛腿並不覺得這種大眾娛樂是消極的。哈林蓋區的賽場上一隻許多人賭注四場會勝一場的獵犬被判定失去比賽資格時，導致群眾把起跑點的狗籠全部燒毀時，他也是當場被警察用水柱噴倒的人之一。他猜測很快就會出現規則規定賽狗執照、血統證明、計秒錶，甚至是供狗追逐的機械兔應該設定什麼速度。碰運氣的可能會越來越小，下注會是根據理性的計算。他需要找到並發明一個迅速而狹小的進入這行的入口，某個到目前為止還沒暴露出來的機會，然後鑽進夾在已被考慮的跟尚未考慮的兩者之間的縫隙。而飛毛腿在賽狗場上發現的商機靠的就是這些難以分辨的生物身上無法判斷的天賦。

22 *Trouble in Paradise*，德國導演恩斯特・劉別謙（Ernst Lubitsch, 1892-1947）於一九三二年發行的代表作，電影描述高明男騙子與美女小偷相愛，聯手詐騙女香水大亨。

23 「The bride—with the guy on the side」，以及「the dame—who was known as the flame」，這兩句歌詞都出自一九五三年美國音樂喜劇「篷車隊」（The Band Wagon）當中的〈這就是娛樂！〉（*That's Entertainment*）這首歌，作詞者為霍華・狄茲（Howard Dietz）。

我們在露芙尼花園認識他的時候，他已經在進口未經登記的大群可疑的外國犬隻。他已經在不斷變換的地痞流氓帳篷裡混了好幾年。他已經把下藥的技巧鍛鍊到爐火純青，倒不是要讓牠們有爆發力跟持久力，而是要餵食牠們治療癲癇發作的路米那（Luminal），在牠們身上引發一種被催眠般的遲緩。這個流程牽涉到準確的時間點。如果給的時間太接近比賽開始時，這些動物可能就會在起跑點的籠子裡睡著，得由戴著小圓頂黑禮帽的服務員抱出來。但是如果服藥的時間跟比賽時間隔兩小時，牠們就會在比賽上跑出不教人起疑的速度，但在過彎時變得昏沉。摻了路米那的肝臟會餵食特定的一群犬隻——例如有斑點的狗或公狗——讓你可以避免下注在牠們身上。

其他混合物也在某人的私家化學設備中被試驗出來。狗如果被餵食感染花柳病的人類生殖器分泌液體，就會因為發癢而分心，或被不由自主的勃起控制，在最後幾百碼慢下來。後來飛毛腿還開始用從牙醫那裡大量購買的氯丁醇錠，融解在熱水裡，同樣會誘發類似催眠的恍神狀態。他說北美洲的公園巡守員都會在幫鮭魚上標籤時，用來麻醉鮭魚。

飛毛腿過去是在哪裡，在什麼時候學到這些化學跟醫學資訊？我知道他是個奇特的男人，可以從任何人身上挖出資訊，即使是從公車上剛好坐在他旁邊的無辜化學家身上。就像他從奧莉芙．羅倫斯身上學到有關天氣系統的細節一樣。但他不輕易透露自己的底細。這是從他在平立柯打拳擊的時代留下來的特質，他腳步輕盈，言語嚴肅，保持神祕，但對別人的身體語言充滿好奇——是個反擊者、密切的觀察者，也是別人的風格的模仿者。到很久以後，我才想到他對這類藥物的熟悉跟他察覺到我姊姊的癲癇發作，兩者是有關連的。

等到我開始跟他一起工作時，用藥的黃金時代已經幾乎要結束了。一年有三千四百萬人次出席獵犬比賽。但現在賽狗俱樂部開始建立唾液跟尿液檢測，於是飛毛腿必須找到其他解決之道，讓賽犬的賭客下注時無法只仰賴邏輯跟天賦。接下來飛毛腿開始使用冒牌貨或頂替犬，將混亂跟運氣再度帶回賽場上。而我深陷他的計畫裡，盡可能跟著他上駁船，讓潮水帶著我們進入或離開倫敦，進行那些我至今有時仍很懷念的夜晚航行。

那是個炙熱的夏天。我們不會一直被侷限在淡菜船上。有時候我們會在伊靈公園裡，一個隱藏得很好的鐵皮防空帳篷接到四、五隻狗，然後把牠們放在後座，開出倫敦，讓牠們像是貴族般面無表情地從摩利士車盯著外頭。在某個小鎮的競賽場上，我們會讓牠們跟當地的狗比賽，看牠們像白粉蝶似的在標示標線的田野上衝出去，然後我們開回倫敦，飛毛腿的錢包裡裝了更多錢，犬隻則精疲力盡地癱在我們後面。牠們永遠都渴望奔馳，通常不在乎往任何方向。

我們從來不知道我們的冒牌貨究竟會是天生的跑者，還是會因為犬瘟熱突然倒下。但是別人也不知道，這就是其中的財務魅力所在。我們開車駛向薩默塞特郡或柴郡時，對於在我們身後休息的狗，我們唯一知道的就是牠們剛下船。飛毛腿從來不會在牠們身上下注。牠們進入賽場的目的只是作為一副撲克牌裡無用的牌，來混淆最有希望獲勝的那隻。業餘的賽狗場在各地紛紛冒出來，我們一聽到風聲就過去。我會七手八腳地抓著一大張攤開的當地地圖，尋找有非官方三流賽場的某個村子或難民營。在某些賽狗場，狗是在開闊的田野上，追著由車子拖著綁在樹枝上的一把鴿子羽毛。我們去過的一間賽場甚至有用機械兔。

我記得在那些車程中，飛毛腿每次停紅綠燈時，都會把身體往後靠，溫柔地拍拍那些害怕的動物。我不相信那是因為他愛這些狗。只是他知道牠們在一天前左右才剛踏上英國的土地。或許他認為這可以安撫牠們，讓牠們在幾個小時後的遙遠賽場上替他比賽時，覺得好像虧欠他什麼。牠們只會跟他在一起一段極短的時間，而且一天結束時，回到倫敦的狗的數量都會減少。有些狗就是一直跑不停，最後消失在樹林裡，再也找不到。有一兩隻他可能會賣給約維爾的教區牧師或多丁頓公園裡的波蘭難民營中的某人。飛毛腿對於繼承或擁有什麼從來不多愁善感。他鄙夷犬隻的血統，對人類也一樣。「有問題的從來不是你的家人，」他宣布，像是在引用《約伯記》裡一句意外被忽視的話。「是你該死的親戚！不用理他們！找出誰可以是有價值的爸爸。最重要的是用偷換的小孩來混亂稀有的血統。」飛毛腿從來沒跟他自己的家人保持聯繫。畢竟他們幾乎在他十六歲時就把他賣給平立柯的拳擊場。

某個晚上，他拿著一本厚重的書走進露芙尼花園十三號，那本書是他從當地郵局好不容易弄出來的，本來它被用鍊子綁在櫃檯上。那是一本由獵犬協會出版，用來警告大眾當心的賽狗場流氓名冊。裡頭列出了所有被懷疑做違法勾當的人。在大頭照旁邊——有的模糊不清，有的根本空白——列出了一串事件，從偽造文書到私印賭票，還有下藥、操縱比賽、扒手，甚至警告有些人會在人群中「穿梭」，試圖向人兜售。飛毛腿叫我跟芮秋仔細翻閱那三百頁的罪犯名單，在裡面找出他。但我們當然找不到。「他們根本不知道我是誰！」他驕傲地大喊。

此刻的他對於如何鑽賽狗規則的漏洞，已經經驗老道。他有一次莫名不好意思地跟我們坦承他第一次濫用規則的經驗。他在比賽進行當中，把一隻活生生的貓丟到賽道裡。他下注的那隻狗——那是他第一次也是唯一一次下注——在第一個彎道時就意外跳出圍欄。但現在一隻貓跳到其他狗面前，讓牠們瞬間完全分心，以至於唯一還在繼續比賽的只有那隻以一秒鐘一千五百轉速馬達驅動的機械兔子。這次比賽被宣布無效，那隻貓消失無蹤，而飛毛腿拿回他原來下注的賭金後，也同樣立刻消失。

飛毛腿的女性朋友們從來都不想陪他去這些城外的旅途，但生命中從來不曾擁有一隻狗的我卻選擇坐在後面，讓牠們尋找熱度的口鼻枕在我的肩膀上。對於一個孤獨的男孩而言，牠們是敏捷而調皮的同伴。

我們大約在黃昏時重新回到城裡，那些狗一隻挨著一隻睡著了。城市刺眼的燈光也吵不醒牠們，連飛毛腿半小時前丟往後方的三明治麵包邊也是。結果飛毛腿想要去赴他的某個晚餐約會，於是他說服我開他的摩利士車，把這些狗載回去伊靈公園裡那個鐵皮防空帳篷。他會一輩子都欠我這個人情。我把他載到某個地鐵站，去跟一個新愛人見面，獵犬的氣味還在他的衣服上。我沒有駕照，但我有車。我把狗帶在身邊，開出城市深處，往米爾丘去。

我要去其中一間空屋跟艾格妮絲碰面，而我在抵達後，把車窗搖下來，讓狗有空氣呼吸。我走向那間屋子，回頭，看到牠們悲傷地看著我，一群充滿失望的幽靈。艾格妮絲打開門。「等一下。」我說。我跑回去，把狗趕到小小的前院，讓牠們可以解放一下。我要把牠們趕回去摩利士車上時，她提議我們全都進去。牠們沒有任何猶豫地衝過我身邊，跳進那黑暗的屋裡。

我們把鑰匙留在大門邊的地上，跟著那興奮的吠叫聲走進去。我們這次同樣不可能在這三層樓建築裡開燈。我們兩個都沒進過這麼大間的房子，而且它並沒有受損。她哥哥正在戰後的房地產世界裡力爭上游。我們在藍色的瓦斯壁爐火上熱了兩個罐頭的湯，然後在二樓安頓下來，好在街燈流瀉出來的光裡看著對方說話。我們現在比較自在，關於我們之間會不會、能不能、該不該怎麼樣的壓力已經變得比較小。我們喝著湯。那些狗跑進房間又跑出去。我們已經一段時間沒見到對方，如果我們期盼這晚會是熱情的，那麼確實會是，但不是我們預期的方式。我對艾格妮絲的過去所知不多，但如我所說，我童年時的屋子裡從來沒有狗，而此刻在這借來的屋子的半黑暗的寬敞房間裡，我們跟這些狗在地上嬉鬧扭打，牠們長長的口鼻溫熱地貼著我們赤裸的心臟。我們從一個房間跑到一個房間，避開街燈照亮的窗戶，用口哨聲示意對方。一隻狗同時被她跟我拖住。她抬頭把臉向著天花板，透過天花板對著月亮嚎叫。那些狗在半明半暗的光線裡像是蒼白的食蟻獸。我們跟著牠們進入遠處的房間。我們碰到牠們走下黑暗狹窄的樓梯。

「你在哪裡？」

「在你後面。」

車燈照滿了一扇窗戶，於是我看到艾格妮絲到腰部都赤裸著，她正抱起我們發現對樓梯很緊張的一隻獵犬，要把牠放到低一點的樓梯平臺，而牠垂在她的臀部處：這是我生命中神聖的一刻，跟我那時期僅有的一些回憶一起珍藏著，以那種不完全的方式貼上標籤並歸檔。艾格妮絲，跟狗。跟其他回憶不同的是，它有明確的地點跟日期——那是那個熾熱的夏季的最後幾天——而我心底有個希望，想知道這久遠前的年少時的朋友是否還記得並會回想到在東倫敦跟北倫敦的那一連串借來的屋子，還有米爾丘那三層樓的屋子，我們在裡頭撲向那些狗，那些在汽車後座被關了好幾個小時後，現在用牠們賽跑的腳爪，像高跟鞋般，在沒鋪地毯的樓梯跑上跑下，沉浸在混亂歡樂中的狗。彷彿我跟艾格妮絲都放棄了所有慾望，唯一的慾望就是隨著牠們高音的吠叫跟毫無意義的豐沛活力奔跑。

我們被貶低到成為僕人、管家，負責供給牠們一碗碗新鮮的水，讓牠們毫不優雅地大聲啜飲，或把我們偷來吃剩下的三明治丟到空中，讓牠們跳到跟我們的頭一樣高。當雷聲響起時，牠們不予理會，但開始下雨時，牠們都停了下來，轉向大面的窗戶，然後側著頭傾聽那充滿暗示的喀喀聲。「我們在這裡過夜吧，」她說。當牠們蜷起身體入睡時，我們也睡在牠們身邊的地板上，彷彿我們周圍的的這些狗就是我們渴望的人生，是我們期盼的陪伴，是在那些年的倫敦，一個極度不必要卻難以忘懷的人性的片刻。我醒來的時候，一隻狗細瘦的沉睡的臉就在我身邊，平靜地呼氣到我的氣息裡，正忙著作夢。牠聽到我醒來的呼吸改變了，於是張開眼睛。然後牠換個姿勢，把牠的手掌溫柔地放在我的額頭，這動作可能是表示細心的陪伴，也可能是表示一種優越。但那感覺更像是智慧。「你從哪裡來的？」我問牠。「哪個國家？你可以告訴我嗎？」我轉頭，看到艾格妮絲站著，已經穿好衣服，雙手插在口袋裡，看著我，聽著我。

世界盡頭的艾格妮絲。屬於米爾丘的艾格妮絲街，也屬於她遺失小禮服的石灰場。當下我就知道我必須對飛毛腿跟飛蛾隱瞞我這部分的生活。他們的世界是我父母失蹤後我所生活的世界。而艾格妮絲的世界是我現在獨自逃進去的世界。

★

秋天到了。賽狗場跟競技場都開始歇業。但我在飛毛腿的世界裡仍舊是一個重要的參與者跟不可或缺的中間人，因此當學期開始時，他很容易就說服我翹課。一開始只是一週缺兩天課，但我很快就聲稱自己有一堆毛病，從我剛讀到的腮腺炎，到隨便什麼正在流行的疾病，而且有了新的人脈後，我也能提供關於我健康狀況的偽造文件。芮秋知道其中一部分，尤其是進展到一週三天時，但是飛毛腿以他眾多複雜揮手方式的其中一種警示我不要告訴飛蛾，我現在已經很能解讀他的手勢。無論如何，這工作比我應該花在準備學校資格考的時間有趣多了。

飛毛腿的淡菜船航行現在有了新的目的。這段時間他在幫那個「受人敬重的港區商人」進口歐洲的瓷器。裝箱的貨物比獵犬好處理得多，但他宣稱他的背不好，需要有人幫忙——「因為太常在暗巷跟死巷裡站著做愛……」他丟出這句話，像丟出一丁點了不起的美食。他說服了芮秋在週末再度回到我們的船上，賺個一兩先令，於是我們發現自己航行到從泰晤士河往北的上游狹小河道，是我們以前所不知道的。我們的起點跟目的地每次都不同。可能是景寧鎮的海關局的後門，或是漂流在羅特希斯磨坊（Rotherhithe Mill）旁的淺淺溪流。我們已經不需要讓二十隻狗安靜下來，而且是在陽光下工作，在秋日的寧靜中。白天已經變得越來越冷。

跟飛毛腿相處這麼多時間之後，我現在在他旁邊很自在了。星期天早晨，當駁船在樹下航行而過時，他坐在一個木箱上，在報紙上搜尋上流社會的醜聞，然後把中選的唸出來。「納桑尼——威特郡伯爵將一條繩索綁在自己脖子上，再把另一頭綁在一臺很大的草坪滾壓機上，結果意外窒息死亡，半身赤裸……」他拒絕解釋為什麼一個貴族會做這種事。無論如何，那草坪坡度平緩，因此那滾壓機沉著地一路往下滾，把伯爵沒穿衣服的身體一起拖下去，最終勒死他。《世界新聞報》報導的結尾是這臺滾壓機已經在伯爵家族中相傳三代。我比較嚴肅的姊姊對這類故事不予理會，而聚精會神背誦凱撒大帝的臺詞，因為她那個學期要在學校話劇裡演馬克・安東尼的角色。但到這個時候，我只預期自己會當掉學校的資格考，也不想再重讀《燕子與亞馬遜》這本飛毛腿所說的「爛書」。

他偶爾會把頭往後仰，企圖跟我聊天，表示關心我在學校的表現。「還好。」我會這樣說。

「那你的數學呢？——你知道等腰三角形是什麼嗎？」

「當然知道。」

「很棒。」

倒不是說我們會被像關心這種事情感動，即使是虛假的關心。但現在回想起來，我確實感動。

我們掌著舵往一條越來越窄的切口上游前進。此刻有一種截然不同的氣氛，陽光穿過變黃的葉子灑落，濕潤泥土的味道從河岸上飄來。我們在萊姆豪斯支流把箱子裝上駁船，飛毛腿說這裡在幾個世紀前是製造生石灰的地方。從東印度來的移民在這裡下船，走進這個沒有共通語言的新國家。我跟飛毛腿說我在廣播上聽過一個福爾摩斯的懸疑故事叫做「歪嘴的人」就是發生在我們那天早上裝瓷器的地方，但他狐疑地搖頭，彷彿文學跟他所屬的世界毫無相關。我唯一看過他看的書只有西部小說或色情羅曼史，特別是融合這兩種文類的「決戰浪蕩女隘口」。

一天下午，我們得把駁船開過朗佛運河逐漸變窄的兩岸之間，因此我姊姊跟我分別坐在兩邊甲板，對操縱舵輪的飛毛腿吼叫方向。這切口的最後一百碼幾乎完全被蔓生的草木遮蔽。盡頭處有一輛卡車等著，兩個男人上前走到船邊，不發一語地卸下箱子。飛毛腿跟他們沒有任何互動。然後我們在接下來四分之一哩內，像是被逼到牆角的狗一樣努力迴轉船的方向，直到河道變得比較寬敞。

朗佛運河只是我們眾多的目的地之一。另一趟航程則帶著我們沿著火藥磨坊運河航行。這裡一度只容許吃水淺的火藥船跟壓艙駁船通行，負責載運軍火。這條外表無辜的運河兩百多年來都被用於這個用途，因為它的盡頭是沃特瑟姆教堂，一座在十二世紀前由僧侶居住的外觀樸素的巨大建築。但在最近這次戰爭裡，數千人在這間教堂的地下室工作，製作的炸藥被沿著同樣的切口跟支流往下游運送到泰晤士河。用安靜的運河運送軍火永遠比利用公眾道路運送安全。有時候綁了繩索的駁船會由馬匹一路拉行，有時候則靠運河兩岸各一群男人拉行。

但現在軍火工廠已經被拆除，無人使用的運河也逐漸有淤泥堆積，並因為兩岸草木蔓生而變窄。而現在在週末時，我跟芮秋，飛毛腿的左右手，就漂浮在這些安靜的水道上，聽著新一代的鳥鳴。我們所載送的東西或許並不危險，但我們始終不確定。在不斷改變路線跟目的地之後，我跟芮秋都不再完全相信飛毛腿所謂他是為了還那個商人在賽狗季節借他這艘駁船的人情，而幫他運送歐洲瓷器的說法。

無論如何，在天氣變得嚴苛之前，我們就持續在這些幾乎無人使用的水道上航行，指引這艘小船在狹窄的河流上前進。飛毛腿脫掉他的上衣，他胸肌分明的白色胸口坦露在十月的太陽底下，我姊姊則默記她在《凱撒大帝》中的進退場。直到沃特瑟姆教堂的褐色石頭在視野中升起。

我們的船側身靠近河岸，再度聽到口哨聲，然後再度有男人出現，將我們的箱子卸到一輛停在附近的卡車上。同樣的，我們之間沒有交談任何一句話。飛毛腿半裸地站在原地，看著他們，沒有對他們有任何示意，連點個頭都沒有。他的一隻手放在我肩膀上，這確認了我對他的承諾，或他對我的，這讓我覺得安全。那些男人離開，卡車穿過懸垂的樹枝下方，在泥土路上顛簸起伏地駛離。兩個青少年在一艘小船上，一個彎身研究她的學校作業，一個頭上戴著瀟灑的學校帽子，想必是看來很無辜的場景。

我們現在是屬於什麼樣的家庭？回想起來，我跟芮秋身分不詳的情況，跟那些有假造文件的狗沒有太大不同。我們跟牠們一樣掙脫了束縛，適應了較少的規則，較少的秩序。但我們變成了什麼？如果你在年少時不確定自己要往哪裡走，到最後你可能不會像別人預期的變得壓抑，而是變得無法無天，你會發現自己很容易隱形，在這個世界裡不被認可。小縫線現在在哪裡？小鷦鷯現在又在哪裡？我跟艾格妮絲的幽會是否在我的本質中插入了竊賊的狡猾？或是應該怪罪我逃學去跟飛毛腿在一起？不是為了其中的樂趣或羞辱，而是因為其中的緊張跟風險？我的學校成績單寄來時，我燒了一壺水，用蒸氣打開那只正式的信封，偷看我的成績。老師給的評語是如此貶抑，我覺得很丟臉，不想給飛蛾看，本來他是要負責保管成績單到我父母回來。我用瓦斯爐火把成績單燒了。裡面有太多資訊了。我沒去上學的日子多不可數。例如「普通」這樣的字眼幾乎在每個項目都出現，像是反覆唸誦的經文。我把灰燼塞進某一階樓梯的地毯底下，像是塞回信封裡，然後整個星期剩下的時間都在抱怨為何芮秋的成績單已經寄到了，我的卻還沒到。

我在人生那個時期違反的法令大多很輕微。艾格妮絲會從她工作的餐廳偷食物，直到有一天晚上，她在下班前把一條很厚的冷凍火腿片塞在腋下。她後來被一些臨時的瑣事耽擱，結果變得體溫過低，在餐廳大門口昏倒，那片火腿就從她的上衣滑出來，掉到亞麻油地氈上。但不知為何，對她的關切——她人緣很好——讓雇主忽視了她的罪行。

飛蛾持續提醒我們提防「沉重之事」，為嚴重的時刻預作準備。但我吊兒郎當，不想理會可能是沉重或難以消化的事。非法的世界對我而言比較是神奇，而非危險。連飛毛腿介紹我認識像偉大的李奇沃的偽造專家這類人，都讓我覺得很刺激，就像艾格妮斯不斷轉變的規則一樣。

我們的父母已經離開超過他們當初承諾的一年時間——而芮秋內在的精神層面或其他不管是什麼東西都已經傾斜。她現在是個夜貓。飛蛾把她推薦給他的歌劇歌手朋友，要幫她在柯芬園找個晚上的兼職工作。任何跟舞臺工作有關的事都讓芮秋著迷——製造出雷聲的軟金屬片、暗門、乾冰、石灰光燈的藍色反射。就像我被飛毛腿改變了一樣，芮秋現在進化融入了戲劇的世界，變成催場人，不是負責督促男高音上臺去唱他們的義大利文或法文詠嘆調，而是在道具部門負責指示他們何時要趕緊把布製的河流拿上臺，或在六十秒的黑暗中拆除一面都市城牆。所以我們的日與夜並不像飛蛾曾經警告我們的沉重的時刻。它們對我們而言是通往這世界的奇妙的入口。

一天晚上，我整晚跟艾格妮絲在一起之後，正搭著地鐵回家。我得換車好幾次才能回到倫敦中心，而我覺得很睏。我在皮卡迪利線的奧德維奇站下車，走進一臺我知道老是從地鐵站最深處吱吱嘎嘎地搖晃三層樓往上的電梯。那緩慢移動的電梯裡空無一人的空間在尖峰時間可以容納五十個通勤旅客，但現在裡頭只有我。一盞昏暗的燈泡懸在電梯中央。一個男人在我後面進來，拿著一根拐杖。另一個男人在他身後進來。剪刀狀的鐵拉門關上，電梯在黑暗中開始緩慢上升。每十秒鐘，當我們經過每層樓時，我可以看到他們盯著我看。其中一個是幾個禮拜前跟著我跟艾格妮絲上公車的那個男人。他突然揮舞拐杖，打碎了那盞燈泡，另一個則拉下緊急控制桿。警報聲響起。煞車把電梯卡住。突然間我們懸在半空中，用腳掌跳著，想在這黑暗懸浮的籠子裡保持平衡。

我在標準宴會廳裡的無聊夜晚救了我。我知道大部分電梯在肩膀或腳踝的高度都會有個把手，可以用來鬆開煞車。不是那個，就是另一個。這兩個男人走向我時，我後退到電梯角落。我在腳踝處感覺到那柄把手，踢了鎖住的煞車，它鬆開了。紅色燈光在我們的籠子裡閃動。電梯再度開始往上升，剪刀狀的閘門在街道層打開。那兩個男人往後退，拿著拐杖的那個把拐杖丟到地板中央。我衝進夜色裡。

我飽受驚嚇地回到家，但也半笑著。飛蛾在家，於是我告訴他我如何聰明地逃脫——標準宴會廳的電梯教會了我一些事。他們一定以為我身上有錢，我說。

★

一個叫亞瑟・麥凱許的男人隔天溜進我們家，飛蛾宣稱他是他邀來家裡吃晚餐的一個朋友。他很高，骨瘦如柴。戴著眼鏡。一頭濃密的褐色頭髮。你可以看得出來他在大學最後一年一定都還有男孩的樣子。就團體運動而言有點太瘦弱。或許可以打壁球。但我對他的第一印象是不準確的。我記得第一個晚上，他是餐桌上唯一一個轉開一瓶舊芥末醬瓶蓋的人。他不以為意地扭開蓋子，把罐子留在桌上。他捲起袖子，我看到他手臂上一串強壯的肌肉。

我們終究對亞瑟・麥凱許真的知道或發現什麼？他會說法文，還有其他語言，但他從來沒有提過他這個能力。或許他以為他會被嘲笑。甚至有個謠言，或者是笑話，說他會講根本沒有人講的，所謂世界通用的世界語。會講阿拉姆語[24]的奧莉芙・羅倫斯或許會很欣賞這樣的知識，可惜她那時候已經離開我們了。麥凱許宣稱他之前派駐在國外，在黎凡特地區做農作物研究。後來我會被告知，奧莉維亞・曼寧的作品《戰爭的命運》中賽門・博德斯東[25]的角色可能就是以他為藍本。回頭看起來，這說法似乎蠻可信——他確實像是來自另一個時代，那種在沙漠氣候中會比較開心的英國人。

麥凱許跟其他客人不同，他很安靜而謙遜。他總是能夠把自己放在最大聲爭執的人旁邊——表示他不被期待要介入調停。他會對一個低級的笑話點頭，但他自己從來不說——除了某個令人意外的夜晚，他可能喝醉了，背誦起一首打油詩，詩裡講到知名演員阿爾弗雷德・倫特跟諾爾・

寇威爾，讓整屋子的人都吃了一驚。但是這件事並沒有被清楚記住，即使是那些在他附近的人第二天也不太記得。

亞瑟・麥凱許讓我對於飛蛾在做什麼感到困惑。他在這群人當中做什麼？他跟這個自以為是的群體很不相同，他的行為舉止像是毫無權力也毫無自尊，又或許是有太多權力或自尊，所以不想暴露出來。他獨來獨往。直到現在我才發現他身上或許有種內向的特質，可能掩蓋了其他的自我。仍舊年輕的人不只是芮秋跟我。

我依舊無法看出接收了我父母屋子的這些人的確切年紀。從年輕人的眼睛看出去，並沒有可信賴的年齡的紀錄可遵循，而且我想戰爭更加混淆了我們察覺年齡或階級的方式。飛蛾感覺起來跟我父母同年紀。飛毛腿可能年輕幾歲，但只是因為他顯得比較不受控制。奧莉芙・羅倫斯就更年輕了。我想她會顯得年輕，是因為她總是到處掃視，找尋她可以走向什麼，什麼東西可以抓住她，改變她的人生。她很樂意接受改變。給她十年，她就可能有完全不同的幽默感。而飛毛腿雖

24 **Aramaic**，閃族的語言，被認為是耶穌時代猶太人的日常用語，阿拉伯語傳入中東便逐漸沒落。

25 奧莉維亞・曼寧（Olivia Manning, 1909-1980），英國小說家，其作品《巴爾幹三部曲》和《黎凡特三部曲》六本小說構成了《戰爭的命運》（*Fortunes of War*），描述二戰時期一對夫妻的生活經歷。賽門・博德斯東是一名駐埃及天真的英國軍官。

然充滿欲蓋彌彰的意外，但顯然是走在一條他數年來走到熟透的道路上。他是不可救藥的，那就是他的魅力。那就是他帶給我們的安全感。

隔天下午，我在維多利亞車站下火車，感覺到一隻手搭在我肩膀上。「跟我來，納桑尼。我們去喝個茶。給我，我幫你拿書包，看起來很重。」亞瑟．麥凱許拿起我的書包，走向其中一家車站餐廳。「你在讀什麼？」他轉頭說，但繼續往前走。他買了兩份司康跟茶。我們坐下來。他用一張紙餐巾擦了一下桌子上的防油布，才把手肘撐在上頭。我一直想著他從我身後出現，碰我的肩膀，然後拿走我的書包。這不是一個基本上是陌生人的人常見的舉動。火車的廣播聲大而難以分辨，在我們頭頂持續著。

「我最喜歡的作家都是法國人，」他說。「你會說法文嗎？」

我搖頭。「我母親會說法文，」我說。「但是我不知道她在哪裡。」我很驚訝自己這麼輕鬆就提起這件事。

他看著他自己杯子的側邊。過了一會，他拿起杯子，慢慢喝下滾燙的茶，從杯緣看著我。我也盯回去。他是飛蛾認識的人，他曾經來過我們家。

「我得給你一些福爾摩斯的書，」他說。「我想你會喜歡。」

「我在廣播上聽過。」

「但你也要用讀的。」然後他開始引用某句話，像是進入出神狀態地，以高音而清脆的聲音朗誦。

「我很驚訝看到你在那裡，福爾摩斯。」

「但是不會比我看到你更驚訝。」

「我是來找一個朋友。」

「而我是來找一個敵人。」

安靜的麥凱許似乎因為自己的表演而突然充滿活力，讓這些字句聽起來可笑。

「我聽說你在地鐵電梯差點發生事情……華特跟我說的。」他接著問我這件事的細節，發生的確切地點，還有那兩個男人的長相。在稍微停頓之後，他說：「你不覺得你母親會擔心嗎？你那麼晚在外面。」

我盯著他。「她在哪裡？」

「你的母親在很遠的地方，做一件重要的事。」

「她在哪裡？她有危險嗎？」

他做了個姿勢，像是封上嘴巴，然後站了起來。

我覺得不安。「我應該告訴我姊姊嗎？」

「我已經跟芮秋談過了，」他說。「你母親平安無事。但你要小心就是了。」

我看著他消失到車站的人群裡。

那感覺像是個揭開謎底的夢境。但是第二天，他再度來到露芙尼花園，塞給我一本柯南·道爾短篇故事集的平裝本，於是我開始讀。但是即使我對我們的生活究竟發生了什麼事充滿好奇，想找出答案，這裡卻沒有濃霧密布的街道或後巷，可以讓我在其中找到線索，以找出我母親的下落，或亞瑟·麥凱許在我們的屋子裡做什麼。

★

「『我曾經常徹夜醒著，期盼一顆更大的珍珠。』」

這時我已經快睡著了。「你說什麼？」我說。

「這是我在一本書裡看到的。一個老人的願望。我一直記得，我每晚都會跟自己這麼說。」

艾格妮絲的頭靠在我肩膀上，她的眼睛穿過黑暗看著我。「跟我說點什麼，」她低語。「你記得的事……像這樣的事。」

「我……我想不到什麼事。」

「什麼都好。你喜歡誰，喜歡什麼東西。」

「可能我姊姊吧。」

「你喜歡她什麼？」

我聳了一下肩，她可以感覺到。「我也不知道。我們現在很少看到對方。我想我們在彼此身邊就會覺得安全吧。」

「你是說你平常都覺得不安全？」

「我也不知道。」

「為什麼你覺得不安全？不要只是聳肩。」

我抬起眼望進我們睡的這間空蕩蕩大房間的黑暗。

「納桑尼，你父母是什麼樣子？」

「他們都還可以。我爸爸在城裡工作。」

「也許你可以邀我去你家？」

「好。」

「什麼時候？」

「我不知道。我覺得你不會喜歡他們。」

「所以他們還可以，但我不會喜歡他們？」

我笑了。「他們只是不算有趣的人。」我說。

「跟我一樣？」

「不，你很有趣。」

「怎麼說？」

「我不確定該怎麼說。」

她安靜下來。

我說：「我覺得什麼事都可能發生在你身上。」

「我是個勞動的女生。我有口音。可能你不想讓我見你父母。」

「你不懂。我們家現在很奇怪。真的很奇怪。」

「為什麼？」

「家裡老是有一些人在。一些奇怪的人。」

「那我很容易融入。」又是沉默，等待我回答。「你願意過來我的公寓嗎？來見我父母？」

「好。」

「好？」

「好，我想去。」

「真令人意外。你不想要我去你家，但你願意來我家。」

我什麼都沒說。然後我說：「我喜歡你的聲音。」

「去你的。」她的頭在黑暗中移開。

我們那天晚上在哪裡？在哪間房子？在倫敦的哪個區？那可能是任何地方。她是我最希望在我身邊的人。但是我們可能結束的這點又讓我有鬆了口氣的感覺。因為即使這個女孩用她如此自然而然發出的問題讓我得以穿過、進出那些房子，讓我在她身邊覺得最自在，但我也越來越難解釋我的雙面生活。某方面來說，我也喜歡對她一無所知。我不知道她父母的名字。我從來沒問過她他們是做什麼的。我只對她好奇，即使艾格妮絲街並不是她的名字，只是我們在某個我已經忘記的區進去的第一間屋子所在的位置。有一次我們在餐廳裡並肩工作時，她曾經勉強地告訴過我她的真名。她說她不喜歡這個名字，想要一個更好的名字，尤其是在聽到我的名字之後。一開始她嘲弄「納桑尼」這個名字的優雅感覺，覺得太做作，還故意拖長唸成四個字。然後，她在其他人面前嘲笑我的名字之後，她在一次午休時間看到我沉默，於是問我可否跟我「借」我三明治裡的那片火腿。我不知道該說什麼。

在她面前我向來不知道該說什麼。都是她在講話，但我知道她也想當聆聽的人，就像她想擁抱在她身旁發生的一切一樣。就像那晚我搭著飛毛腿的車出現時，她堅持那些灰獵犬也要進屋裡，於是牠們跳到她雙腿間，後來則在我們彼此懷裡時，側著牠們箭一般的臉，對著我們呼吸的聲音。

我最終還是跟她父母吃了一頓飯。我得出現在她的餐廳並到後面的廚房去找她好幾次，她才真的相信我。她一定覺得我只是試著表現得有禮貌。從她在黑暗中提議這件事的那晚之後，我們就沒有再獨處過。他們住在有一間半房間的社福公寓，所以她晚上會把床墊移到客廳。我看著她溫柔地對待她安靜的父母，安撫他們在我面前的困窘不安。我在工作上，跟我們見面的那些屋子裡所認識的艾格妮絲身上的狂野跟冒險精神，並不存在這裡。相反的，我察覺到她逃離她的世界的決心，每天工作八小時，謊稱自己的年紀，以便隨時可以答應做晚班工作。她大口吸入她周圍的世界。

她想要了解每一種技術，大家說的每一件事情。我的沉默，可能讓我變成她的夢魘。她一定認為我有著與生俱來的疏離，對我的恐懼保持神祕，對我的家庭也保持神祕。所以當有一天她撞見我跟飛毛腿在一起時，我跟她介紹說他是我父親。

飛毛腿是出沒在露芙尼花園屋裡的烏合之眾當中，艾格妮絲唯一會認識的。我必須捏造一個情境，說我母親經常出外旅行。我變成了騙子，不是為了騙她，而是為了避免因為對她——可能也是對我自己——隱藏我生命中這個無法解釋的情境——傷害到她。但是認識飛毛腿已經足以讓艾格妮絲覺得被接納。現在我讓她更清楚我的生活，即使這讓我更困惑。

飛毛腿突然被冠上我父親的新角色之後，對艾格妮絲生出了某種保護跟慈祥的態度。她對他的態度很意外，覺得他是個奇特的人。他在某個週六邀請她去一個賽狗場，這終於讓她可以明白為什麼我有一天晚上會跟四隻灰獵犬一起出現在米爾丘。「這是我這輩子到目前為止最棒的一晚。」她喃喃對他說。她很愛跟飛毛腿爭論。我也立刻看出為什麼奧莉芙・羅倫斯覺得他的陪伴很令人愉快。如果他讓自己說出一句低級的話，他就會讓艾格妮絲抓住他的脖子，假裝掐死他。我被她害羞的父母邀請去進一步吃晚餐，跟我父親一起，於是他帶了一瓶外國酒，希望讓對方留下好印象。那些日子很少有人這麼做，大部分人連開瓶器都沒有，所以他把瓶子拿到陽臺上，用欄杆削掉瓶口。「小心玻璃，」他興高采烈地宣布。他說不知道同桌的人有沒有吃過羊肉。「納桑尼的媽媽很愛。」他宣稱。他提議把收音機轉臺，從家庭服務臺轉到比較活潑的音樂，好讓他可以跟艾格妮絲的母親跳一支舞，但她驚嚇地笑出來，緊抓著椅子不放。我整晚都像在調查證據似地聽著他說的每一句話，確定他有說對我學校的名字、我母親的名字，以及其他我們準備好的情節——例如我母親現在因為工作的關係去了海布里地群島。飛毛腿很享受這個嘮叨多話的大家長角色，即使他一向偏好讓別人說話。

他對艾格妮絲的父母很熱絡，但他其實是愛艾格妮絲，於是我也愛上了艾格妮絲。我開始經由飛毛腿的眼睛看到她的某些方面。他對人有這種快速的察覺能力。她在晚餐後陪著我們走下那社福公寓的樓梯，然後走到車邊。「果然是那輛摩利士車，」她說，「載狗來的那輛！」如果我曾因為用飛毛腿替代我真正的父親，而感到任何焦慮，這時也都消退了。在那之後，我跟艾格妮絲常笑談我父親誇張的態度。所以當我跟姊姊以及這個假裝的父親在借來的駁船上，沿著利河漂浮而上時，我幾乎開始覺得我們三個人是蠻可信的一個家庭組合。

某個週末，飛蛾堅持要帶我姊姊去某個地方，所以我提議讓艾格妮絲取代她在駁船上的位置。飛毛腿有點猶豫，但他喜歡讓他口中的「小手槍」跟我們一起去的主意。她或許對於飛毛腿的職業搞不清楚，但我們帶她去的地方都讓她目瞪口呆。這不是她所知的英格蘭。我們才沿著牛頓沼澤航行不到一百碼，她穿著棉洋裝就從駁船旁潛下水去。然後她手腳併用地從水中爬到河岸上，臉色如瓷器蒼白，全身都是泥巴。「這是被關了太久的獵犬，」我聽到他在我身後說。她招手叫我們過去，然後再爬回船上，站在那裡，寒冷的秋天在陽光裡纏在她身上，一灘灘的水在她腳邊。「把你的襯衫給我。」她說。我們把船綁在牛頓沼澤旁，在那裡吃三明治當午餐。

我心裡還默記著另一張地圖，至今都還在我記憶裡，那地圖區分了泰晤士河以北的部分哪裡是河流，哪裡是運河，或是切進這些水道的切口。還有哪邊有三道閘門，我們得在這裡暫停二十分鐘，等河水流進我們停留的黑暗水室，或從這裡釋放出去，直到我們可以上升或下降到另一個高度。而那古老的機械在我們四周吃力地滾動攀爬，讓艾格妮絲敬畏不已。那對她而言是美好的古老世界，畢竟這個十七歲的女孩通常只能被栓在她受限於階級跟缺錢而僅有的世界，一個她可能永遠無法離開的世界，只能哀傷地複誦那個關於珍珠的夢。那些週末是她第一次到鄉野的世界裡冒險，我知道她會因為飛毛腿帶她搭上她以為是飛毛腿的船上，而永遠愛他。她擁抱我，還穿著我的襯衫在發抖，感謝我邀請她加入這趟河上旅程。我們在一路經過的樹木的樹蔭下前進，它們同時也飄浮在我們腳底的水中。我們進入一座狹窄的橋的陰影裡，保持沉默，因為飛毛腿堅持在任何橋下說話或吹口哨，甚至是嘆氣，都會帶來壞運。這類由他傳授的規則——走在梯子下不會帶來壞運，但在街上撿到一張撲克牌會帶來超級好運——大半輩子都跟著我，或許也跟著艾格妮絲。

飛毛腿每次看報紙或賽狗快報時，都會把它攤開在一隻交疊在另一隻的大腿上，並且像是很累地把頭枕在手上。永遠都是同一個姿勢。某個在河上的午後，我看到他陷在他的週日報紙中時，艾格妮絲在畫他的素描。我站起來，走到她身後，沒有停下腳步，只是快速地向下瞄一眼，想看看她畫了什麼。除了她在那暴風雨夜晚後給我的畫在防油紙上的那幅畫以外，這是我看過的她唯一一幅素描。但結果並非我所想，她畫的不是飛毛腿，而是我。是一個望著某個東西或某個人的年輕人。彷彿那是我真正的樣子，或可能會變成的樣子，不是試圖認識自己，而是專注在別人身上的人。即使在那當下我也知道那才是真相。那素描不是在畫我，而是在畫關於我的想像。我不好意思要求仔細看那幅畫，我也不知道後來那幅畫怎麼了。也許她把畫給了「我父親」，即使她不相信自己的天賦有什麼特別。她從十四歲開始就開始上班工作，從來沒有從學校畢業，但每週三晚上在一間專科學校上一門美術課，或許這提供了她逃脫的一小扇窗。她第二天早上去上班時，會因為那另一個世界而感到精力充沛。那是她被各種力量互相交錯綑綁的生活中，一項獨立的快樂。我們在借住的建築裡過夜時，她會從深沉的睡眠中突然醒來，看到我望著她，於是露出一個歉疚又甜美的微笑。我想那是我最覺得自己屬於她的時刻。

那個秋天，我們的船上旅程對她而言必定像是一瞥她難以獲得的童年——跟一個男的朋友和他的父親共度週末。艾格妮絲會反覆地說：「喔，我好愛你爸爸！你一定也很愛他！」然後她又會對我母親好奇起來。飛毛腿從來沒見過我母親，但他常會過度描述她的裝扮跟髮型。當我發現他顯然是按照奧莉芙・羅倫斯的樣子在描繪我母親時，我就變得容易加入，在他旁邊增添更多細節。在這類虛假的資料的幫助下，我們在駁船上的生活變得更為居家。儘管船上的家具稀少，但已經比我跟艾格妮絲平常見面的地方的家具更多。而且現在她已經認得閘門看守員，會在我們經過時跟他們揮手。她帶來一些關於樹木跟沼澤生物的小冊子，因為對她而言，它們至今還沒有名字。還有一本是關於沃特瑟姆教堂的冊子，因此她可以喋喋不休地講那裡曾經製造過什麼——一八六〇年代是棉火藥，然後是栓動式步槍、卡賓槍、衝鋒槍、信號槍、迫擊砲，全部都是在泰晤士河以北幾哩內的那座修道院內製造。艾格妮絲像海綿般吸收各種資訊，而在一兩趟旅程後，她對於那座教堂裡發生過什麼事，已經知道的比我們經過的那些閘門看守員還多。居然是個教士！

她跟我們說，是一個教士在十三世紀時寫下關於火藥的資訊，他對這項發現戒慎恐懼，所以用拉丁文寫下細節。

有些時候，我會想找別人談論我們在泰晤士河以北的切口跟河道上的時刻，以便理解那時候我們究竟發生了什麼事。我在此之前的大部分的人生都在安穩的港口裡。但此時，完全不受我父母的束縛後，我全力吸收周遭一切。不論我母親在做什麼，或人在哪裡，我都感到莫名的滿足。雖然我們被隱瞞了許多事，無從得知。

我記得有一天晚上，我在布倫來的一間爵士俱樂部，白鹿俱樂部裡，跟艾格妮絲跳舞。舞池很擁擠，而在舞池邊緣某處，我覺得好像瞄到我母親的身影。我迅速轉身，但她已經消失不見。那一刻留給我的唯一印象是一張模糊的好奇的臉，望著我。

「怎麼？怎麼了？」艾格妮絲問。

「沒事。」

「跟我說。」

「我好像看到我媽媽。」

「她不是去了哪裡？」

「是，我也這麼以為。」

我定定地站著，在摩肩擦踵的舞池上僵直不動。

我們都是這樣發現真相的嗎？這樣逐步進化？藉由蒐集這類未經證實的片段？不只是關於我母親，還有關於艾格妮絲、芮秋、柯瑪先生（他現在又在哪裡？）。對我而言一直都是這樣不完整而最終消失不見的這些人，都會在我回顧時變得清晰明確嗎？否則我們怎麼能對自己沒有任何真實的認知地，走過青春期那四十哩的崎嶇不平的土地。「自己並不是最重要的事。」是奧莉芙．羅倫斯有一次對我喃喃吐出的看似智慧之語。

我此時想到那些跟我們碰面後，沉默地搬走那些無標示木箱的神祕貨車，還有似乎是帶著好奇跟愉悅偷看我跟艾格妮絲跳舞的那個女人。還有奧莉芙．羅倫斯的離去、亞瑟．麥凱許的進入、飛蛾的各種沉默的程度……你帶著此時的武裝回到早先的時刻，而不論那個世界多麼黑暗，你離開時一定會為它點亮燈光。你會隨身帶著成年後的自我。那不是重新經歷過去，而是重新目睹。當然，除非你跟我姊姊一樣，只想要對他們所有人譴責跟報復。

沉重之事「*Schwer*」

那是快到聖誕節時，芮秋跟我一起坐在那輛摩利士車的後座。飛蛾用飛毛腿的車載我們去一間名為巴克的小劇院。我們打算去那裡跟他碰面。飛蛾把車停在劇院旁的一條巷子，一名男人突然坐進旁邊的副駕駛座，一隻手伸向飛蛾的後腦杓，把他的頭往前大力一揮，撞在方向盤上，然後撞門，再把他頭拉回來，重複同樣的動作，此時另一名男人溜進芮秋旁邊，用一條布摀住她的臉，在她掙扎時持續按著不動，同時一直盯著我。「**納桑尼．威廉斯，對吧？**」那是我跟艾格妮絲在公車上看到的那個男人，跟那天晚上在電梯裡是同一人。芮秋的身體軟癱到他的腿上。他伸手過來，抓住我的頭髮，用同一條布摀在我臉上，說著「**納桑尼．威廉斯，對吧？**」我知道那一定是氯仿，所以我不敢呼吸，直到我不得不喘息地吸入。Schwer，沉重之事，如果我當時還清醒的話，應該會這樣想。

我在一間寬敞幾乎沒有燈光的房間醒來。我可以聽到歌聲。似乎來自好幾哩之外。我試著對自己說「公車上的男人」，希望藉此記得。我姊姊在哪？但我一定又睡著了。一隻手在黑暗中碰觸我，拉著我醒過來。

「哈囉，小縫線。」

我認出我母親的聲音。然後我聽到她走開。我抬起頭。我看到她把一把椅子拖過來。在房間另一頭的一張長桌子上，我看到亞瑟．麥凱許坐著，彎身趴在桌上，他的白色襯衫上有血。我母親在他旁邊坐下來。

「那血，」我母親說。「是誰的？」

「是我的。可能也有華特的。可能是我抱他起來時沾到的。他的頭……」

「不是芮秋的？」

「不是。」

「你確定？」她說。

「是我的血，玫瑰。」我很驚訝他知道我母親的名字。「芮秋很安全，她在劇院裡某個地方。我看到有人抱她進去。男孩子現在在我們這裡。」

她回頭看，盯著在沙發上的我。我想她不知道我醒著。她轉回去面向麥凱許，降低了音量。

「如果她不安全，我會公開背叛你們所有人，你們全都別想安全。這是你們的職責。這是我當初答應的條件。他們怎麼會那麼接近我的孩子？」

麥凱許把外套的兩邊拉近，彷彿要確保自己安全。「我們知道他們在跟蹤納桑尼。來自南斯拉夫的一個團體。也可能是義大利人。我們還不確定。」

接下來他們談論一些我不知道的地方。她把自己脖子上的圍巾解下來，像繃帶一樣綁在他的手腕上。

「還有什麼地方？」

他指向自己的胸口。「大部分都在這裡。」他說。

她更靠近一點。「沒事。喔，沒事……沒事。」她一邊持續說著這幾個字，一邊解開他的襯衫，把襯衫從乾掉的血漬上扯開。她伸手去拿桌上的一只花瓶，把裡面的一點花丟掉，然後從花瓶倒水到他赤裸的胸口，好看清楚傷口。「每次都是刀子，」她喃喃地說。「費倫常說他們一定會來找我們。報仇。就算不是倖存者，還有他們的親戚，他們的孩子。」她在他肚子上的傷口塗藥。我明白了他一定是為了保護我跟芮秋而受傷。「人不會忘記。就算小孩子也是。他們又何必忘記……」她的口氣酸澀。

麥凱許什麼也沒說。

「華特呢？」

「他可能撐不過去。你得帶這兩個孩子離開這裡。可能還有其他人。」

「嗯……好吧。好吧……」她走向我，彎下身。她把手放在我臉上，然後在沙發上，在我旁邊躺了一下。「哈囉。」

「哈囉，你去了哪裡？」

「我現在回來了。」

「好奇怪的夢……」我現在記不得是誰說了這句話，是誰對著另一人的臂彎喃喃說著。我聽到亞瑟．麥凱許站了起來。

「我去找芮秋。」他經過我們身邊，消失不見。我後來聽說他爬上那狹窄建築的每一層，尋找跟飛毛腿躲在某處的我的姊姊。一開始他找不到他們。他沿著沒點燈的走廊找，不確定建築裡是否還有危險的人在。他走進每一間房間，低聲喊：「小鵪鶉。」那是我母親叫他說的。如果有門鎖住，他就破門而入。他再度開始流血。他傾聽呼吸聲，再次喊「鵪鶉」，像是在說一個通關密語，給她時間來相信他。「鵪鶉。」「鵪鶉。」一次又一次，直到她回答：「嗯。」語氣不是很確定，於是他發現她蹲在一幅靠著牆的舞臺背景畫的後方。在飛毛腿的懷裡。

過了一段時間後，我跟芮秋一起走下鋪著地毯的樓梯。一小群人聚在大廳。我們的母親、穿著便衣的六個男人，是她說保護我們的人，麥凱許，飛毛腿。兩個男人銬著手銬躺在地上，相隔一段距離有另一個男人，部分身體被一張毯子蓋著，臉上滿是血，我們不認得的臉，盯著我們的方向。芮秋倒抽一口氣。「**那是誰？**」一個警察彎下身，把毯子拉起來蓋住那張臉。芮秋開始尖叫。然後某個人用外套蓋住了我跟我姊姊的頭，所以我們被帶出去到大街上時，我們是身分不詳的。我可以聽到芮秋被悶住的哭泣聲，但我們被包裹著送進不同的廂型車裡，被載送到不同的目的地。

我們要去哪裡？去另一個人生。

第二部

遺產

一九五九年的十一月，我二十八歲的時候，在經歷了像是好幾年在荒郊野外的生活後，我在薩福克村買了一個家，從倫敦坐火車大約幾個小時可以到。那是一間簡樸的房子，有著圍牆圍起的花園。我買下這間屋子時，沒有跟名叫麥拉凱特太太的屋主討價還價。我不想跟一個顯然因為不得不賣掉住了大輩子的房子而難過的人爭執。我也不想冒險失去這間特定的屋子。那是我所愛的屋子。

她開門的時候，並不記得我。「我是納桑尼，」我說，然後提醒她我們有約。我們在門邊站了一會，然後走進起居室。我說：「你有個有圍牆的花園。」於是她停下腳步。

「你怎麼知道？」

她搖搖頭，繼續往前走。她本來打算讓我看到花園跟房子本身比起來大不相同，而有意外的驚喜。我破壞了她揭露真相的一刻。

我很快地告訴她我同意她提出的價格。因為我知道她計劃很快就要搬進養老院，我也安排時間再回來，跟她一起到花園走一遍。到時候她可以再跟我說所有看不見的細節，並指點我怎麼照顧這地方。

我幾天後再回來，我再次看出她幾乎不認得我。我帶了一本素描簿，跟她解釋我希望她幫我確認每種植物或蔬菜的種子現在埋在哪裡。她很喜歡這個主意。對她而言，這可能是我第一次說出聰明的話。於是我們一起依據她的記憶畫出了花園的地圖，並快速記下哪些植物會在什麼時候出現，出現在哪個苗圃。我列出了環繞著溫室跟貼著磚牆邊緣的蔬菜。她的知識非常詳細，極度精確。她的記憶中來自久遠過往的那部分，她仍舊可以接觸到。而且顯然從她先生麥拉凱特先生兩年前過世後，她還繼續維護這花園。只有她如今無人分享的記憶才開始蒸發消失。

我們走在漆了白色漆的蜂窩之間，她突然從圍裙口袋拿出一把楔子，撬起濕透的木條，於是我們看到蜂窩的下層，看到蜂群突然被陽光攻擊。之前的女王蜂被殺了，她不經意地說。這蜂巢會需要新的女王蜂。我看著她在煙燻器裡塞進一條破布，然後點燃破布，很快地，失去女王峰的蜜蜂們就在她吹進蜂窩裡的濃煙中顫抖起來。然後她整理起那分成兩層的半昏迷的蜜蜂。想到牠們的世界是被一個越來越不記得自己的宇宙的女人像這樣有如上帝般的加以安排，就覺得奇異。但是任何人看著她，聽著她，就可以清楚知道有關照顧她的花園、她的三個蜂窩，還有她溫室的暖氣調節等等的細節，一定是她最後才會遺忘的事。

「這些蜜蜂被放出來的時候會去哪裡？」

「喔……」，她只是示意山丘的方向。「那邊的莎草。最遠甚至會到海斯沃斯（Halesworth）。如果這樣我也不驚訝。」她對牠們的口味跟熟悉的衝動似乎很有把握。

她的名字是琳娜，年紀是七十六歲。我知道這些。

「麥拉凱特太太，我希望你知道你隨時都可以回來看你的花園，你的蜜蜂……」

她不發一語地轉向別處。她甚至不用搖頭，就很清楚地表示建議她回到她多年來跟丈夫一起生活的地方，是多愚蠢的事。我還有很多話可以說，但是那只會更侮辱她。而且我已經太多愁善感了。

「你是從美國來的嗎？」她回敬我。

「我待過美國。但是我在倫敦長大。有一段時間還住在這村子附近。」

她對此很驚訝，不太相信。

「你是做什麼的？」

「我在城裡工作，一個禮拜三天。」

「做哪種工作？我猜是跟錢有關的吧？」

「不是，算是政府的工作。」

「做什麼？」

「啊，這個問題問得好。各式各樣的事……」我停了下來。我的話聽起來很荒謬。「我從十幾歲的時候開始，就很喜歡有圍牆的花園，讓人很有安全感。」我觀察有沒有任何徵兆顯示她對我的話有一絲興趣，但我唯一感覺到的是我留下不好的印象，她似乎對我完全失去信心，只覺得就是這一個看起來隨便的男人毫不在意地把她的房子買走了。我摘下一小截迷迭香，用手指搓了搓，深吸一口香氣，然後放進襯衫的口袋裡。我看到她看著我的動作，彷彿努力要想起什麼。我抓著之前匆忙畫下的花園草圖，上面註記著她在哪裡種了韭蔥、雪蓮、紫菀跟草夾竹桃。我可以看到圍牆外他們種的大片綿延的桑葚樹。

午後的陽光灑滿牆內的花園，那圍牆建造的目的是為了阻擋來自東海岸的信風[26]。我過去經常想到這裡。這圍牆內的溫暖，那散落陰影的光線，還有我總是會在這裡找到的安全感。她一直看著我，彷彿我是來到她花園裡的陌生人，但事實上我幾乎可以建構出她的一生。我對於她跟她先生在薩福克小村莊裡的多年生活所知甚多。我可以輕易進入並漫步在他們婚姻的故事裡，就像進入在我年少時圍繞著我的那些人的生活，那些人對我的偶然一瞥構成了我自我肖像的一部分。就像我現在映照出麥拉凱特太太的人生，站在她仔細照顧的花園裡，在她擁有這座花園的最後時日裡。

我以前經常思索麥拉凱特夫婦的關係究竟有多親密或多親暱。畢竟在我十幾歲末期時，他們

26 **tradewinds**，自副熱帶高氣壓吹向赤道槽，控制大部分熱帶之風系。在北半球為東北風，南半球為東南風，分稱「東北信風」與「東南信風」。

是我在學校放假跟母親住在一起時，唯一經常看到的夫妻。我沒有其他例子可以比較。他們的關係是建立在承諾上嗎？他們會惹惱對方嗎？我從來不曉得，因為我通常跟麥拉凱特先生在他曾經是戰時補給菜園[27]的田裡工作。他有他的土地，有他對這土壤跟氣候的篤定，而且他在單獨工作時似乎比較自在而多變。我以前常聽到他跟我母親講話，他跟她講話的聲音是另一種聲音。他會積極地提議她移除草坪東邊的圍籬，也經常笑她對大自然的一無所知。但是對麥拉凱特太太，他似乎總把晚上的計畫或對話的路線都留給她決定。

山姆．麥拉凱特對我而言一直是個謎。沒有人真的了解另一個人的生命，或死亡。我認識的一個獸醫養了兩隻鸚鵡。這兩隻鳥已經在一起生活好幾年，在她繼承牠們之前就是如此。牠們的羽毛混雜了綠色跟棕色，我覺得很漂亮。我不喜歡鸚鵡，但我喜歡這兩隻的長相。最後其中一隻死了。我寄給這位獸醫一封表示哀悼的短信。一個禮拜後，我看到她，問她另一隻還活著的鳥是否陷入憂鬱或若有所失。「喔，不，」她說，「牠高興的不得了。」

無論如何，在麥拉凱特先生過世幾年之後，我買下了他們被有圍牆的花園所保護的小木屋，搬進去裡面。當時距離我固定造訪那地方已經很久了，但感覺已經完全被抹除的過去幾乎是立刻全都回來。我對它有種強烈的渴望，那是多少日子轉眼間從我身邊飛速經過時，我從未有過的。我在飛毛腿的摩利士車裡，當時是夏天，車子的布頂篷往上展開然後緩慢向後摺起。我跟柯瑪先生在一場足球賽裡。我在河流當中，跟麥拉凱特先生一起吃三明治。「你聽，」山姆．麥拉凱特說。「一隻鶇鳥。」還有艾格妮絲裸著身體，而且為了感覺完全赤裸，正解開頭髮上的一條綠色緞帶。

那隻難以忘懷的鶇鳥。那條難以忘懷的緞帶。

★

我們在倫敦遭受攻擊之後，芮秋很快就被我母親轉去威爾斯邊界的寄宿學校，為了我的安全起見，我迅速被帶到美國的一間學校，一個我全然陌生的地方。我突然被迫遠離曾經歸屬的地方，飛毛腿、艾格妮絲跟永遠神祕的飛蛾存在的地方。從某方面來看，我覺得這比起母親的離開，是更大的失落。我失去了我的青春。我沒有了根。一個月後，我逃離學校，但不知道要去哪裡，因為我在那裡幾乎誰也不認識。我被找到，然後又緊急送回英格蘭北方，但依舊處在相似的

27 **victory gardens**，在一次大戰跟二次大戰期間，在英國、美國、加拿大、德國等地推廣的民眾菜園，藉此提供戰時不足的糧食補給。

孤立狀態。等春季學期結束時，一個壯碩的男人到學校接我，開車把我從諾森伯蘭郡一路往南載到薩福克，幾乎完全不干擾我懷疑的沉默。我被帶回去跟我母親住在一起，她當時住在白漆屋，她父母曾住過的房子，在一個名為聖人區的地區。那是充滿陽光的鄉下地區，距離最近的村子大約一哩，而那個夏天，我將跟來學校接我的壯碩男人一起工作，他名叫麥拉凱特。

那段時間我跟我母親並不親近。在她拋棄我跟我姊姊的前幾個禮拜，我們曾熱愛的那份居家的自在感已經不復存在。在她假裝離開的事情之後，我無法抹去我的懷疑。很久很久以後，我才會發現她回英格蘭來接受新的命令時，曾有一次或兩次排除所有行程，只為了到布倫來的一間爵士俱樂部看我混亂醉醺醺地跟一個她不認識的女孩跳舞，一個突然跳進我懷裡又離開我的女孩。

有人說，人生裡遺失的時光，我們永遠都在尋找。但是在我跟我母親住在白漆屋的青春期後期，我找不到任何線索。直到有一天我工作結束提早回家，走進廚房，看到她只穿著襯衫，在水槽裡刷洗一個鍋子。她肯定是認為自己獨自在家，不會被看到。她幾乎永遠都穿著一件藍色的開襟毛衣。我本來以為是為了遮掩她的纖瘦。現在我看到一整排青紫色的疤痕，像是某種花圃用的機械工具切進樹皮的痕跡——彷彿很無辜地，結束在她為了防止接觸肥皂水而戴著的橡膠手套邊緣。我永遠不會知道她身上還有多少其他疤痕，但此刻在她手臂柔軟的肌肉上就有這些紅灰色的疤，是她失蹤的那些時間留下的證據。她咕噥著說，這沒什麼，只是遇到一些街頭小混混……

她對如何受到這些傷沒有再說什麼。我那時候並不知道我母親，玫瑰．威廉斯，在我們受到攻擊後，就終結跟情報機關的所有聯繫。雖然巴克劇院的騷動很快就被當局壓下來，但還是有些報紙報導暗示了我母親在戰爭時的工作，給了她短暫但匿名的知名度。報紙只掌握她的暗號，薇拉。根據每家報社的政治傾向不同，有些報紙把這個身分不詳的女子描述為英國的女英雄，有些則描述她是戰後政府跨國私通的惡例。從來沒有人聯繫到我母親。她的匿名身分非常安全，甚至當她回到白漆屋時，當地人仍說這間家宅屬於她曾在海軍服役的過世父親。不為人知的薇拉很快就被遺忘了。

★

在我母親過世十年後，我接到去外交部申請工作的邀請函。一開始我覺得會被招募去做這樣的職務很奇怪。我第一天就經過好幾次面試。其中一次面談是跟一個「情報蒐集部門」，還有一次是跟「情報評估部門」，而我被告知這兩者都是在英國情報機關位居上層的部門。沒有人解釋他們為什麼會找上我，而這些精緻細密但看似隨意詢問我的人，我也都不認識。出乎我意料的，我早期充滿汙點的學校紀錄沒有引起他們太多關注。我猜測裙帶關係跟血統可能被認為是可靠的入口，畢竟這個行業信任家世，或許也相信保密會是家族遺傳的特質。而且他們對我的語言知識印象深刻。他們在面談中從未講到我母親，我也沒有。

我被分配的工作是檢視資料庫中涵蓋戰時跟戰後的各種檔案。我在研究中挖掘出來的任何東西跟得到的任何結論，都要保持機密。我的研究發現只能交給我的直屬主管，他會負責評估。每個主管桌上都有兩個橡皮圖章。一個寫著「改進」，一個寫著「執行」。如果你的報告被蓋上「執行」，就會前進到更高的層級。至於是哪裡，我毫無所悉——我小小的工作範圍僅限於鄰近海德公園的一棟無名建築裡二樓的擁擠的資料庫裡。

這聽起來是個枯燥的工作。但我想，接受一個可以細細翻閱戰爭細節的工作，或許可以讓我發現我母親把我們留給飛蛾照顧的那段時間，她究竟在做什麼。我們知道的只有她在戰爭初期在格羅夫納飯店的頂樓鳥巢廣播的故事，以及她有一次半夜開車到海岸，靠著巧克力跟夜晚冷風保持清醒的事。我們知道的只有這麼多。或許現在這是找出她人生中失蹤的環節的機會。我有可能因此了解她留下的遺產。無論如何，這就是我那天下午在麥拉凱特太太的花園語焉不詳地描述的政府工作，當時蜜蜂在牠們的蜂巢猶豫地移動，而她已經忘了我是誰。

我讀著每天從資料庫拿上來的堆積如山的檔案。其中包括曾在戰爭邊緣執行工作的男男女女寫的報告，關於他們在歐洲，以及後來在中東地區縱橫來去的旅行，以及各式各樣戰後的小衝突——尤其是在一九四五年到一九四七年初期。我開始明白一場未經授權而且仍舊暴力的戰爭在停戰協議後仍持續著，在那段時間，規則跟談判依然曖昧未明，而戰爭行動仍在公眾無法聽聞之處進行著。在歐洲大陸，游擊隊跟強硬派戰士從隱身處出來，拒絕接受失敗。法西斯主義跟德國的支持者被過去受苦五年或更久的人追殺。來來回回的報復跟反擊重創小村莊，留下更多的傷痛。在新近被解放的歐洲地圖上，有多少民族群體，就有多少方人馬做出這樣的舉動。

我跟其他少數幾個人仔細翻閱留下來的卷宗跟檔案，評估哪些計畫成功，哪些可能出了差錯，以便建議哪些檔案需要重新建檔，或現在要徹底銷毀。這被稱為是「靜默校正」。

我們事實上是在進行第二波的「校正」。我發現在戰爭結束階段，準備迎接和平到來時，一波堅決的，近乎宗教式的審查制度已經展開。畢竟先前曾有無數行動是社會大眾最好永遠都不知道的，所以最不利的證據已經盡可能地被迅速摧毀了——在全球各地的同盟國跟軸心國的情報總部裡都是如此。最有名的例子是「特別行動執行處」在貝克街辦公室的一場無名火。這種刻意的熊熊大火在全球各地都有。在英國最後離開德里時，自稱「放火官」的人員就肩負起燒毀所有不利紀錄的任務，不分晝夜地在紅堡的中央廣場放火燒資料。

不是只有英國人有隱藏戰爭真相的直覺。納粹也摧毀了第里亞斯特的聖安息日米廠（Risiera di San Sabba）的煙囪，因為他們曾利用這座米廠作為集中營，在這裡刑求並殺害了數千名猶太人、斯洛維尼亞人、克羅埃西亞人，跟反法西斯的政治犯。同樣地，南斯拉夫強硬派利用第里亞斯特上方山丘的喀斯特地形洞穴作為萬人塚，在此棄置共產黨接收反對者的屍體，也沒留下任何紀錄。各方人馬都倉促而堅決地摧毀證據。任何可疑的東西都在無數人手中燒毀或撕碎。這樣修正歷史的行動才可以開始進行。

但是幾乎從地圖上被抹除的家庭跟村莊裡，還是殘留著真相的片段。我曾有一次無意間聽到我母親跟亞瑟・麥凱許說，任何一個巴爾幹半島的村莊都有理由可以報復它的鄰村，或任何他們相信曾是他們敵人的人——游擊隊、法西斯，或是我們，同盟國。這就是和平留下的反彈。

所以對我們，對一九五〇年代的這個世代而言，我們的工作是去挖掘出歷史或許會認為難以應付的這些行動殘留的證據，在散落的報告跟非官方的文件中找到的證據。在戰後十二年的世界裡，在埋頭苦讀每天送進來的檔案時，我們當中有些人會覺得已經不可能看清楚誰才是站在道德的一邊。而且在那擁擠的政府辦公室裡工作的許多人事實上一年內就會離開。

聖人區

我買下麥拉凱特的房子，在成為屋主的第一天，我走過田野，走向我母親在那裡長大而現在已經賣給陌生人的白漆屋。我站在曾屬於她的土地邊緣的高地上，遠處有一條緩慢蜿蜒的河流。於是我決定寫下我所知關於她在那個地方的極少數事情，即使那曾經屬於她家人的房屋跟土地從來不是她人生的真實地圖。在一個薩福克小村旁長大的女孩事實上到過世界上許多地方。

我聽說過，當你試圖撰寫回憶錄時，應該要在孤兒的狀態，這樣你先前戒慎恐懼保持距離的事情，都會像是不經意地回來。「回憶錄是你失落的遺產。」所以你明白，在這樣的時候，你必須學會如何去看，去看什麼。在最後成形的自畫像裡，一切都會押韻，因為一切都會被反映出來。如果某個姿態在過去被丟棄了，你現在會看到另一人擁有它。所以我相信在我母親身上的某種東西一定在我身上反映出來。她在她的小小鏡廳裡，我則在我自己的鏡廳裡。

★

他們是一個鄉下的小家庭，過著低調謙遜的生活，活在戰時拍攝的影片所捕捉到那個明確可辨認的年代裡。有一段時間，我就是這樣想像我的外祖父母在那樣的影片裡可能會被詮釋成什麼樣子，雖然最近我看著那些端莊的女主角壓抑的性慾，會不禁想起那些陪著當年男孩子的我在標準宴會廳的電梯裡上上下下的雕像。

我的外祖父出生在一個有許多姊姊的家庭，因此一直很安於被女性圍繞。即使他最後到達上將的階級，無疑地可以在海上嚴密控制必須服從他嚴格紀律的男人，但他仍舊很珍惜在薩福克郡的時間，對於跟妻子女兒在一起的家庭生活也很自在。我不曉得是否就是這種「家庭生活」跟「外出生活」的結合引導我母親一開始接受並進而改變了她人生的路徑。因為她最終還是堅持要求更多，因此她的婚姻生活以及後來的職業生活恰好反映她父親同時居住的兩個世界。

我外祖父知道他大部分活躍的生活會是跟海軍在一起，因此故意在薩福克郡買了房子，在一條「不活躍的河流」旁。所以我母親少女時學釣魚的地方是一條寬闊但安靜的河流。這裡沒有任何激流。用來引水灌溉的草地從屋子前方緩坡延伸到河邊。你不時可以聽到遠處的諾曼式建築教堂傳來鐘聲，跟先前數個世代的人聽到越過田野而來的，是同樣的鐘聲。

這個區域是由成群的村莊所組成，每個村莊相隔幾哩。它們之間的道路經常沒有名字，讓旅人很困惑，更麻煩的是很多村莊都有類似的名字——聖約翰、聖瑪格麗特、聖十字。事實上這裡有兩個聖人社區——由八個村莊組成的南埃爾聖人區，以及村莊數量是前者一半的伊克夏聖人區。更麻煩的一個問題是所有路標上的里程數都是猜測的結果。一個路標宣稱兩個聖人村之間的路程是兩哩，所以一個旅人走了三哩半後，會以為他錯過某個轉彎而回頭，但事實上他得再走半哩才能抵達那狡猾地躲起來的聖人村。聖人區的路途感覺都很遠。在這片土地上沒有任何保證。就算針對在這裡長大的人而言，所謂的保證同樣感覺隱微不顯。既然我小時候大多時間生活在這裡，或許這可以解釋為什麼我在倫敦時會如此執著地畫著我們住家附近的地圖，才能感到安全。我覺得我無法看到或無法紀錄的東西都將不復存在，感覺就像我把我父親跟母親遺失在其中某個小村莊裡，這些被隨意丟到土地上的村子有著太相似的名字，與不可靠的通往那裡的里程數。

戰爭期間，聖人區因為靠近海岸，染上了更濃的神祕感。所有路標，不論多麼不準確，都為了預防德國人可能入侵而被移除。這地區在一夜之間變得毫無標示。事實上後來敵軍並沒有入侵，但被派駐到最近興建的英國皇家空軍航空站的美國飛行員卻因此經常在晚上從酒吧回基地時迷路，只能在隔天早上瘋狂找尋正確的航空站。經過大狗渡輪碼頭的飛行員走過沒有名字的小路，然後發現自己又從另一頭再次經過大狗渡輪碼頭。陸軍在賽特福德建造了一個真實大小的德國小鎮，讓同盟國軍隊在入侵德國前在此訓練如何包圍跟進攻。那是個奇怪的對比：英國士兵詳細牢記一個德國小鎮的結構，而德國軍隊則準備進入沒有任何路標存在的令人混亂的薩福克郡土地。海邊的小鎮都在地圖上祕密被移除。軍事區域正式消失。

我現在清楚知道，母親跟其他人參與的許多戰時工作都是以相似的隱形方式進行，真正的動機都被偽裝起來，就跟童年一樣。三十二個航空站，跟用來混淆敵軍的誘敵航空站，幾乎是一夜之間在薩福克郡興建起來。大部分這些真材實料的航空站從來不曾存在任何一張地圖上，儘管它們曾出現在幾首生命短暫的酒吧歌曲中。最終在戰爭結束時，這些航空站都消失了，就像四千個空軍軍人到此為止什麼事都沒發生似地離開這個地區。聖人區悄悄地回復日常生活。

青少年時，我會在麥拉凱特先生行駛在很久以前曾是一片羅馬道的路上，載我去工作跟回家時，聽他說起這些未在地圖上出現的臨時小鎮。因為他現在就在梅特菲爾德廢棄的航空站周圍種植蔬菜，而我則在這些雜草叢生的跑道上再度學開車，但這次是合法的。麥拉凱特先生住的地方叫「感恩村」，因為兩次大戰爭期間這裡都沒有死傷任何人，而我在母親過世大約十年後，回到這裡居住，在這個有圍牆花園的小木屋，我一直都覺得安全的地方。

我以前住在白漆屋時，會很早醒來，然後走到那個村莊，知道山姆．麥拉凱特會開車到我附近，點燃一根菸，看著我爬上車到他身旁。然後我們會前往各個不同的小鎮廣場，例如在邦吉的奶油十字鎮，把他的農產品堆到支架架起的桌子上，工作到中午。在夏天最熱的那些天，我們會停在艾林翰磨坊旁河水很淺的地方，站到河裡，讓水淹到腰際，吃著麥拉凱特太太做的三明治——番茄、乳酪、洋蔥，還有她自己養的蜜蜂生產的蜂蜜。那是我後來再也沒吃過的組合。他太太就在當天早上，在幾哩之外幫我們做了這樣的午餐，那感覺很像被爸媽照顧。

他戴著玻璃瓶底般厚的眼鏡。他壯如牛的身形讓他在人群中很明顯。他有一件很長的獾皮蘇格蘭低地外套，是用好幾件獾皮製成，聞起來有蕨類的味道，有時候還有蚯蚓的味道。而他跟他妻子是我眼中穩固婚姻的範例。他太太無疑地覺得我太常出現。她很有秩序，熱衷於維持整潔，而他則是兔子的野兄弟，所到之處看起來都會留下一條脫衣服的颶風痕跡。他會在他身後的地板丟下他的鞋子、獾皮外套、菸灰、一條抹布、種植日誌跟鏟子，在水槽裡留下馬鈴薯上洗下來的泥巴。他遇到的所有東西都會被吃掉、對付、閱讀、丟棄，而被遺棄的東西，他則會視而不見。不管他太太對這種根深蒂固的缺陷叨唸什麼，都沒有任何用處。我懷疑她事實上還樂於忍受他的本性。不過麥拉凱特先生值得稱讚的一點是，他的菜園無可挑剔。沒有任何植物離開自己的菜圃，「自願地」跑到別處去。他會在一條水管的細小水流下刷洗小蘿蔔。他會在週日市集的支架桌上整齊擺開他的貨品。

這後來變成我春天跟夏天的例行模式。我可以賺到一點微薄的薪水，表示我不必花那麼多時間待在我跟我母親之間明顯無法跨越的距離的一側。我這頭是不信任，她那頭則是一層謎。因此麥拉凱特先生成為我生活的中心。如果我們工作到很晚，我就會跟他一起吃晚餐。我跟飛蛾、奧莉芙．羅倫斯、煙霧般的飛毛腿、我的跳入河中的艾格妮絲在一起的生活，被隨和又可靠的山姆．麥拉凱特先生在一起的生活取代，就像他們以前說的，橡樹般堅強的男人。

在冬天的月分，麥拉凱特先生的田地陷入沉睡。這對他而言是一個照顧的世界。他在遮棚下種植開著黃花的芥菜，好做為土壤中的有機肥料。冬季對他而言是安靜而靜止的。等到我回來時，田地上已經長滿了蔬菜水果。我們很早就開始工作，在正午吃飯，然後在他的桑樹下睡個短短的午覺，再繼續工作到七點或八點。我們把青豆收到五加侖的桶子裡，把唐萵苣收到手推車裡。屋後有圍牆的花園裡的李子最後都會被麥拉凱特太太做成果醬。生長在海邊的傀儡番茄品種有種強烈的味道。我又回到市場菜農的季節性次文化裡，聽著支架桌之間無止盡的關於枯萎病害或春天雨水不夠的討論。我會安靜地坐著，聽著麥拉凱特先生跟他的顧客發揮瞎扯閒聊的天分。如果只有我們兩個，他會問我在看什麼書，在大學念什麼。他對我的另一個世界沒有任何嘲弄。他看得出我在那裡學的任何東西都來自我心底的某種慾望，雖然當我跟他在一起的時候，我很少會想到我在學校所做的事。我想成為他的宇宙的一部分。在他身邊，那些來自童年的模糊不清的地圖現在都變得可靠而明確。

我信任我跟他在一起走的每一步。他知道他踩過的每一種草的名字。他會提著兩桶裝著白巠土跟黏土的很重的桶子走向一個菜園，但我知道他同時也在聆聽某一個鳥叫聲。一隻撞到窗戶而死掉或昏迷的燕子會讓他沉默大半天。那隻鳥的世界、牠的命運，會待在他心裡好一會。如果我後來說了什麼話，侵犯到這件事，我會在他身上看到一道陰影。他會離開我們的對話，而我就失去了他，突然發現自己孤身一人，即使他還在我旁邊，開著他的貨車。他向來知道這世界層層疊疊的哀傷，以及這世界的樂趣。他會從他經過的每根迷迭香枝子摘下一小枝，聞一下，然後收到他的襯衫口袋裡。他所到的每條河流都讓他分心。在炎熱的日子，他會脫掉靴子跟衣服，游過蘆葦間，嘴裡還吐出香菸的煙。他還教我去哪裡找生長在開闊田野的，黃褐色雨傘般，底下有蒼白內裡的罕見的高大環柄菇。「只有開闊的野外才有，」山姆．麥拉凱特會這麼說著，舉起一杯水，像是在敬酒。幾年後，我聽說他過世時，我舉起手上的杯子，說：「只有開闊的野外才有。」我說這句話的時候，是獨自一人在餐廳裡。

他的一棵高大桑樹的樹蔭。我們以前經常在毒辣的太陽下工作，所以現在我想到的是那樹蔭，而不是樹本身。就是那對稱而陰暗的存在、它的深度與靜默，他就在其中冗長而慵懶地跟我敘述他過去的日子，直到我們得回去面對手推車跟鋤頭。微風從淺淺的山丘吹起，進入像是我們的暗房的樹蔭，在我們身上磨蹭。我可以在那裡待一輩子，在那棵桑樹底下。草叢裡的螞蟻爬上牠們的綠色高塔。

在檔案庫裡

我每天都在這無名的七層樓的建築裡，一個片段的角落工作。那裡我只認識一個人，而他也跟我保持距離。有一天我才剛踏進電梯，他剛好走進來，說：「嗨，福爾摩斯！」彷彿那名字跟招呼就足夠當作我們之間的暗號，彷彿他口氣中提供的驚嘆號足以滿足意外在此被發現的那個人。身材高大、依然戴著眼鏡、同樣垂著肩膀、跟過去一樣孩子氣的亞瑟·麥凱許在下一層樓出了電梯，我也跨出去了一下，看著他晃盪著走開，走進一間像是辦公室的地方。我知道一件可能極少人知道的事，在那件白襯衫底下，他的肚子上有三四道很深的傷痕，打斜地永久印在他的白色皮膚上。

我那週要搭火車進倫敦，住在蓋伊醫院附近一間租賃的單房公寓。現在城裡沒有那麼混亂了，有種人們在重新整理生活的感覺。週末時我會回去薩福克郡。我同時生活在兩個世界，跟兩個時代裡。在這個城市裡，我半信半疑地覺得可能會瞥見那輛屬於飛毛腿的摩利士車。我想起引擎蓋上軍隊樣子的冠飾，那琥珀色的方向燈喀噠響起，表示右轉或左轉，然後在流線型的飛馳中縮回車門框的結構裡，像是灰獵犬的耳朵。而飛毛腿是如何能夠像一隻敏感的貓頭鷹般在引擎的音色裡抓到一個錯誤的音符，或它心跳中的某個雜音，而在幾分鐘後就到車外，拿掉九一八ＣＣ引擎的活塞蓋子，用一張砂紙擦亮火星塞上的污點。我記得，那輛摩利士是他的不良嗜好，任何他在那臺車裡陪伴過的女人都必須接受他對這臺車子的愛與在乎顯然永遠都會超過他所給予她們的。

但我根本不知道飛毛腿是否還擁有這樣一臺車子，或我要如何找到他。我曾經試過去鵜鶘階梯找他，但他已經搬走。唯一同樣熟識飛毛腿的人是李奇沃的偽造專家，我也確實設法找他，但他也消失了。事實是，我想念那一整桌奇特的陌生人，他們比我們失蹤的父母對我跟芮秋有更大的影響。艾格妮絲在哪裡？我似乎沒有任何方法可以找到她。我去她父母的公寓時，他們也不在那裡了。世界盡頭的餐廳不記得她，那間專科學校也沒有她的地址。於是我的眼睛永遠都在搜尋那兩門摩利士車的藍色輪廓。

我做這個工作好幾個月了。我開始明白如果有任何文件包含我母親的相關資料，都不可能讓我知道。她的行動紀錄不是已經被銷毀，就是刻意不讓我看到。她在戰爭中的職業彷彿被一個黑色頭套蓋住，我將永遠被籠罩在黑暗裡。

為了逃避工作上的侷限，我開始在晚上到泰晤士河的北岸散步，悄悄經過以前飛毛腿曾經用來關狗的鐵皮防空洞。但是那裡面現在已經沒有吠叫或扭打了。我經過好幾個碼頭，聖凱薩琳、東印度跟皇家碼頭。戰爭早已經結束了，它們已經不再被掛鎖鎖住，所以某個晚上，我進去裡面，在一個水閘上設了三分鐘的定時器，借了一艘小艇，趁著潮水變化出去。

河上幾乎沒有任何船隻。那是凌晨兩三點，只有我一個人。偶爾只看到一艘拖船，把垃圾拖到犬之島。我感覺到河底下的隧道引起的渦流，所以我得用力划，很勉強地留在原地，差一點就要被吸往拉特克里夫十字區或萊姆豪斯堤岸。某天晚上我借用的小船有馬達，於是我航行到弓溪，還進入它北邊的兩條分支，幾乎相信我會在那些黑暗的支流找到我的盟友。我把那艘偷來的船下錨固定，希望某一天晚上我可以再利用它往更上游的切口跟河道去。然後我走路回到城裡，在早上八點半抵達辦公室，覺得神清氣爽。

我不知道再度在我們曾運送一群群獵犬的河流上下航行，為什麼會改變我。但我想我越來越清楚，被埋葬而沒沒無名的不只是我母親的過去。我覺得我自己也消失了。我失去了我的青春。我走過這些熟悉的檔案庫辦公室，但心中有了新的執著。我在這裡工作的頭幾個月明白了當我們在蒐集一場尚未被完整審查過的戰爭的碎石瓦礫時，我一直被監視著。我從來沒提過我母親。某個資深的長官偶然提起她的名字時，我只是聳聳肩。我那時候還不被信任，但現在不同了，而且我知道我會單獨一人在檔案庫裡的確切時間。我在年少時學到如何成為一個不可靠的人，善於從官方來源挖出資訊，不管是我的成績單或我在飛毛腿的指引下偷來的灰獵犬文件。他的皮夾裡放著纖細的工具，可以用來進入或離開任何地方，而我都在一旁好奇地看，有一次甚至看過他靈巧地用一根雞骨頭就鬆開一個捕狗陷阱。我的身體裡仍存在一個微小的無政府世界。但是到目前為止我還是無法接觸經過審查的，像我這樣天真的人看不到的檔案。

是那個繼承了兩隻鸚鵡的獸醫教會我如何打開上鎖檔案櫃的鎖。我在好幾年前經由飛毛腿認識了她，而她也是我那時候認識的人當中，現在我唯一終於找到的。她在我回到倫敦時，跟我成為朋友。我解釋了我的問題，而她推薦我可以把一種用在動物的蹄或骨頭上的強力麻醉劑塗在鎖的周圍，直到它出現一層白色的凝結物。那凍結效果會降低鎖對於任何侵害的抵抗力，讓我可以進行下一階段的攻擊。接下來我用史塔蒙氏骨釘，這在比較合法的世界裡，是用以提供骨骼的牽引力，用來保護灰獵犬受傷的骨頭。那光滑的骨髓內釘，極其細緻而有效，幾乎立刻見效，檔案櫃的鎖幾乎毫不遲疑地就滑開來，洩露它們的祕密。我開始侵入這些上鎖的檔案，然後在通常空無一人的地圖室，在我單獨吃午餐時，把那些借來的文件抽出來看。一小時後，我把它們送回它們上鎖的家。如果我母親存在這個建築裡，我一定會找到她。

我沒有對任何人提起自己發現的這些新知識，除了打電話給芮秋，跟她說我的發現。但是她毫無慾望再度進入我們的年少時代。芮秋以她自己的方式拋棄了我們，她並不希望再回到她覺得危險而不可靠的那個時代。

當我母親被帶去見她，看到她安全地待在飛毛腿的懷裡，躲在巴克劇院裡那幅大型畫作背後時，我並不在場。氰仿留下的影響還在我體內。但是顯然我母親進去那房間時，芮秋不肯離開飛毛腿。她緊抓著他，轉頭不看我母親。她在被綁架時癲癇發作。我不知道細節。他們始終不告訴我那晚究竟發生什麼事。也許他們覺得我會害怕，但是他們的沉默反而讓這件事更糟，更恐怖。在那之後，除了「我恨我媽！」以外，芮秋什麼也不說。無論如何，當飛毛腿抱著我姊姊站起來，要把她交給我母親時，她哭了起來，像是靠近一個惡魔。

當然那時候的她不是在正常的情況。她精疲力竭。她經歷了癲癇發作，而她可能從頭到尾都不清楚發生的事情的細節。我以前就常目睹這個狀況，她會在發作後的那些時刻看著我，好像我是真實的惡魔一般。彷彿《仲夏夜之夢》裡的那種愛情靈藥被施用在她身上，只是你醒來時看到的第一個東西不是你會愛上的東西，而是你恐懼的來源，是幾分鐘前才痛毆你的源頭。

但這個推論對那個時刻的芮秋並不適用。因為她第一個見到的人是飛毛腿，是他把她抱在懷裡，安撫她，做一切正確的動作，引導她回到安全的狀態，就像他那次在她臥室裡時一樣，當他告訴我那個不可信的關於他癲癇的狗的故事。

還有另一點。不論我姊姊在剛發作之後會對我有什麼反應，是帶著懷疑或是憤怒，幾個小時後她就會跟我玩牌或幫忙我做數學作業了。但她對我母親卻不是這樣。芮秋對我母親的強烈評斷始終沒有和緩。芮秋對她關上了門。她反而還去了她不喜歡的另一家寄宿學校，只為了遠離她。我本來想像我母親的返回會讓我們重回她的懷抱，但是我姊姊的傷口無法癒合。當她在巴克劇院的大廳看到飛蛾的屍體時，她轉身開始對我母親尖叫，那尖叫彷彿始終沒有停止。我們本來已經分裂的家又再度破碎了。從那之後，芮秋還覺得跟陌生人在一起比較安全。拯救她的人向來都是陌生人。

飛蛾就在那個晚上永遠地離開我們。他曾在露芙尼花園屋裡的爐火光線下答應我，他會陪著我到我母親回來為止。他做到了。然後他在我母親回來的那個晚上悄悄離開了我們所有人。

★

有一天，我提早離開檔案庫，去看芮秋的一場劇場演出。我們已經很久沒有見到彼此。我意識到她刻意避開我，我也不想入侵她的生活。我知道她跟一個小型偶戲團工作，也聽說她跟某個人同居，雖然她從來沒有提過這件事。但現在我收到她傳來的一封有禮但簡短而含糊的訊息，說她參與了一場演出。她說我不用覺得有必要到場，但這齣戲會在一間製木桶的舊工廠演出三個晚上。她訊息中的謹慎小心讓我心碎。

觀眾只占據了三分之一的座位，所以有人試圖在最後一刻請我們都往前坐到前排。我自己向來習慣坐在後面，尤其是表演當中有親人或魔術師時，所以我坐在原位不動。我們在黑暗中坐了很久，然後戲終於開始。

表演結束時，我在出口等。芮秋沒有出現，所以我設法穿過各道門跟臨時的布簾。兩個舞臺工作人員在已經清空的空間裡抽菸，講著我不認得的一種語言。我提起姊姊的名字，他們指向一道門。芮秋正對著一把手持的鏡子看著自己，卸掉她臉上先前塗抹的白粉。她旁邊的一只小籃子裡有個嬰兒。

「哈囉，小鷦鷯。」我往前走，往下看著那小嬰兒，芮秋則看著我。那不是她常有的凝視，而是有兩種或更多種情緒在平衡著，等著我開口說什麼。

「是個女孩。」

「不，是男孩。他叫華特。」

我們四目相交，定在原處。此時此刻最好什麼都不說。遺漏跟沉默一直圍繞著我們長大。彷彿還沒被揭露的就只能被猜測，就像我們必須自己詮釋塞滿衣服的行李箱沉默的內容。她跟我早就在那些困惑跟沉默中失去了彼此。但是此刻，在這嬰兒旁邊，我們處在一種親密裡，就如同她在癲癇發作後臉上滿是汗水時，我會把她擁入懷裡。當沉默無語是最好的時刻。

「華特。」我安靜地說。

「對，親愛的華特。」她說。

我問她，當我們被飛蛾的魔力籠罩時，她是什麼感覺，我坦承自己在他身邊常覺得不確定。

「魔力？他在乎我們啊。你根本搞不清楚發生了什麼事。是他一直在保護我們。每次都是他帶我去醫院，一次又一次。你想辦法忽略了爸媽對我們所做的事。」

她開始收拾東西。「我得走了。有人要來接我。」

我問她，那齣劇中某個時刻，她被單獨留在臺上，擁抱一個大木偶時，那時的音樂是什麼。那段音樂幾乎讓我落淚。那不是真的很重要，但我想問我姊姊的很多事，我知道她都不會回答。此刻她碰觸我的肩膀，一邊回答。

「舒曼的《我心沉重》。你聽過的，納桑尼。我們以前在家裡每週都會聽到一兩次，晚上很晚的時候，鋼琴聲像一條線穿梭在黑暗裡。你告訴我，你想像我們媽媽的歌聲會加入裡頭。那就是『沉重』。

「我們都受傷了，納桑尼。你要承認這點。」她輕柔地把我推向門邊。「你從來沒跟我說過的那個女孩，後來怎麼了？」

我轉頭。「我不知道。」

「你可以把她找出來。你叫納桑尼，不是小縫線。我也不是小鵪鶉。小縫線跟小鵪鶉都被拋棄了。選擇你自己的人生吧。連你朋友飛毛腿都這樣跟你說過。」

她抱著她的寶寶，用那孩子的小手對我淡淡揮了一下。她是希望我看到她的兒子，而不是想跟我說話。我離開小房間，發現自己再度身處黑暗中。只有身後我剛剛關上的那扇門底透出一小道細細的光。

亞瑟．麥凱許

我首先找到的是玫瑰早期在戰爭期間擔任廣播操作員時的紀錄檔案，一開始表面上她的工作是在格羅夫納飯店的頂樓當所謂的火災警報員；後來則是在奇克桑修道院負責攔截加密的德國人的訊號，然後按照「倫敦騙子」的指示，把訊號傳到布萊切利園[28]去解密。她也會出差到多佛，在海岸上的巨大天線間去辨識某個特定德國操作員的摩斯密碼旋律——認得某個鍵打字聲的這門藝術，只是她其中一例出名的技藝。

但是從比較後來的檔案，藏得更深更神祕的檔案，才能清楚看出她在戰後也在國外工作。例如在耶路撒冷大衛王飯店的轟炸事件調查報告中，她的名字被剪掉了。在關於義大利、南斯拉夫跟巴爾幹半島其他地方的調查報告片段中也一樣。一份報告寫到她曾經跟一個小單位短暫駐紮

28 Bletchley Park，一座位於英格蘭米爾頓凱恩斯布萊切利鎮內的宅第。在第二次世界大戰期間，布萊切利園曾經是英國政府進行密碼解讀的主要地方。

在拿坡里附近，兩個男人跟一個女人被派去，報告中直率地寫到是要對某個仍在祕密運作的團體「解鎖」。她的單位中有些人在此之前被抓或被殺了。報告中提到可能遭人背叛。

但大多時候我只找到她護照上蓋下模糊的城市名，上面還有她使用的假名，日期則被擦掉或畫線塗掉，所以我放棄找出她究竟去過哪裡，以及何時去。我明白了她手臂上的傷口是我唯一有的證據。

我第二次碰到亞瑟．麥凱許。他之前出國了。在謹慎地交談後，我們出去吃了頓飯。他從來沒有問我在那裡幹什麼，就像我也不問他之前駐紮在哪裡。我此時已經熟練這棟建築裡的社交密碼，知道我們晚餐時的談話路徑必須避開所有明顯的高山。但在某個時機，我說出心裡的感覺，講到飛蛾在我們過去人生中所占的一部分，因為我覺得這點應該是可接受的，是在資訊界線無害的那一邊。但麥凱許隨即拒絕談論這個話題。我們所在的餐廳跟我們的辦公室有好一段距離，但他立刻四處張望了一下。「納桑尼，我不能談這件事。」

我們在露芙尼花園度過的白天與夜晚，與英國政府樞紐所在的白廳的領土極其遙遠，但麥凱許還是覺得他不能跟我談論我以為跟政府機密沒有任何關係的一個人。但這件事跟我和芮秋卻有很大的關係。我們沉默地坐了一會。我不想讓步，也不想改變話題，對於我們被迫變成要如此拘謹對待的陌生人感到生氣。半挑釁的，我問他是否記得一個經常來我們家的養蜂人，一位佛羅倫斯先生。我說我必須聯絡他。我現在在薩福克郡養了蜜蜂，需要一些建議。他有他的聯絡方式嗎？

一片沉默。

「他只是個養蜂人而已！我的一隻女王蜂死掉了，我得替換。你這樣太荒謬了。」

「或許吧，」麥凱許聳聳肩。「我根本不應該吃這頓飯，跟你吃飯。」他把叉子移近盤子，在服務生過來時沉默了一會，然後他看著服務生離開，又開始說話。

「不過，納桑尼，我確實有一件事想跟你說……你母親離開軍方時，她湮滅所有證據，只為了一個理由。就是不想讓任何人可以再找到你跟芮秋。而且確保你們身邊永遠都有人保護你們。我一開始會每週去露芙尼花園就是為了看顧你們。也是我在你母親短暫待在英格蘭時，帶她去布倫來的俱樂部看你跳舞，讓她可以見到你，至少遠遠看到。你一定要知道，跟她一起工作的人，例如費倫、卡諾里，即使在戰爭表面上已經結束之後，都還是我們不可或缺的矛跟盾。」

亞瑟．麥凱許的姿態就是我所謂的「英式焦慮」。他講話的時候，我看他移動他的水杯、叉子、空菸灰缸跟奶油碟好幾次。這讓我看到他的腦袋如何飛速地運作，顯然移動這些障礙物有助於他慢下來。

我什麼也沒說。我不想讓他知道我自己已經發現的事。他是個盡忠職守的官員，一向循規蹈矩地生活。

「她跟你們兩個保持距離是因為她很擔心你們會被她牽連在一起，他們就會利用她來打擊你們。結果證明她是對的。她那時候極少待在倫敦，但她還是被召回了。」

「那我父親呢？」我安靜地說。

他幾乎沒有任何停頓，就做了個無須一談的姿勢，彷彿只是命運的安排。

他付了帳單，然後我們在門口握了手。他說再見時有種強調的語氣，彷彿是永遠的道別，我們兩個再也不會像這樣見面。多年前在維多利亞車站，他曾走向我，幾乎近到讓人不舒服，並在咖啡廳買了一杯熱茶給我。當時我並不知道他是我母親的同事。此刻他快速地走開，似乎對於可以離開鬆了口氣。我對他的人生仍舊毫無所悉。我們繞著彼此打轉了很長一段時間。這個男人絕口不提他那天晚上救了我們的英勇行為。當時我的母親回到我的生命裡，碰了我的肩膀，用我以前的小名叫我「哈囉，小縫線。」然後她快速走向他，敞開他染血的白襯衫，質問他那血跡是怎麼回事。

那是誰的血？

是我的，不是芮秋的。

在麥凱許閃閃發亮的白襯衫下永遠都有那些疤痕，標示著他曾經保護我跟我姊姊的那段時間。但現在我知道他曾經向我母親通報關於我們的消息，曾經是她在露芙尼花園的監視器。就跟飛蛾一樣，如芮秋說的，他對我們的照顧遠超過我所知。

我回想到某個週末，我跟飛蛾站在蛇形湖[29]的邊緣，看著芮秋跨進湖水裡，走向她想拯救的某個東西，她撩起洋裝，露出的雙腿跟她彎下的身軀碰在一起。是一張紙？還是一隻折了翼的鳥？但那都不重要，重要的是，當我瞥向飛蛾時，我看到他專注地看著芮秋，不只是看著她而已，而是帶著某種對她永久的關切。整個下午我都回想著華特——我們現在就叫他華特吧——如何盯著所有靠近我們的人，彷彿可能會有什麼危險乘虛而入。我忙著跟飛毛腿工作，不在他們旁邊的那段時間，必定有很多天，飛蛾的雙眼就是這樣專注在芮秋身上，這樣保護她。

但是現在我知道亞瑟．麥凱許也曾經是我們的保護人，一週來看我們一兩次。但是他在我們吃完晚餐離去的時候，我對他的感覺就像我十五歲時對他的感覺一樣。他仍舊是那個孤獨的存在，最近剛從牛津下來，唸著那低級的打油詩，身後沒有任何可靠真實的土地。雖然我確定，如果我詢問他讀書的年代，他一定可以描述他學校制服圍巾的顏色或他的宿舍，說不定還是根據某個英國探險家命名的。事實上，有時候露芙尼花園的房子在我感覺仍像是個業餘的劇團，一個名

29 The Serpentine，位於倫敦海德公園內的一個人工湖。

叫亞瑟的男人在裡面匆匆趕來表演他笨拙的對話，然後在對話結束後走向——走向什麼？這是一個為他撰寫的角色，一個不重要的小角色，最終導致他癱在巴克劇院後臺的一張沙發上，鮮血染滿他的白襯衫，浸到長褲褲頭。必須永遠保持機密的，在檯面下的一刻。

但是那一夜的場景不斷重回我腦海：我母親拉著一張椅子走向他，房間裡一盞燈亮著微弱的光，她美麗的脖子跟臉彎下來，短暫地親了一下他的臉頰。

「我可以幫你嗎？亞瑟，」我聽到她說。「醫生待會就來……」

「我沒事，玫瑰。」她轉頭看我一下，然後解開他襯衫的鈕扣，把襯衫從褲頭拉開來，檢查那些刀傷有多嚴重，然後從她脖子上拉下棉質圍巾，擦去湧出的鮮血。她伸出手去拿花瓶。

「他沒有刺我。」

「是割傷。我看得出來。芮秋在哪裡？」

「她沒事，」他說。「她跟諾曼．馬歇爾在一起。」

「那是誰？」

「就是飛毛腿。」我在房間另一頭說。於是她再度轉頭過來看著我，似乎很驚訝我知道她所不知道的事。

有工作的母親

我追蹤到我母親的足跡，知道她在回倫敦後，快速脫離了情報單位，切斷了所有連結，然後極度低調地搬到薩福克，當時我跟芮秋正在遙遠的學校完成最後幾年的學業。所以當她在歐洲工作時，我們沒有母親在身邊，在接下來這段時間的此刻，當她轉變回沒沒無名的平民，抹除她所有假名時，我們依舊沒有母親在身邊。

我發現一些她離開情報單位後的備忘錄，警告她說薇拉這個名字又在最近的文件中冒出來，所以有可能之前在找她的人還沒有放棄。她的回應是拒絕「倫敦保鑣」提出保護她的提議，轉而決定去找她的職業圈子以外的某個人來確保她兒子跟她在一起時的安全，而不是她自己的安全。因此，在我不知道的情況下，她說服了當地的菜農山姆．麥拉凱特到我們家來，提供我一個工作。任何來自我母親先前世界的人都不會再受邀進入我們的環境。

我完全沒懷疑那些人仍舊在找玫瑰．威廉斯，也全然沒有察覺我所受到的保護。直到她過世後，我才發現她一直在她的孩子身邊——包括芮秋在遙遠的威爾斯時——安排了各式各樣的守護貓頭鷹。於是亞瑟．麥凱許被山姆．麥拉凱特所取代，一個身上從來沒有武器的菜農，除非你認為他的三尖頭鏟子或他的修籬笆工具是武器。

我記得有一次我問母親一開始為什麼會喜歡麥拉凱特先生，因為她顯然很喜歡他。她當時正跪在花園裡，照顧水田芥，於是她身體後仰，但不是看著我，而是看著遠方。「我想應該是他打斷了我們當時的對話，他說，我好像聞到火藥味。或許是他話中這個不經意的，出人意料的字眼讓我覺得開心，或覺得充滿活力。那是我熟悉的領域的知識。」

但是對青少年的我而言，山姆．麥拉凱特只代表著他所生活的那個世界的細節。我從來不會把他想像成屬於那個縱火跟火藥的世界。他是我所遇過最隨和最穩定的人。我們星期三最興奮的事，就是在去工作的路上順道去拿銘特牧師自己印的四頁新聞紙，銘特牧師自詡是這個地方上的基爾維特神父[30]。他對當地社區顯少貢獻，只是每星期對大約二十個人的會眾做一次講道。但他還做了這份報紙。他的講道跟這份報紙強迫性地把任何地方上的事件都準確無誤地變成道德寓言故事。某人在麵包店一陣昏眩，一支電話在亞當森街的轉角響個不停，一紙箱的軟糖從甜點店被偷，收音機上用錯了「放下」（lay）這個字的用法——這些先進入講道，接著又進入《銘特之光》報紙的故事都帶著死命不放的靈性教訓。

在《銘特之光》中，來自火星的攻擊可能會被忽略。這在一九三九年到一九四五年間已經是這份報紙的政策。它絕大部分只記錄當地小事，例如在戰時補給菜園裡出現野兔。週四，凌晨

30 Robert Francis Kilvert，通常被稱為弗朗西斯或弗蘭克，是一位英國神職人員，其日記反映了一八七〇年代的鄉村生活，並在其去世後的五十年內出版。

十二點零一分，一位警官在暴風雨中進行他最後一次的夜間巡邏時，心中百感交集。週日，下午四點，一位女性摩托車騎士被一名帶著梯子的男人攔下車子。到了週日講道的時候，未經許可借用別人的梯子或一個小學童對著鄰居的貓閃手電筒，在牠面前揮舞畫圈圈，試圖催眠牠等等這類故事，都具有深刻的聖經意涵，被催眠的貓很容易連結到聖保羅在去大馬士革的路上遭光弄瞎眼睛。我們買了《銘特之光》，然後以低沉不祥的口氣唸出各篇報導，一邊貌似睿智地點頭，一邊翻白眼。麥拉凱特先生相信他身為鎮上的菜農，他的死訊應該會被連結到五餅二魚餵飽五千人的聖經故事。沒有人像我們這麼仔細地閱讀《銘特之光》。但很奇特的，唯一例外或許只有我母親。每週三麥拉特凱特先生載我回家時，她總會邀請他進屋喝茶，吃魚餅三明治，然後拿了他手上的報紙，就自己退到書桌去。她會毫無笑容地讀著，而我現在明白我母親不是在找尋什麼荒謬的道德比喻，而是想發現裡面有沒有任何地方講到附近可能出現陌生人。她通常除了麥拉凱特先生以外誰也不見，只有偶爾會見到郵差。她甚至堅持不養寵物。結果有一隻野貓生活在屋外，一隻野老鼠生活在屋內。

我遊牧民族般的求學生活讓我變得世故老練而自給自足，不喜歡任何衝突。我會迴避沉重之事。我會從任何爭論中退開，彷彿我有跟鳥類和某些魚類一樣自然下垂的眼皮，讓牠們可以安靜地，幾乎是謙恭有禮地，跟眼前的同伴分開來。我跟我母親一樣偏好私密跟獨處。一間沒有爭執，而且餐桌上東西稀少的房間，對我們兩人都很有吸引力。

我們兩人只有在穿著的習慣上有所不同。我不斷移居的旅程讓我習於自律，穿著俐落整齊。熨燙自己的衣服這種事會讓我有掌控感。即使是要跟麥拉凱特先生在田地裡工作，我也會洗跟熨自己穿的衣服。而我母親則是把上衣掛在附近的樹枝上晾乾，之後就這樣穿上。試問她對我的講究挑剔有何不屑，她也從來沒說過什麼，或許她根本沒有注意。但是當我們隔著桌子面對面坐下來時，我不得不注意到她眼神清澈的削瘦臉孔，浮現在沒有熨燙過，而她覺得就今晚而言已經夠好的襯衫之上。

她用寂靜包圍自己，幾乎不聽收音機，除非正好在播放例如《親愛的班恩》[31]或《羅麗・維洛斯》[32]這類她青少女時期就讀過的經典小說的改編廣播劇。她從來不聽新聞。也不聽政論。她就像還生活在二十年前的世界，當她父母還住在白漆屋時。這種真空般的寂靜更強調出我們兩人之間的距離。在其中一次極少數的沒有壓抑的爭吵中，當我抱怨母親先前拋棄我們時，她脫口而出：「但是奧莉芙在你們身邊待了好一陣子。她都有告訴我你們的狀況。」

---

31 *Precious Bane*，英國小說家瑪麗・韋布（Mary Webb, 1881-1927）於一九二四年出版的小說，曾贏得費米娜獎。

32 *Lolly Willowes*，席維亞・湯森・華納（Sylvia Townsend Warner, 1893-1978）於一九二六年出版的小說，被描述為早期的女權主義經典。

「等等——奧莉芙？你認識奧莉芙．羅倫斯？」

她退縮回去，似乎發現透露了太多。

「那個**民族誌學家**？你認識她？」

「小縫線，她不只是個民族誌學家！」

「那她還是什麼？」

她不說話。

「還有誰？你還認識誰？」

「我都有保持聯絡。」

「真好。你都有保持聯絡。那是為了你自己！我真是為你高興。你什麼都沒說就離開我們。你們兩個都是。」

「我有工作要做。我有我的責任。」

「對我們就沒有！芮秋恨你恨到甚至不跟我說話。因為我在這裡，跟你在一起，所以她也恨我。」

「是，我被自己的女兒怨恨。」

我拿起我面前的盤子，惡狠狠地往下把盤子摔向牆壁，彷彿這可以終結我們的對話。但那盤子呈現圓弧形往上，撞到櫥櫃邊緣碎裂，其中一部分向她反彈，在她眼睛上方的額頭劃開一道口子。然後是盤子落到地上的聲響。一切暫停，我們靜止不動，血沿著她的臉頰滑落。我向她移動，但她舉起一隻手阻止我靠近，彷彿表示不屑。她不帶感情地站在原地，一臉嚴肅，甚至沒有舉起手摸額頭，尋找傷口位置。她只是繼續舉起手，手掌朝向我，阻止我靠近，阻止我試圖照顧她，彷彿這沒什麼。她經歷過更糟的。就在同一個廚房裡，我看到她手臂上的一連串傷口。

「你到底去了哪裡？隨便告訴我什麼都好。」

「我跟你還有芮秋一起在白漆屋這裡的那天晚上，我們聽著炸彈飛過頭頂時，一切都變了。我必須參與。為了保護你們。我認為那是為了你們的安全。」

「你跟誰在一起？你怎麼會認識奧莉芙？」

「你那時候喜歡她，是吧？她不只是個民族誌學家而已。我記得有一天她跟一群氣象學家搭乘滑翔機，散布在英倫海峽上空。科學家花了一整個星期記錄風速跟氣流，奧莉芙也在上面，在空中，預測接下來的天氣跟降雨機率，好確認或延後決戰日的進攻。她還參與了其他事。不過這些就足夠了。」

她的手仍舉著，像是在提出證據，提出她不想提的事。然後她轉身，彎下身，在水槽裡洗掉血跡。

她開始把書留在外面給我看，大部分是她在嫁給我父親之前，在大學時代看過的小說。「喔，他很愛看書……或許我們一開始就是因為這樣在一起。」家裡有非常多巴爾札克的法文平裝小說，我知道那是她最熱愛的書。她似乎已經不再對外面世界的任何陰謀詭計感興趣。只有像巴爾札克筆下的哈斯提涅[33]這樣的虛構人物才能引起她的興趣。我不認為她對我感興趣。雖然或許她覺得她應該用某種方式影響我。但我認為她不見得想要我的愛。

下棋是她的提議，我想是某種比喻吧，像我們之間親近的戰役，於是我聳聳肩表示同意。結果她是出乎意料的好老師，仔細地說明這遊戲的規則跟進行。她一定會確定我了解剛剛教的東西，才會進展到下一個階段。如果我的反應顯得不耐煩，她就會重新開始——我沒辦法用點頭假裝了解來騙她。那是沒完沒了的枯燥，我只想出去到外面田野上。但到了晚上，我無法入睡，因為那些戰略路線開始在黑暗中對我顯現。

在我上完最初的課程後，我們就開始下棋，她毫不留情地擊敗我，再重新把我致命一步的棋子放回原位，讓我知道本來可以如何逃過威脅。突然間有五十七種方法可以穿過一個空蕩的空間，彷彿我是一隻抽動著耳朵的貓，要進入一片未知的草坪。我們下棋時，她總是不斷地說話，有時是要分散我的注意力，有時是要說關於如何專注的重點。她的榜樣是一場一八五八年的棋賽，這場比賽被稱為「歌劇賽」，因為比賽進行的地點就是在一個私人包廂裡，當時包廂下方正在演出貝里尼的歌劇《諾瑪》。那是我母親熱愛的音樂，而那位美國棋手也是歌劇熱愛者，會在比賽當中不時瞄一眼舞臺上的情節，他的對手是一位法國伯爵跟一位德國公爵，他們則是持續大聲地討論要怎麼對付他。我母親要強調的重點是分散注意力。教士在舞臺上收受賄賂跟遭受謀殺，核心的角色最後被綁在柴堆上燒死，但在此同時這位美國棋手兼歌劇愛好者都專注在他選擇的戰略路線上，不受那光輝燦爛的音樂影響。這就是我母親認定的無與倫比的專注力模範。

一天晚上，我們篤定地在溫室裡，隔著一張桌子面對面坐著時，一場暴風雨停駐在我們山谷的頂端。我們旁邊有一盞鈉蒸氣燈。暴風雨緩慢朝我們襲來時，我母親把小兵跟城堡安放在開始的城門上。閃電跟雷聲讓我們在單薄的玻璃殼內覺得毫無防備。外面就像是貝里尼的歌劇；裡面則是植物被下了藥的空氣，還有兩條電熱鐵條試圖讓房間溫暖起來。我們在昏黃的鈉蒸氣燈燈光下移動著棋子。儘管有這些分心的事，我還是勝她一籌。我母親穿著她的藍色開襟毛衣，抽著菸，幾乎都不看我。整個八月都有暴風雨，然後到早上就雨過天晴，嶄新的日光，彷彿是個新的世紀。專注，她會在我們在暴風雨的槍林彈雨電光火石中坐下來，開始我們小小的意志之戰時這

33 **Rastignac**，法國小說家巴爾札克名著《高老頭》中的主角之一，有巴結權貴、不擇手段的個性。

樣說。在閃電劃過的四分之一秒間，我看到她短暫地落入了錯誤的壕溝。我看到我可以趁空進攻的一步，但是接下來又看到我走錯或可以走得更好的另一步。我立刻走了這一步，她也看到我做了什麼。噪音在我們四周，但此刻我們都只是聆聽著。潮水般湧來的閃電照亮了溫室，於是我看到她的臉，她的表情是什麼？驚訝？某種喜悅？

於是，終於，我們是母親跟兒子了。

★

如果你伴隨著不確定長大，你會習慣過一天算一天地跟人相處，甚至為了更安全而過一小時算一小時。你不會讓自己花心思去記得你必須或應該記得的關於別人的事。你只能靠自己。所以我花了很長的時間才能相信過去，才能重新建構起對過去的詮釋。我回憶行為的方式並不一致。我把大部分的年少時期花在保持平衡，不要滅頂。直到我十幾歲的末期，玫瑰．威廉斯才能坐在一間溫室裡，在人造的熱氣中，跟她的兒子，她兩個孩子當中唯一一個願意跟她在一起的，下著廝殺得你死我活的棋賽。有時候她會穿著居家長袍，露出她纖弱的脖子。有時候她則穿著她的藍色開襟毛衣。她會低下臉，埋到毛衣裡，讓我只能看到她懷疑的眼睛，跟她黃褐色的頭髮。

「防守就是進攻。」這句話說了不止一次。「一個優秀的軍事將領最先要知道的就是撤退的藝術。很重要的是要知道如何進入，以及如何毫髮無傷地離開。海力克士是個偉大的戰士，但他最後穿上浸了毒藥的外套慘烈地死在家裡，只因為他之前強逞英雄。這是個古老的故事。舉例來說，你的兩個主教的安全比較重要，即使你要犧牲你的皇后。不，不要！好吧，你那樣下，我就只好這樣下。你的敵人會因為你的小錯懲罰你。這一步會讓你在三步內就死棋。」然後在她移動她的騎士之前，她傾身向前，撥弄我的頭髮。

我想不起來我母親上次碰我是什麼時候。我從來都無法確定她在這些比賽中是想教導我還是想虐待我。有時候她顯得很沒安全感，像來自十年前那個時代的女人，很脆弱。感覺像是個舞臺場景。那些夜晚有些特殊的東西，讓我能專注在昏暗光線裡，在我桌子對面的她——即使我知道她就是讓我分心的事物。我看到她的手多麼快速，她的眼睛只對我在想的事情感興趣。對我們兩個而言，世界上似乎已經沒有其他人存在。

在那場棋賽結束，我們準備去休息，而我知道她自己會繼續醒著好幾個小時之前，她又重新布置了棋盤。「這是我默記下來的第一場棋賽，納桑尼。就是我跟你說過在歌劇院裡的那場比賽。」她站在棋盤上方，下兩方的棋，一手黑棋，一手白棋。有一兩次她等了一會，讓我提議下一步。「不，是這樣！」她說，對我的選擇並沒沒有感到不耐，只是對大師的步法感到神奇。

「你看，他讓主教到這邊來。」她的手移動地越來越快，直到所有黑棋都被擊敗。

我花了好長一段時間才明白我必須以某種方式愛我母親，才能理解現在的她，以及曾經的真正的她。這很困難。比如我注意到她不喜歡讓我一個人待在這屋子裡。如果我決定留在屋裡，她就會避免出去，好像她懷疑我會想要去翻找搜索她私人的物品。這是我母親啊！我跟她提過一次這件事，但她顯得這麼困窘，於是我在她必須為自己找理由前就先退後，道歉。我後來會發現她在戰爭的舞臺上是個高手，但我不覺得她當下的反應是表演。她唯一顯露關於自己的事情時，是給我看了幾張她父母放在臥室的一個牛皮紙信封裡的幾張照片。照片裡是我十七歲的母親嚴肅的女學生臉，站在我們的萊姆樹樹蔭下，還有她跟她意志堅強的母親，以及一個有時候肩膀上站著一隻鸚鵡的高大男人。他的存在很明顯，而且重複出現在後來好幾張跟我母親的合照裡，年紀稍長了一點，跟她的父母，一起在維也納的卡薩諾瓦夜總會——我可以從桌上的大菸灰缸上看到夜總會的名字，旁邊大約還有十幾個空酒杯。但除此之外，白漆屋裡沒有任何其他東西顯露出她成年後生活的一切。如果我是鐵拉馬庫斯[34]，我也找不到證據顯示她身為失蹤母親時在做什麼，沒有任何證據證明她曾在那些如葡萄酒般漆黑的海上旅行。

大部分時候我們都各自閒晃，避開彼此。我每天早上出門去工作時都覺得鬆了口氣，即使在週六早上也是。然後某個晚上，在我們吃完簡單的晚餐之後，我察覺到我母親顯得焦躁不安，她顯然很想出門，即使待會很可能會下雨。我們頭頂一整天都是烏雲。

「跟我出去走走好嗎？」

我不想，我其實可以推辭，但我決定順著她，結果迎來一個真實的微笑。「我可以再跟你說那場歌劇院比賽的事，」她說。「帶著外套，會下雨。我們可不想因為下雨就得回來。」她鎖上門，我們朝向西邊，走上其中一座山丘。

她那時候是幾歲？或許四十？我此時是十八歲。她很年輕就結婚了，是那個時代的習慣跟風俗，雖然她在大學時讀過語言，還有一次跟我說她本來希望拿到法律學位，但她為了養育兩個小孩而放棄。當戰爭開始時，她才三十歲出頭，還很年輕，就在那時開始做訊號操作員。此刻她則穿著她的黃色雨衣在我身旁大步前進。

「他的名字是保羅．莫菲。那是一八五八年的十月二十一日。」

「好，保羅．莫菲。」我說，像是在準備接她要越過網子傳過來的第二次發球。

「好。」她帶著笑意說。「這個故事我只會跟你說這一次。他出生在紐奧良，是個神童。十

---

34 Telemachus，奧德賽故事中，奧德修斯跟潘妮洛普的兒子，在奧德修斯參加特洛伊戰爭後二十年未歸時，歷經艱辛地找到父親。

二歲時他就打敗了旅行經過路易斯安納州的一位匈牙利大師。他父母希望他成為律師，但他放棄了這行，追隨他下棋的夢想。他一生最偉大的比賽就是在巴黎的義大利歌劇院裡的那場比賽，對上布倫斯維克公爵跟伊斯瓦伯爵——他們會被後人記得，只有一個原因，就是他們是這個二十歲年輕人的手下敗將。」我自顧自地笑起來。這些頭銜！我還記得艾格妮絲把在米爾丘吃掉她晚餐的其中一隻狗命名為「三明治伯爵」。

「但是他們之所以聲名大噪，還有另一個原因是這場比賽進行的情境跟地點，感覺像是某個奧匈帝國時代小說裡的場景或像是義大利小說《薩卡拉摩奇》[35]中的冒險情節。這三個棋手坐在布魯斯文克公爵的私人包廂裡，位置就在舞臺上方。他們幾乎彎身下去就可以親到女主角。當天是貝里尼的《諾瑪》歌劇，又名《殺嬰記》的首演之夜。」

「莫菲從來沒看過諾瑪，他很渴望親眼看表演，因為他很愛那音樂。他背對舞臺坐著，所以他會下得很快，然後隨即轉身面對舞臺。或許這也是這場比賽成為經典的原因，每一步都有如天空中一幅飛快的素描，幾乎沒碰觸到土地上的現實。他的兩個對手會互相爭論，然後小心翼翼地移動下一步。莫菲則是轉頭，瞄一眼棋盤，推動一個卒或一個騎士，然後又轉頭去看歌劇。他整場比賽的每步計時器可能都不超過一分鐘。那在當時是有如神助的一場比賽，到現在看起來仍是如此，而且至今仍被視為史上最傑出的棋賽之一。他那時用的是白棋。」

「這場比賽從菲利多爾防禦開始，對黑棋而言是很消極的開頭。莫菲在剛開始的階段對拿下黑棋沒有興趣，選擇壯大他的兵力，以便快速取下勝利，好回頭看歌劇。在此同時，他的對手的理論爭執越來越大聲，干擾了觀眾還有首席歌手，扮演最高女祭司諾瑪的羅西娜・潘可女士（Rosina Penco）。她不斷怒視公爵的包廂。莫菲帶出了他的皇后跟一個主教，合作主宰了棋盤中心，迫使黑棋退守到緊迫的防衛位置。」

我母親在黑暗中轉頭看著我。「你有在聽這棋賽的進展嗎？」

「有。」我說。

「黑棋很快就兵敗如山倒。這時到了中場休息時間。之前在舞臺上發生了很多事——浪漫的愛情、忌妒、謀殺的慾望、知名的詠嘆調。諾瑪遭到拋棄，決定殺掉自己的孩子。但是這整段時間，觀眾都看著布魯斯文克公爵的包廂！」

「在第二幕時，故事繼續進展。黑棋停滯不前，被釘在它們的國王旁邊，騎士也被莫菲的主教守住。你有在聽嗎？」

35 *Scaramouche*，薩巴提尼（Rafael Sabatini, 1875-1950）所著，出版於一九二一年，是一部浪漫的冒險故事，講述一個年輕律師在法國大革命時發生的故事。

「有，有。」

「莫菲此時把一支車帶入棋盤中心的攻擊陣線。他接著進行一連串驚人的犧牲，才能把黑棋擠到越來越無望的位置。接下來他做了我那天晚上示範給你看的精彩一步，犧牲皇后，以便快速走向勝利。等歌劇到達最高潮時，也就是諾瑪跟總督官決定在喪禮火堆上同死時，莫菲將他的敵人拋在斷垣殘壁中，全神貫注地聽音樂。」

「哇。」我說。

「請不要說『哇』。你才去美國幾個月。」

「那只是表達感覺而已。」

「莫菲用菲利多爾防禦開頭，彷彿他去歌劇院的路上醞釀出某種偉大的哲學深度。當然，這只有在你不那麼小心翼翼地看著自己時，才會發生。那天晚上就是這樣。在近乎一百年後，那在黑暗中，在《諾瑪》的舞臺燈光之外，那微小的舉動，至今仍被認定是天才之舉。」

「他後來呢？」

「他從棋賽退休，成為律師，但是做得並不出色，因此他靠著家族遺產生活，直到四十幾歲時過世。他後來再也沒有下棋，但他曾有過他的輝煌時刻，在那了不起的音樂的伴奏下。」

我們看著對方，兩個人都濕透了。我一開始還感受到雨，後來就忘記了。我們站在一個小灌木叢的入口，在我們下方遠處是我們亮著燈光漆著白漆的房子。我意識到她在這裡感受到的快樂，是她在那安全溫暖的地方永遠感受不到的。在這裡，當我們不被拘束在室內，她身上有種我幾乎沒看過的能量跟輕盈。我們在樹林間的冰冷黑暗中走著。她完全不想回頭，於是我們在那裡待了好一會，幾乎沒說話，很私密。我想，當她身處在那些未知的對抗，她沉默的戰爭中時，跟她一起工作的人看到的她應該就是這個樣子。

★

我母親從麥拉凱特先生那裡聽說有個陌生人搬進了離白漆屋幾哩的一間屋子，而且他對於自己來自哪裡或做什麼都不太多說。

她沿著朗布爾森林（Rumburgh Wood）健行，經過聖詹姆斯村西南方的壕溝圍繞的田野，直到肉眼可以看到那個人的家的距離。當時是傍晚。她等到所有燈光都熄滅了。然後又等了一個小時。最後她在黑暗中回家。第二天她再度出現在距離四分之一哩的地方，看著同樣的毫無動靜。直到那削瘦的男人在午後出現。她謹慎地跟蹤他。他繞著舊航空站的邊緣走。他沒有要去哪裡，她可以看得出來，他只是在閒晃，但她還是跟著他，直到他回家。她再度在同樣的田野等待，直到他屋內幾乎所有燈光都熄滅之後。她設法走到更接近那屋子，但改變了主意，掉頭回家，同樣走在黑暗中，不用手電筒。

第二天，她試探地跟郵差聊天。「你送信去的時候有跟他說話嗎？」

「也不算有。很少人像他那樣。他甚至不會來門口。」

「他的信件都是什麼樣的？他的信很多嗎？」

「嗯，這我不能說。」

「真的嗎？」她差點要嘲笑他了。

「嗯，經常是書。有一兩次是來自加勒比海的包裹。」

「還有別的嗎？」

「除了書以外，我不太確定。」

「他有養一隻狗嗎？」

「沒有。」

「有意思。」

「你有狗嗎？」他問。

「沒有。」

這段對話沒有對她帶來太大用處，因此她結束閒聊，雖然此時郵差似乎很想繼續。後來，在官方的協助之下，她將能知道究竟寄給這個陌生人的是什麼東西，以及他究竟寄出什麼東西。還有他事實上來自加勒比海，他的祖父母是那裡的英國殖民地的一片蔗糖園裡賣身的傭人。他原來是某種作家，顯然相當知名，包括在世界上其他地方。

她學會這個陌生人的名字的發音，並反覆默唸，彷彿那是某種罕見的異國花朵。

★

「他來的時候，會像個英國人……」

我在玫瑰死後，發現她在她備用的日記本中寫下這句話。彷彿即使在私密的，她自己的家裡，在一本祕密的筆記本裡，她也必須對於揭露某個可能小心翼翼。她甚至可能像唸經一樣對自己喃喃念誦這句話。他來的時候，會像個英國人……

我母親比任何人都清楚，過去並不會留在過去。所以在那私密的筆記本裡，在她自己的家裡，在她自己的國家，她知道她仍舊是標靶。她想必認定一個決心復仇的人會披上這樣的偽裝，才能不被懷疑地深入薩福克郡，接觸到她。關於他的動機的線索，應該是他可能來自她曾經工作的某個歐洲地區，而某些令人質疑的戰爭的決定曾在那裡執行。「你認為將來誰有可能來找你？」如果我當時知道的話，我就會這樣問她。「你究竟做了什麼恐怖的事？」而我想她會回答：「我犯了各式各樣的罪。」

她有一次對我坦承說，我難以捉摸的父親比任何人都更會建築堤防跟高牆來抵擋過去。

「他現在在哪裡？」我問。

「可能是亞洲吧？」她的答案很迴避。「他受過很多傷。我們後來都各過各的了。」她的手水平地揮動，像是在擦乾淨一張桌子。我們的父親在許久以前那個晚上搭上那架都鐸式飛機後，我們就再也沒有見過他了。

被偷換過的孩子發現了自己真正的血脈。所以我永遠不會像瞭解飛毛腿或飛蛾一樣瞭解他。感覺上他們倆像是我父親不在的時候，我在一本書中看到的人，也就成為我學習的對象。我渴望跟他們一起經歷難以抵擋的冒險，甚至是跟一間小餐廳裡的女孩的一段浪漫戀情。除非我採取行動，而且堅持，否則她就會從我生命中消失。因為命運就是這樣。

有好幾天，我試著闖入其他資料庫，希望能發現我父親存在的痕跡。但是我找不到任何關於他的工作的證據，不論是在國內或國外。要不是這裡沒有他的紀錄，就是他的身分是更深的機密。因為在這個地方，高度是最重要的因素，這七樓高的建築較高樓層都籠罩在一層迷霧當中，早就跟世俗生活的世界切斷聯繫。一部分的我希望我父親還存在這裡，如果他存在任何地方的話。而不是在帝國遙遠的邊境監督日軍的投降，被亞洲的熱氣、昆蟲跟複雜的戰後生活逼瘋。或許這一切都是盲目的虛構，就像他在遠東的升遷，而不是我希望想像的他在離家比較近的地方做的事。他是個難以捉摸的，如煙霧般的男人，從來不被提及；甚至不存在書面上。

我記起我父親離開前，曾有幾次讓我陪他去他城裡的辦公室，給我看那張大地圖上他各式各樣的事業所在之處，那些海邊的港口，還有審慎隱藏的島嶼帝國，我不由得懷疑這些辦公室是否在戰時也被作為情報中心。那棟辦公大樓究竟在哪裡？我父親曾在裡面解釋他的公司如何從殖民地進口茶葉跟橡膠，而一張點燈的地圖以鳥瞰的角度展露出他的宇宙的經濟跟政治地勢。即便那裡就是我現在的這個地方，我也不會知道，但那裡也可能是其他曾經用於進行暗中行動的地點。我父親在我小時候帶我去的那個辦公室裡，究竟扮演什麼樣的角色？因為我已經發現在這類機關裡，樓層的高度表示權力。此時那棟建築最會讓我聯想到的地方就是標準宴會廳。我們有些人只能在它地底的洗衣間跟充滿蒸氣的廚房裡工作，從來不被准許進入建築的高樓層，只能像魚一樣在大門跟階梯前被篩選剔除，因此除了穿上卑賤的制服作為偽裝才能進入宴會廳以外，任何人都無法到達比宴會廳更高的地方。難道我小時候就曾跟我父親進到過那種雲深不知處的高樓辦公室裡嗎？

有一次，幾乎當做是笑話或小考似的，我列出了我父親可能的命運，然後寄給芮秋。

在柔佛州被勒斃。

在前往蘇丹的船上被勒斃。

永久逃兵。

永久臥底，但仍在活動。

退休後待在溫布頓的一間機構，深陷被害妄想，持續因鄰近一所動物醫院傳來的噪音而惱怒煩躁。

仍待在聯合利華大樓的頂樓。

她始終沒有回信。

我的回憶中有好多這樣沒有標示的小刺。在我外祖父母的臥室裡，我看過我母親學生時代的正式照片，但那裡沒有我父親的照片。即使在她過世後，當我在白漆屋四處搜索，想找出有關她的生與死的任何線索時，我也沒有看到任何證明他存在的照片。我唯一知道的是他的時代的政治地圖是遼闊廣大而遍及海岸的，而我永遠不會知道他是否很靠近我們，還是永久消失到其中某個遙遠的地方，就像那句話說的，一個生活在多處，死於每一處的人[36]。

36 出自英國作家約翰・柏格紀念其友人奧蘭多・萊特列爾（Orlando Letelier）所寫的詩句中的兩句「he lived in many places, and he died everywhere.」。

夜鶯地板

關於我母親的死亡，沒有任何新聞報導。玫瑰．威廉斯的死在她一度所屬的廣大世界裡，幾乎沒有激起任何公眾的回應。她的訃聞很小篇，只說她是一名上將的女兒，也沒有提及她的喪禮地點。但不幸的是，《銘特之光》卻提到了她的死。

芮秋沒有出席她的喪禮。我接到消息時就試著聯絡她，但我發出的電報沒有得到任何回應。不過還是有出乎意料多的人從城外來參加，我猜他們都是早期跟我母親曾一起工作的人。儘管地點是保密的。

她下葬的地點並不靠近我們的村莊，大約在十五哩外，在威文尼區的貝納瑞教區（Benacre）。她的喪禮也在此地舉行。我母親並不是虔誠的教徒，但她喜歡那座教堂的樸實姿態。不論是誰計劃喪禮儀式，他一定都知道這點。

喪禮在下午舉行。這特意選擇的時間讓從倫敦來的人可以從利物浦街搭早上九點的火車過來，然後在之後搭傍晚的火車回城裡。我環顧聚集在墓地旁的這群人時，不禁心想是誰計劃了這一切？誰選擇了她墓碑上的銘文：「我歷經危險黑暗，絕非不像勇者。」[37]我問麥拉凱特夫妻時，他們宣稱他們也不知道，但麥拉凱特太太覺得喪禮辦得很有效率也很有品味。出席人群裡沒有記者，而開車來的人也把車子停在距離墓地入口幾百碼以外，以免引起注意。我處在哀悼母親的心情中，想必顯得很冷淡。我幾天前才在大學裡接到這個消息，而這些不知名的送喪者無疑地會覺得這站在墳墓旁的十八歲男孩如今無父無母，無依無靠了。他們當中一人最後走過來，無言地握了一下我的手，彷彿這已經是足夠的安慰，然後又繼續若有所思地緩步向前，離開墓地。

我沒有跟任何人說話。另一個男士走到我面前說：「你母親是個了不起的女人。」但我連頭都沒有抬。回想起來，我的反應確實無禮，但他走過來的時候，我正低頭望向墓地裡，看著她狹窄的棺木躺在剛好大小的泥土裡。我在想著打造這棺木的工匠跟訂做的人，不論是誰，一定都知道玫瑰．威廉斯有多麼瘦。也知道她有多喜歡暗色的櫻桃木，知道喪禮儀式的用語不會讓她驚嚇或覺得諷刺，甚至可能也選擇了墓碑上引述自布萊克書信的文字。所以我當時正看著在我下方三或四呎的地方，想著這一切，而聽到這男人安靜的，近乎靦腆的聲音說：「你母親是個了不起的

37 I have trave'd thro' Perils and Darkness not unlike a Champion，引述自英國著名詩人威廉．布萊克（William Blake）寫給摯友Thomas Butts的信。

女人。」等到我意識到該有禮貌時，那個我沒有回應但尊重我當時所處私密心境的高大男人已經走開了，我只看到他的背影。

過了一會，教堂院落裡就空無一人了，只剩下我跟麥拉凱特夫妻。前來致哀的倫敦人跟少數村裡的人都已經離開。麥拉凱特夫妻是在等我。自從知道我母親過世之後，我還沒有見過他們，只跟山姆講過電話。我走到他面前，然後他做了這件事。他打開他寬大的羅皮外套——他的雙手還插在外套口袋裡——然後把我包在裡面，貼近他溫暖的身軀，貼近他的心臟。我認識他這麼久以來，他幾乎從來沒碰過我。他也鮮少問我在做什麼，雖然我知道他應該會好奇我變成什麼樣子，彷彿我在判斷事物上還很稚嫩。我那天晚上睡在他們家，那空出的臥室的窗戶可以俯瞰他們圍牆圍起的花園。隔天他開車載我去白漆屋。我本來想走路，但他說他有話要跟我說。他就在那時候告訴我，她是怎麼死的。

村子裡的人都不知道發現了什麼事。他連他太太都沒有說。我母親是在傍晚時過世，而麥拉凱特先生是在隔天中午才發現她。她顯然是瞬間就死了。他把玫瑰．威廉斯抬到客廳——他用全名稱呼她，好像他們之間突然變得一點都不親密。然後他撥了她給過他的電話號碼，因為如果發生任何事，不管是任何事，這就是他該做的事。他甚至是之後才打給我。

電話那頭的聲音問他的名字，然後確認他在哪裡。那聲音要求他再度確認她已經死了。然後他被告知等一下。經過一段時間的停頓。那聲音再度出現，然後叫他什麼也不要做。只要離開屋子。叫他絕口不提發生的事，也不能說出他剛剛做的事。山姆·麥拉凱特伸手到口袋裡，遞給我她兩年前在這裡給他的那張原始的字條，上面寫著要他打的電話號碼。那張字條並不正式，但寫得很仔細，沒有任何情緒，雖然我覺得從字跡的清晰跟明確中可以讀出一種未說出口的心情，甚至是恐懼。他在可以俯瞰到我們家的高地上放我下車。「你可以從這裡走回去。」他說。於是我走向我母親的房子。

我走進她的寂靜裡。我把一些食物放在屋外給流浪貓吃。然後我跟她以前做的一樣，先大聲敲打一只平底鍋，才走進廚房，以嚇跑那隻惡名昭彰的老鼠。

當然先前已經有人來過了。麥拉凱特把她放下來的沙發上沒有任何痕跡。任何可能提供線索的東西都被拿走了。我猜測應該有個迅速而高效率的調查，如果政府有採取任何報復行動，外界一定也是看不到的。我不會接到通知。屋子裡也不會留下任何他們不希望被找到的東西。除非她無意間留下了什麼東西，讓我可以撿拾起來，搭配上她或許可能提過的一點對話中的微粒。「麥拉凱特先生讓我想到一個朋友。不過麥拉凱特太太比較純真。」她這樣說過。不過她的用字不是純真，而是無害。究竟是哪個字？應該是無害，我想。她用哪個字是有意義的。這兩者是有區別的。

好一段時間我什麼也沒做。我在花園裡繞，然後彷彿是巧合，我聽到一隻杜鵑繞著屋子唱著歌。我們小的時候，我母親常說，來自東方的杜鵑表示安慰，來自西方表示幸運，來自北方表示哀傷，來自南方表示死亡。我尋找那隻鳥，循著那歌聲找了一會，然後走進了溫室，她應該是在這裡死去的。溫室的玻璃如果有過任何破損，現在也都被修好了。我一直想起我極少被准許單獨待在這屋子裡。還有她總是盯著我看我撿起什麼東西，或對什麼東西感興趣。現在我脫離了她警戒的注視，這些房間感覺有比以前強大的力量。外面天色變黑了。我從架子上拿了幾本德文的平裝書下來，想看看她有沒有在上面寫下自己的名字，但她走過之處一向不留痕跡。其中有一本是寫卡薩諾瓦晚年的書，作者叫史尼茲勒。我拿著這本書上樓，爬到床上。

我這麼做的時候應該是大約晚上八點，然後我很快陷入這奇異而緊湊的，描寫卡薩諾瓦中年時企圖回到維也納的故事。故事的所有情節發生在幾天的時間內，恰恰符合短篇小說篇幅微小的畫布。我專注於出乎意料而令人信服的對卡薩諾瓦的同情。小說是用德文寫的，而我讀到忘了時間。隨著故事結束在卡薩諾瓦入睡，我也睡著了，床頭燈還亮著，那本小書還在我手上。

我在我過去睡的床上醒來，關掉床頭燈，然後發現自己身處凌晨三點的黑暗中，完全清醒。我覺得我需要再用不同的心境走一遍這屋子，用史尼茲勒的比較歐洲人的眼光。何況這也是我母親以前總是醒著的時刻。

我拿著手電筒緩緩走過每個房間，打開壁櫥，拉出衣櫃抽屜。我首先搜索我自己的臥室。這裡曾經是她還就讀小學時的房間，雖然牆上完全看不出來那個時代的痕跡。然後是她父母的臥室，凍結在時間裡，從他們車禍身亡後就沒有動過。然後是第三間中型大小的房間，這裡曾經是她的房間，有一張窄小的床，就像她的棺木。房裡有一張她繼承自她母親的攝政時代的胡桃木書桌。她經常半夜坐在書桌前，抹除，而非記錄下她的過去。家裡那臺很少用的電話機就在這裡。麥拉凱特先生一定得走進這房間來撥她給過他的那個號碼——或許是撥到倫敦，或許到其他地方。

在那張胡桃木書桌裡，我倒是找到了包裹在我母親皺巴巴的襯衫裡，一張我從沒見過的裱框的芮秋的相片。我仔細觀察後發現這照片必定是在我母親遠離我們，應該是對我們的活動一無所知的時期拍的。不曉得這是誰拍的。飛蛾？當我們不知道母親在做什麼時，她對我們的狀況知道多少？這照片更奇怪的一點是芮秋似乎打扮得更像個大人，有著大人的姿態，而不是她當時的青少女模樣。我從來沒看過她打扮成那樣。

我夜晚的搜索結束時，並沒有找到什麼新的東西，甚至在我臥室櫥櫃最上層架子裡也沒有被遺忘的東西。最初她建議我放假時過來住之前，必定已經徹底搜索過一番。我唯一找到的是我姊姊被仔細裱框並藏起來的照片，而我意識到我已經一年多沒見到她了。現在大約是早上五點，既然我非常清醒，我決定到樓下去。我走下樓梯，進入冰冷的寂靜裡，而就在我踏上階梯最底下的木頭地板時，那夜鶯聲音在黑夜中突然響起。

那突如其來的巨大嘎吱聲響足以吵醒任何人，就像我一年前在半夜下樓來時吵醒我母親一樣。我當時只是肚子餓，想去吃點乳酪跟牛奶，就在我被困在混亂的噪音中而回頭時，我看到她的身影已經出現在樓梯頂端，手上拿著我不確定是什麼東西。她看到我時，就把那東西放到身後。接下來幾分鐘，不論我踩到那裡——她鬆了口氣但有點責備地一直看著我——那聲音都會在半黑暗的光線中透露出我在的位置。地板上只有一條很窄的邊緣可以供一個人安靜地走過。但此時只有我一個人，於是我就伴隨著那噪音穿過走廊，直到走進她窄小的鋪著地毯、有個壁爐的客廳，然後那夜鶯叫聲般的警示聲才停止。

我坐下來。奇怪的是，我的心思沒有跳到我跟我姊姊會因為玫瑰的死而失去什麼，而是想到她很早就離開我們，當時我們感覺失去的更多。我想到她很喜歡給我們另取名字。我父親堅持叫我納桑尼，但這名字對我母親而言太長。所以對她而言我就是「小縫線」。就像芮秋變成「小鵪鶉」。「鵪鶉到底跑哪裡去了？」甚至對成年人朋友，我母親都喜歡幫他們找尋比他們受洗時用的更好的名字。她甚至掠奪地名，用別人的出生地或甚至是她第一次遇到對方的地點的地名來稱呼他們。「這是奇斯威克人。」她有一次這樣說她無意間從廣播中聽到的一個女人，因為她聽出當地的口音。我們小的時候，她總會跟我們分享這樣片段的奇聞軼事。但她揮手道別，就這樣消失時，也帶走了這一切。我在此刻，第一次單獨待在白漆屋裡時，才想到她如何抹除了她自己。我突然意識到我失去了她活生生的聲音。她年輕時擁有的那些靈敏機智，她所踏進的，不讓我們知道的，所有祕密的生活，如今都失去了。

她把這屋子縮減到只剩下一條骨架般的路徑。她的臥室、廚房、有著壁爐的小客廳，以及放著許多書的通往溫室的走道。這就是她最後幾年生活的地點。曾經充滿街坊鄰居跟兒孫的家，如今被縮減到只剩下骨架，因此在喪禮後住在這裡的兩天裡，我看到她父母遺留下來的證據還遠多過她留下的。我確實在櫥櫃裡找到幾張有手寫字句的紙張。其中一張寫到她對於家裡老鼠的奇特的思索，彷彿牠是永遠不離開的客人，而她隨著時間經過也已經習慣牠的存在。還有一張按照比例畫的她的花園的地圖，畫的人可能是麥拉凱特先生。還有一張不斷重畫的黑海附近的幾個國家的地圖。然而櫥櫃大部分位置都是空的，彷彿有人抹去了她人生所有重要的證據。

我站在她書櫃的前面，對於一個住在鄉下而且除非麥拉凱特先生提起有風暴預警才會聽廣播的人而言，書櫃內容算是很謙遜。到那時候她必定對其他聲音都已經感到疲憊了，只專注於她在小說中發現的那些聲音，看著小說中的情節突然瘋狂轉向，然後在最後兩三個章節又輕鬆地返回家鄉。在這被剝到赤裸的屋子裡，沒有會滴答作響的時鐘。臥室裡的電話從來不響。唯一明顯而因此出乎意料的噪音來源是那發出夜鶯叫聲的地板。她告訴過我，那聲音讓她安心，給她安全。

除此之外，一片寂靜。在我放假回來時，我可以聽到她在隔壁房間嘆口氣或闔上書本的聲音。

她有多常回到那放著平裝書的書架前，跟巴爾札克筆下的哈斯提涅、費麗西·卡多特，和佛特漢在一起。「佛特漢在哪？」她有一次剛睡醒時昏沉沉地問我，可能沒有意識到她在跟誰說話。亞瑟·柯南道爾宣稱他從來沒讀過巴爾札克，因為他不知道該從何看起，說他實在太難確定任何一個重要角色的源頭或首次出場。但是我母親熟知《人間喜劇》系列小說的全部，而我開始想到，不知道她是否在其中某本書中找到她自己未被記錄的人生的一個版本。她追隨著哪個人物散落在這些書中的事業軌跡，直到她可以更清楚地了解她自己？她必定知道《蘇鎮舞會》是人間喜劇系列中，哈斯提涅唯一沒有出現的一本書，但也知道他在這本書中一直被提及。我靈機一動，從書架上拿下這本書，快速翻過去，而在裡面，在第一百二十二到一百二十三頁之間，夾了一張六乘八吋四開的紙張，畫著我看起來像是白堊岩山丘的手繪地圖。上面沒有地名。或許這只是沒有任何意義的片段。

我再度回到樓上，打開還在我外公外婆房間裡的，裝著照片的那個舊棕色信封。但是裡面的照片變少了。裡面已經沒有她之前某個夏天給我看的比較嘻笑的純真的照片。我再次看到我母親在廚房外，那萊姆樹蔭下的嚴肅年輕的臉孔——但後來的照片，我最喜愛的那些，已經不在裡面。玫瑰跟她的父母，還有我從其他照片中看到而熟悉的高大男人——尤其是當中他們所有人在維也納的卡薩諾瓦夜總會的外國裝潢裡的照片，我快要二十歲的母親坐在香菸煙霧中，在這群成人隨從當中，一個熱切的小提琴家彎身接近她。甚至還有其他幾張照片，彷彿縮時攝影般的，或許在一小時後所拍的，他們所有人回到一輛計程車裡，笑著擠在一起。

「那是我父親的朋友。他是我們的鄰居，他們家都是茅草屋頂工人，」玫瑰給我看那些已經不見的照片時，曾經這樣說。我當時指著那多出來的男人，問說那是誰。「他是從屋頂掉下來的那個男孩子。」

「他叫什麼名字？」

「我不記得了。」

但是現在我當然知道他是誰了。

他就是在我母親喪禮出現的那個男人，有著那靦腆安靜的聲音，站在她的墓地旁，試圖跟我說話。他變老了，但我可以從那些散落的照片認出他，他有著照片中同樣的高度跟存在感。我曾在我們這棟建築的走廊上見過他一兩次，這辦公室裡的傳奇人物，在等那限制搭乘的藍色電梯帶他到未知的高樓層，到我們在這裡工作的大部分人無法想像之處。

我在白漆屋的最後一夜，也是喪禮後的第二個晚上，我到我母親的房間，爬上她沒鋪床單的狹窄的床，在黑暗中躺著，就像她必定也曾這樣躺著，望著天花板。「跟我說他的事。」我說。

「誰？」

「你騙我的那個人。你說你不記得名字的那個男人。在你的喪禮上跟我說話的男人。」

屋頂上的男孩

每次玫瑰的家人從屋子裡出來拿雞蛋或坐進車子裡，他就會從斜斜的稻草屋頂上往下看。十六歲的馬許·費倫會在他青少年時進入我母親的童年裡，就是因為白漆屋的屋頂需要重鋪稻草。他跟他父親還有他的兩個兄弟整個初夏都棲息在那個屋頂上，有時候中暑，有時候被狂風襲擊，但這個家族有效率地工作著，而且隨時都在講話，彼此間沒有任何一絲懷疑，神話般地和諧。馬許是其中最年輕的，是個傾聽者。冬天時他獨自在鄰近的沼澤裡砍下蘆葦，堆疊起來，讓它們在春天來臨前乾燥，由他的哥哥們剖開，再像彎折髮夾一樣彎曲柔順的柳條，把蘆葦編進屋頂上長梗的稻草裡。

那突來的一陣強風把馬許一把吹起，甩下屋頂，他掉下時抓住萊姆樹的樹枝，試著減緩掉下的速度，但還是往下墜落了二十呎，落在地面的石板上。其他人從呼嘯狂風中趕緊下來，讓他平躺，把他抬進後面廚房裡。玫瑰的母親鋪好躺椅。他需要保持不動，也不能被移動。於是馬許·費倫有一段時間成為這充滿陌生人的後方廚房裡的住客。

這L型的房間只有自然光照明。這裡有一個燒柴的火爐，還有一張聖人區的地圖，描繪出每一條步道跟渡河的地方。接下來幾個星期，他兄弟繼續在屋頂上工作時，這裡成為他的全世界。他會聽到他們在日落時離開，然後在他們隔天早上爬上階梯，一邊持續大聲講話的聲音中醒來。在剛開始的幾分鐘過後，他們講話的聲音就不是那麼清楚了，他只能聽到笑聲跟不高興的吼叫聲。兩小時後他察覺到全家人進入房子裡，對話聲消失安靜下來。對他而言，外面的世界感覺很近，又很遙遠。他在屋頂上工作時也是這種感覺，意識到遙遠的活躍的廣大世界從他身邊經過。

那個八歲大的女孩會拿早餐進來給他，又很快離開。她經常是他唯一的訪客。她只會站在門口。他可以看到她身後屋子更遠處。她的名字是玫瑰。他自己的家庭已經好多年都沒有母親也沒有女性。有一次她從家裡的圖書室拿給他一本書。他狼吞虎嚥地看完，然後請她再拿一本來。

「這是什麼？」她注意到她之前給他看的書上最後一頁空白頁上有幾幅素描。

「喔，抱歉……」馬許覺得很困窘。他忘了他畫的圖。

「沒關係，這是什麼？」

「一隻蒼蠅。」

「好奇怪的蒼蠅。你在哪裡看到的？」

「不是看到的，是我做的，拿來當魚餌的假蒼蠅。我可以幫你做一個。」

「怎麼做？用什麼做？」

「也許可以做一隻藍色翅膀的仙女蠅……我會需要線。防水顏料。」

「我可以拿給你。」她幾乎就要離開。

「等等，還有別的……」他跟她要紙，任何可以寫字的東西。「我列一張簡單的表。」

她專注看著。

「這是什麼？你的字好醜。跟我說就好了。」

「好吧。小根的鵝毛。紅銅絲，比人的頭髮粗一點的。會用在小變壓器的……」

「講慢一點。」

「——或發電機上的。你還可以拿一根針給我嗎？還有一些鋁箔，可以讓它發亮。」

這個清單還沒結束。軟木塞，一些火灰。他要求的一些東西其實他之前從沒用過。可以請她拿一本小筆記本來嗎？他只是在想像各種可能，就像身處在他從沒進去過的圖書室。她詢問線的細節，鉤子的尺寸。那時候她就已經注意到他的素描一絲不苟，完全不同於他的字跡。像是兩個不同的人生產出來的。這年輕人覺得這好像是他多年來第一次跟人對話。第二天他聽到汽車開出車道的聲音，那女孩跟母親都在車上。

一整天大多數時間，他都坐在陽光照進來的窗邊，手指忙著建構那蒼蠅，除了顏色以外都符合他的那幅素描。或是笨拙地站在他們的地圖前，在圖上尋找他已經知道，跟他之前不知道的——沿著筆直的羅馬道旁清晰的橡樹線條，還有河流的曲線。到了夜晚，他從床上滑進黑暗中，試著移動他笨拙的身軀。還好他看不到自己。如果他的臀部突然撐不住，他就會撞到牆或床。他盡可能地多動，然後回到床上，全身是汗。他的家人跟這女孩的家人都不知道。

在工作的最後一週，他的兄弟們把自己套進繩索吊帶裡，從屋頂上彎身探下來，用長飛刀的刀刃或長鐮刀修剪屋簷的邊緣。這男孩從窗戶往上看，只能看到鐵製刀刃來回掃過，稻草的殘渣像大麥落下。

之後這家人再度將他水平抬回推車上，接著就消失了。一度擺脫的靜默再度充滿屋裡。接下來幾個月，這女孩跟她的父母不時會聽到費倫家在某個遙遠的村莊整修某間房屋，彷彿公雞又找到新的小樹林築巢棲息。但最年輕的兒子馬許，每當被准許空閒的時候，仍試圖克服他的跛腳。他會在黑暗中醒來，走過他們曾經鋪過屋頂的房子，或在夜晚逐漸消退，已經傳出鳥鳴時，下到溪谷裡。那是緊繃的新生光線乍現的時刻，也是馬許．費倫現在開始會在書本裡尋找的時刻，是作者偏離故事情節而試圖多一段描述的，或許也是來自作者年少記憶的特殊時刻。男孩的馬許開始每天晚上看書，這讓他可以在他兄弟說話時充耳不聞。即使他熟知茅草屋頂工的技能，但他開始跟其他人分道揚鑣。

豐沛。這個詞確切的意思是什麼？是過多的事物？是重新補充？是一種完整的狀態？希冀的事物？這個名叫馬許．費倫的人想讀更多書，想將身邊的全世界吸入身體裡。玫瑰的家人在兩年後重新發現這個年輕人時，一開始幾乎認不出他來。他仍舊一樣充滿警戒，但他已經變成另一個人，對更廣大世界的運作更認真看待，更充滿好奇。她的父母收容了他，就像在他孤獨的受傷年少歲月裡。他們察覺到他的聰慧，而且將會支持他念完大學。根本上他已經離開了他自己的家庭。

★

費倫窩在磚造的簷口，然後在黑暗中爬上在看不見的四方庭院中聳立一百五十呎的學院高塔。每週三個夜晚，他沿著被雨水淋得濕滑的磚測試自己，直到晨光破曉前的一兩個小時，當建築跟草坪開始展現自己的時候。他從來不考慮參與划船或橄欖球這樣的公開測試；只有他傷痕累累的手指跟迅速的動作向他透露自己的力量。他在一家二手書店裡找到一本藐視規則的作品，《三一學院的屋頂攀爬指南》，他一開始以為這本書裡的執迷只是虛構，是童年的冒險故事，於是他開始爬，彷彿是要確認指南的真實性，或搜尋鐘塔上一個一絲不苟的渡鴉巢穴。他在那些夜晚從來沒見到別人，直到一天傍晚他在一九一二年的標記旁看到用指甲刮出來的兩個名字。他漫步在迴廊的屋頂上，爬下粗糙的外牆。連他都覺得自己像個鬼魂。

他開始看到其他夜行性動物。原來這是建立在馬許發現的那本私人印製書上的攀爬傳統，那本傑佛瑞・溫斯羅普・楊[38]所寫的書。他在進劍橋前就是個攀岩家，因為想念這樣的冒險，而把

38 傑佛瑞・溫斯羅普・楊（Geoffrey Winthrop Young, 1876-1958），英國登山家、詩人和教育家，著有《三一學院的屋頂攀爬指南》（*The Roof-Climbers Guide to Trinity*），和幾本著名的登山書籍。

他所稱的「極少人居住而沒沒無名的建築」變成他在學院裡的阿爾卑斯山。《三一學院屋頂攀爬指南》當中有迷宮般的插圖跟鉅細靡遺的最佳攀爬路線，在過去二十年來激勵了數個世代的攀爬迷，會沿著「最短路徑」爬上水管，滑過巴貝奇演講廳頂端不安全的磁磚。所以費倫旁邊，距他幾碼之外，還有其他攀爬者。他看到他們時，會靜止下來，經過他們身邊時，也不會對對方有任何示意。只有一次，在暴風中，他在一個身體掉下來而經過他時，伸出手抓住了一件外套，然後把那個人拉到自己臂彎裡，那驚嚇的臉在狂飆的風中盯著他，是一張他不認得的一年級生的臉。費倫把他放在一個安全的窗臺上，然後爬到更高處。

十二月，費倫爬下一座教堂鐘塔時，經過一個女人，她碰了一下他的手臂，拒絕讓他不打聲招呼就經過。「哈囉，我是露絲・霍華。數學系，葛頓學院。」「我是馬許・費倫，」他發現自己說。「語言系。」她繼續說：「你一定就是抓住我弟弟的那個人。你就是那個神祕人物。我以前就在上面注意過你。」他幾乎看不清她的臉。「你還念了什麼？」他說。他自己的聲音在黑暗中聽起來很大聲。「大部分是巴爾幹半島，那裡還是一團糟。」她暫停，看著空無一物的地方。「你知道，我相信你一定知道……屋頂有些地方是不可能一個人到達的。你想一起上去嗎？」他用頭做了個猶豫但否決的姿勢。她往下方去，消失不見。

接下來在倫敦的夏天，他利用在夜晚攀爬城裡的建築來保持體能，包括攀爬最近剛蓋好的塞爾福里奇百貨公司（Selfridges）擴建的部分。某人在建造這棟建築時就標示了緊急出口，所以他在暴風雨或好天氣時都會上去。「馬許．費倫，」那個女人的聲音說，好像她剛認出他，即使他單手正抓著慢慢鬆脫的簷溝，撐住自己。「等等。」「沒問題。對了，我是露絲．霍華。」「我知道，我幾天前晚上看到你在東牆，杜克街上頭。」「我們去喝一杯吧，」她說。

她在鸛鳥酒吧告訴他其他她所知道好攀爬的地點——她說河邊的幾座天主教教堂跟阿德雷德大樓是最有樂趣的。她跟他說了更多關於傑佛瑞．溫斯羅普．楊的事，因為他的《三一學院攀爬指南》對她而言簡直就是新約聖經。「他不只是個攀爬高手。他還贏了英詩校長獎章[39]，在大戰時他因為是良知拒絕服役者[40]，所以加入了貴格會救護車隊[41]。我父母跟他住得很近，也認識他。他是我心目中的英雄。」

「你是良知拒絕服役者嗎？」他問。

---

39 **The Chancellor's Gold Medal**，劍橋大學地位極高的年度獎項。最早是由威廉．佛瑞德瑞克王子（**William Frederick**）擔任劍橋大學校長時所頒發。

40 **Conscientious Objector**，基於良知或宗教原因而拒絕服兵役的人，在某些國家，因此拒絕服役者會被分派去執行非戰爭任務或替代兵役的其他服務。

41 **The Friends' Ambulance Unit**（**FAU**），由英國貴格教會的個人成員組織的志願救護車服務。該組織在一九一四到一九一九年、一九三九到一九四六年、及一九四六到一九五九年間在全世界各地二十餘國運作。

「不是。」

「為什麼？」

「這很複雜。」

「你曾在三一學院就讀過嗎？」他後來問她。

「其實沒有。我在找尋對的類型的人。」

「你找到了誰？」

「某個我跟蹤然後在塞爾福里奇大樓的斜面上搭訕的人。他請我喝了一杯酒。」

費倫發現自己臉紅起來。

「因為我抓住了你弟弟？」

「因為你沒有告訴任何人這件事。」

「所以我就是那個類型的人？」

「我還不確定。我知道的時候就會讓你知道。你怎麼掉下來的？」

「我從來不會掉下來。」

「但你有一隻腳比較弱。」

「掉下來的是小時候的我。」

「那更糟。表示那是永久性的。那恐懼。你家鄉是薩福克郡……」

他點頭。費倫已經放棄猜測她對他知道多少，以及怎麼知道的。

「你掉下來的時候，是因為什麼？」

「我們是做稻草屋頂的工人。」

「真有古意。」

他沒說話。

「我是說那很浪漫。」

「我摔碎了骨盆。」

「真有古意，」她再次說，開自己的玩笑。然後她說：「對了，我們需要一個人在東海岸那邊。靠近你以前住的地方。」

「需要人做什麼？」

他幾乎預期她什麼話都可能都說得出來。

「去看著某些特定的人。我們結束了一場戰爭，但是或許有另一場即將來臨。」

他細看她給的東海岸地圖，從科文希斯（Covehithe）到丹維奇（Dunwich）之間，所有海岸城鎮之間的小路。然後是更詳盡的農地地圖，標示出她名單上的人擁有的農地。他們還沒有做什麼事，只是有嫌疑而已。「我們得看著他們，以防敵軍入侵時的狀況，」她說。「他們是同情德國的人。你可以溜進去，不留任何痕跡，打帶跑，就像勞倫斯·卜洛克的話[42]。還有你的工具……那叫什麼？」

「長飛刀。」

「對，很好的名字。」

他之後再也沒見過露絲·霍華，不過多年以後，他在一份關於歐洲持續而無情的動亂的機密政府報告中看到了她的名字，就在某個人憤怒的潦草報告附錄的附記裡：我們發現自己身處

> 在一個拼貼裡，在裡頭，沒有任何事留在過去，任何傷口都不會隨著時間痊癒，一切都是當下、開放而苦澀，所有事物都接連不斷地共存著……

那是很嚴厲的附記。

無論如何，露絲·霍華曾是引薦他進入祕密戰爭的人。她在三一學院的高聳屋頂教了他什麼是「無屋頂技法」，她說這是從日本繪畫借用的詞彙，表示在高處的視角，例如從鐘樓或迴廊屋頂的視角，可以越過牆壁，看到平常隱藏起來的遠處，像是看到其他的生活跟國家，去發掘那裡發生了什麼事，那是高度帶來的側面覺察。

而且露絲．霍華說的沒錯，他是會保持神祕的人。只有極少數人會知道費倫在哪裡或以什麼方式參與了在接下來數十年不斷醞釀的許多衝突。

42 Hit and Run，美國推理小說家勞倫斯．卜洛克（Lawrence Block，1938-）的《殺手系列》小說之一。

獵鳥

馬許在黑暗中開上白漆屋，然後他跟那隻狗看著玫瑰走向這車黯淡的燈光，爬進後座。費倫調頭，然後將車子朝向海岸開去。他開了將近一小時。她靠著那豬肝色的狗睡著。他不時回頭看一下他們。他的狗。還有那十四歲的女孩。

到了河口，他讓那動物下車，然後架好偽裝棚。他從車子的行李廂拿出放在油布硬盒裡的槍，拿到那隻狗站著的地方。狗已經擺好姿勢，蓄勢待發地伸展著，朝向河水乾涸的泥濘河口上方的某個東西。此時正是馬許向來喜歡的，幾乎像不存在的未被記錄的時刻，在潮水開始進來，一開始只有一吋深的時刻。他可以在黑暗中聽到潮水聲。唯一一小圈光線在那車殼裡，那女孩正在車裡睡著，而她身邊的車門開著，讓那琥珀色的光成為一個標記，一個座標。他等了大約一小時，等潮水進來，填滿河口，然後回去車邊，握住玫瑰的肩膀，直到她醒來。她伸懶腰，手臂抵到車頂的毛氈。然後她坐了一會，望向黑暗中。這是哪裡？費倫的狗呢？

他領著她穿過濃密的草叢，來到岸邊，時間的流逝仍被水的深度標記中。當光線出來時，水已經有一呎深，幾乎可以看得出地貌了。突然間一切都甦醒過來，鳥兒們從巢中飛出來，獵犬蓄勢待發地守在此刻水深兩呎的河口，隨著河水升高且快速打轉，而往後退。對不善長游泳且對潮水陌生的人而言，這其實很危險，他很可能會被潮水拉走，即使水還這麼淺，而早一點時他還可以涉過及腰的水，走過一百碼寬的布萊斯河口，到那個暫時出現的島嶼。

費倫開槍，空彈匣從獵槍後竄出。那隻鳥安靜地落入水裡。狗游出去，跟牠拉扯一番，轉個圈，然後帶著那隻野鳥游回來。她注意到那隻狗用雙腳抓著那隻鳥，以便牠游泳時還可以呼吸。鳥群混亂地在費倫頭頂成群飛過，他再度開槍。現在光線比較清晰了。他拿起另一支槍，解釋如何打開彈匣，裝進兩發子彈。他沒有做給她看，只是解釋，安靜地說著，觀察她臉上的反應，看她實際上聽懂多少。他向來喜歡也信任她聆聽的方式，即使是她還更小的時候，她會抬起頭，看著他的嘴巴。狗也會這樣。她對著天空開槍，沒有瞄準任何東西。他要求她繼續這樣做，直到她習慣那聲音跟後座力。

他們有時候開車去布萊斯河口，有時候去阿爾德河口。在頭一次的夜晚旅程之後，每次費倫帶她去潮汐變化的岸邊獵鳥，她都會爬進前座，一路醒著，即使他們很少說話。她會望進最後的黑暗裡，灰色的樹林飛快地朝他們而來，彷彿沒被抓住似的，掠過他們身邊。她已經在思索接下來的事，預演那把槍握在她手中有多重，那冰冷的觸感，在確切的時刻將它掃到精確高度的感覺，在河口的寂靜中的後座力跟聲響回音。於是他們三個在黑暗車中駛向河口時，她可以逐漸習慣這一切。那隻狗從座椅間傾向前，將溫熱的口鼻靠在她的右肩上，她則靠過去，將她的頭靠著他的頭。

★

玫瑰緊繃的臉跟身軀多年來幾乎沒有絲毫改變，一直保持著纖瘦。她天生有種警戒感。馬許．費倫始終不知道這是從哪來的，因為她成長在一個平靜的，自給自足的，向來沒什麼緊急狀況的地方。她父親，那位海軍上將，就反映出那種平靜的感覺。他看似對身邊發生的事都漠不關心，但這並不是他的全貌。馬許知道這位父親跟他一樣，在城裡有比較忙碌的、正式的另一個生活。這兩個男人會在禮拜日散步時互相作伴，而馬許永遠扮演著業餘的自然學家，說著這白堊山丘的祕密，「整個動物群落來來去去，這一層層的白堊岩就是經由無限微小的生物們在近乎無限長的時間裡辛勤努力堆疊起來的。」薩福克，對玫瑰的父親而言，是這樣一個緩慢悠長的宇宙，一個休憩的高原。他知道真實而急迫的世界是在海洋。

在這父親以及費倫輕鬆的友誼之間，這女孩就在當中。這兩個男人在她看來都不專橫也不危險。她父親被問到政黨問題時，會顯得很一本正經，但是他會讓家裡的狗沛圖尼亞爬上沙發，然後爬進他懷裡。他的妻子女兒看著他這樣的反應，但很清楚當他在海上的時候，他們對他而言是不存在的。在海上時，即使只是一條船索磨損，也必須受到懲罰。而且他對音樂很感性，會在聽到廣播傳來某段旋律時叫他們都安靜下來。當他不在時，他女兒會很想念那平靜的男性氣息，讓她在母親的規矩太過嚴格時，可以偷偷靠近，尋求溫暖。或許是因為這樣，玫瑰才會在他不在時去找馬許．費倫，張著嘴聆聽他講述刺蝟堅持的習性，還有母牛在小牛出生後如何吃掉胞衣以恢復體力。她想要成人跟大自然複雜的規則。費倫始終都把她當成大人一樣地說話，即使在她還小的時候。

當馬許．費倫在國外待了很長一段時間，再回來薩福克時，她會再度認識他。但此時她已經不再是他教導如何釣魚或獵鳥的小女孩了。她已經結婚，有了個女兒，我的姊姊芮秋。

費倫看著玫瑰，女兒抱在她的懷裡。她把芮秋放到草地上，拿起了釣竿，他給的禮物。他知道她的第一反應會是測試它的重量，放在手上平衡，然後微笑。他離開太久了。他最渴望的莫過於再看到那個微笑。她張開手掌，摩擦那浸過油的桿子，然後抱起那嬰兒，走向前去擁抱費倫，那孩子就笨拙地夾在他們之間。

但是他此時以不同的方式看著她了；她已經不再是那個好學的少女，這讓他很失望。當她開車上來薩福克的父母家，再度看到他時，對他的想像仍只是孩童時的那個盟友。玫瑰並沒有意識到他們之間那不同的感覺，即使她正處在不斷哺乳的階段，經常在三四點的黑暗中醒來。如果她內心深處某個地方想著某件事，那也不是來自過往的，她仍舊有感情的鄰居費倫，而是她本來努力邁向的，但此時已經被她的婚姻完全驅趕出她生命的事業。她已經有個孩子，肚子還懷了另一個，所以成為語言學家的事業似乎是不可能了。她將繼續當個年輕的母親。她覺得自己身體沒那麼靈巧了。她甚至在想可以擺脫孩子一個小時，跟費倫散步時，跟他提這件事。

結果費倫大多數時間都待在倫敦，她跟丈夫也住在附近的圖爾斯山，但他們不會遇到對方。他們在倫敦的生活是截然不同的。費倫在英國國家廣播公司工作，還做一些他不太多說的其他計畫。雖然他是廣播節目上備受喜愛的自然學家，以此聞名，但在這幅肖像背後，有些人清楚他是遊走於女人之間的男人——她父親一直稱他是花花公子。

所以這個午後，在她父母位於白漆路的房屋草坪上，是她多年來第一次見到他。他都去了哪裡，她不禁想。不過今天是她的生日，當他來到他母親家吃午餐，送她這支釣魚竿當禮物，還是讓她很驚喜。他們一碰面就答應要留一個小時跟對方單獨散步。「我還收著你以前做的那個藍翅膀假蠅。」她說。這感覺像是告解。

但是她對他而言已經成了陌生人，那緊繃的骨架已經改變了，而且永遠都跟那孩子拴在一起。她比較沒那麼私密，沒那麼警戒了，他不知道那是什麼，但他覺得她在某方面放棄了她的本質。他以前喜歡她有種猛然向前的姿態，但那姿態已經消失了。然後就在此時，她撥開路上一根杉木樹枝，他認出了她脖子上某個依稀的骨頭線條，重燃起他以為已經不存在的對她的感情。

於是他對這個他教過各種事物的最聰明的女人提出一個工作提議。他曾經教過她：按年代排序這個郡內最古老的岩石、最適合做箭或做釣魚竿的木材——也就是她把他的禮物拿到臉旁時，他從她欣喜的微笑中知道她從味道就可以認得的木頭。梣樹。他希望她在他的世界裡。他對她成年後的生活一無所知，例如他並不知道她可能會比一般人猶豫躊躇更久，直到她下定決心走向她渴望的東西，到時候任何人無論如何都無法把她拉開——這是她一直都有的習慣，這樣剛開始猶豫不決，之後卻完全投入的模式——就像後來，在接下來的那些年裡，任何事都無法將她拉離費倫身邊，包括她丈夫的任何說理，甚至是她對兩個孩子的責任。

是費倫選擇了她？或者這本來就是玫瑰一直期盼的？我們最後都會成為我們本來想要成為的人嗎？也許這根本不是馬許．費倫為她打造的路。或許這樣的生活是她一直都想要的，是她知道她終有一天會縱身躍向的旅程。

他買了一棟廢棄的小屋，慢慢地重建，讓他成為距離白漆屋有點遠的鄰居。但是小屋大多時候都無人居住，而當他住在這裡時，永遠都是一個人。他每週六下午在英國國家廣播電臺的「自然學家時間」擔任主持人，或許才能在這些公開的獨白裡顯現出他最真實的本質，當他談論著蠑鰷、河水流向、河岸的七種可能名稱、羅傑・伍利（Roger Woolley）做的鱒魚假蠅、蜻蜓各種不同的翼展長度等等。那講話的方式就跟他與玫瑰每次走過田野或河岸時，他跟她說話的方式差不多。小時候的馬許・費倫會用手握住蜥蜴，會用手掌掃起蟋蟀，然後放到空中。童年曾經是那麼親密而善意。那是他可能曾經希望成為的他，每當有機會就會走進自然世界的業餘自然愛好者。

但他現在是個「神祕人物」，在政府機關擔任一個沒有名字的職位，會出差到歐洲某些不穩定的區域去，因此他的故事裡將會有一些不為人知的階段。有些人推論說，費倫情報工作上的技巧來自於他對動物行為的知識——某人回憶說費倫叫他坐在河岸上，一邊釣魚一邊跟他解釋戰術。「在這個區域的河流，重點是誘騙的藝術——一切都要伺機而動。」還有一次，當他小心翼翼拆解一個古老的黃蜂窩，他說：「你不只需要知道如何進入戰區，更要知道如何出來。戰爭不會結束。戰爭永遠不會只留在過去。『傷於賽維亞，死於哥多華。』[43]這是很重要的一課。」

有時候當他回到聖人區，會看到他的家人在沼澤中採集蘆葦，就像他小時候做過的那樣。兩個世代前，他們的祖父沿著河岸種下蘆葦，現在他的後代們收獲成果。他們的對話依舊毫不停歇，但此刻他們大聲嚷嚷的字句不再跟他分享，他不會再聽到他們對某樁親事的不滿或他們對某

43「*Sevilla to wound, Cordoba to die in.*」西班牙詩人Federico Garcia Lorca的詩句。

個新生兒的喜悅。他曾經跟他母親最為親近——耳朵重聽是她對他們無止盡聊天的防衛，而當馬許看書時，就會帶來跟那耳聾一樣的安慰。現在他的兄弟們都跟他保持距離，編織著他們自己共同的故事，例如關於某個不知名的海岸邊的稻草屋頂工人有了個「長飛刀」的稱號，計劃在德國入侵時殺掉德國的同路人。這是以竊竊私語口耳相傳的鄉野傳說。之前曾有人被這種刀殺死，看上去是隨機事件，有人說是當地人爭執的結果。他的兄弟們在一層樓高的屋頂上望向海邊，說起這件事，稻草工人用的這種工具突然間在所有村子都變得家喻戶曉。

不，馬許很久以前就失去他們了，甚至在他離開聖人區之前。

但那個對遙遠世界充滿好奇的鄉下男孩是怎麼變成後來他變成的樣子？他是怎麼奮鬥擠進那個善於戰技的仕紳階級？十二歲的時候，他可以拋出一個誘餌，讓它完美地落在河面上，然後逆流將它拉向一隻鱒魚所在的位置；十六歲時，他會改掉他難以辨識的字跡，而清晰地記錄下假蠅的設計跟綁紮方法。他對這項熱情必須非常精確——切割並縫製這些偽裝的假蠅。他可以蒙著眼做出一隻釣鱒魚的假蠅，即使是在發高燒時，即使是在狂風中，來填滿他寂靜的日子。到了二十幾歲時，他已經記住了巴爾幹半島國家的地形，也對古老的地圖有專家程度的知識，知道那些遙遠的戰役發生的地方，不時也會旅行到其中某些無辜的田野跟山谷去。那些對他關起門的人，跟那些對他敞開門的人，他都能從他們身上學習，他也慢慢獲得關於女人的非正式的知識，對他而言，女人就像他小時候曾經短暫而親暱地抱在懷裡的那些猶豫不決的狐狸。而當戰爭再次在歐洲滋長時，他已經成為年輕男女的「徵召者」跟「遣送者」，誘使他們進入安靜的服役生活——根據什麼？或許是他在他們身上瞥見的一絲混亂，或他們需要實現的某種獨立——然後把他們送入新戰爭的地下世界。這群人最後也包括了（在她父母不知情的情況下）玫瑰·威廉斯，他在薩福克的鄰居的女兒，我的母親。

轟炸機之夜

玫瑰會在週末開車上薩福克郡去看跟她母親住在一起的孩子們，他們在這裡可以安全的躲避讓整個倫敦驚惶不安的大轟炸。她來的其中一次，在這裡住的第二個晚上，他們聽到轟炸機從北海飛進來。漫長的一夜。他們都守在燈全黑的客廳裡，兩個孩子睡在沙發上，她母親被飛機的噪音吵到一直醒著，就坐在火旁。這屋子跟周圍的土地都不停顫動著，而玫瑰想像所有小動物，田鼠、小蟲，甚至是貓頭鷹跟飛在空中較輕盈的鳥兒都被空中傳來排山倒海的噪音攫住——連河流裡的魚都陷在騷動的水流裡，因為那令人精神崩潰的德國飛機在夜色中低空盤旋。她發現自己用費倫的思考方式在思考。「我得教你怎麼保護自己，」他有一次這麼說。他先前在看著她拋繩。「一隻魚——如果牠看到你的釣繩降落——就會想出那是從哪裡來的。牠學會保護自己。」但在這個轟炸機盤旋的夜晚，費倫並不在這裡，而她跟她母親和孩子獨自在白漆屋的黑暗裡，只有收音機的面板亮著，裡面傳來安靜的聲音，描述城市的某些部分——馬里波恩，堤岸的某些段落，已經是斷垣殘壁。一顆炸彈落在英國國家廣播公司的大樓附近。死傷人數難以想像。

她母親並不知道她父親在哪裡。只有這兩個孩子，芮秋跟納桑尼，還有她母親跟她在這吵雜的鄉下應該是安全的，等著英國國家廣播公司告訴他們一些消息，任何消息。她母親忍不住打盹，隨即又被更多飛機吵醒。她們之前談到不知道費倫跟她父親會在哪裡。兩個人都在倫敦某處。但是玫瑰知道她母親想講什麼。等飛機安靜下來，她聽到她說：「你丈夫在哪裡？」

她沒說話。飛機消失在黑暗裡，往西方飛去。

「玫瑰，我剛才問你——」

「我不知道啊，天啊。反正他在海外某個地方。」

「亞洲，是嗎？」

「他們說去亞洲會是很好的事業。」

「你不應該這麼年輕就結婚的。大學畢業後，你想做什麼都可以。你就愛上一個穿制服的。」

「你也是。而且當時我覺得他很傑出。我那時候並不知道他經歷過什麼。」

「傑出的人經常也很有毀滅性。」

「費倫也是？」

「不，馬許不會。」

「他也很傑出。」

「但是他是馬許。他不屬於這個世界。他是個意外，他就像有上百種工作——稻草屋頂工人、自然學家、戰場專家，還有現在不知道是做什麼……」

從她母親身上再度傳來沉默的重量。玫瑰最終站了起來走向她，在火光下看到她寧靜地睡著了。每個人都有自己的婚姻，她心想。在不斷傳來的如雷飛機聲響中，她的孩子都在沙發上睡著了，毫無防備。她母親蒼白的雙手放在椅子扶手上。在他們東北方是洛斯托夫特，在他們東南方則是索斯沃爾德。軍隊沿著海岸，在海灘埋下地雷，防止敵軍入侵。他們徵用民房、馬廄跟屋外的加蓋屋。到了夜晚所有人都消失無蹤，但五百磅的炸彈跟高爆炸性的引燃物發出尖銳哨音，落在幾乎無人居住的房屋跟街道上，亮到像白晝一樣。家庭都住在地窖裡，把家具一起搬下去。大部分孩童都被疏散到海岸地區以外。返回歐洲的德國軍機會在回程時投棄他們剩下的炸彈。所以有人居住的證據在警報聲停止時才會出現，居民會聚集在主廣場，凝望天空，看著那些飛機離開。

芮秋在黎明前掙扎著醒來。玫瑰牽起她的手，她們出門走到安靜下來的田野間，往下到河邊。轟炸機炸過的路線，她們回頭時就不走。水面很平靜，毫髮無傷。她們緊緊牽著彼此的手，在黑暗中沿著河岸走，然後坐下來，等待天光。感覺像是萬物都躲起來了。「最重要的是我必須教你如何保護你愛的人。」她心裡還留著馬許好久以前所說的某些話。早晨變得溫暖了些，她脫掉毛衣。炸彈轟炸後的水裡毫無動靜。她的膀胱滿了，但她保持這樣，當作禱告的一部分。

如果她不蹲下來，如果她不尿出來，她們就都會平安，不論是在倫敦或在這裡。她想要以某種方式參與，控制在她周圍發生的事。在這個不安全的時代。

「一隻在陰影裡偽裝的魚不再是一隻魚，只是土地的一角，彷彿牠有另一種語言，就像我們有時候需要隱匿自己一樣。例如你知道我是這個人，但你不知道我還是另一個人。你懂嗎？」

「不，不是很懂。」於是費倫再解釋一次給她聽，很高興她不只是隨意對他說「好」。

一小時後，玫瑰跟芮秋一起走向屋子模糊的輪廓。她試著想像費倫其他的人生。似乎只有他懷裡有個生物或肩膀上有隻鸚鵡時，他才會感覺比較像是純真的自己。他跟她說過，他的鸚鵡會重複牠聽到的每一句話，所以他不會在牠周遭講任何重要的事。

她明白她想要參與的是這個未知而未說出的世界。

顫抖

在情報單位認識費倫的人在公開場合隨意談到他時，任何動物的比喻都適用。而且被選擇來描述他的動物的範圍經常會廣大到極端而可笑的程度。新大陸豪豬、菱紋背響尾蛇、黃鼠狼——不論那一刻想到的是什麼東西都不重要，因為它們都只是偽裝而已。重點是被用來形容費倫的動物範圍之大，暗示他有多麼難被理解。

所以他可以被拍到在維也納的卡薩諾瓦夜總會跟一個漂亮的青少女以及她的父母吃晚餐，然後搭計程車送他的晚餐同伴回飯店後，兩小時後跟一個信差或一個陌生人出現在其他地方。如果幾年後，他被看到跟玫瑰再度出現在同一間維也納的夜總會，那個一樣漂亮年輕女人不再是青少女了，他出現的原因也不是為了表面上的目的，而是為了另一個目的，跟她一樣。他們會從一種語言換到另一種，端看是誰在他們旁邊，或他們看到對方身後有誰。他們的舉止像叔叔跟姪女，這並沒有什麼嘲諷之意。這個身分很可信，甚至對他們來說也是。因為他常常需要放開她，讓她自己變換到另一個角色——褪去一切到完全赤裸，好進入一個又一個偽裝。她可能在歐洲某個城市跟他一起工作，然後在休假時回去陪她的兩個孩子。一段時間過後，她又會跟他去另一個同盟國與敵國的幹員可能擦身而過的城市。但對他而言，他們的叔姪角色是個誘餌，不只是為了他們的工作，也是讓他可以自由地在她身邊，但還能繼續對她不斷滋長的迷戀。

他身為招募者的工作表示他要在犯罪邊緣的世界或專家當中找出具備特殊專長的人——例如一位知名的動物學家大半輩子都花在實驗室裡測量魚類器官的重量，因此可以仰賴他精確地製造出一顆兩盎司重的炸彈，用以摧毀一個小型障礙物。只有跟玫瑰在一起時，只有在某個路邊的小餐廳，玫瑰坐在他對面吃飯時，或是跟他一起在黑暗的路上從倫敦開車回薩福克郡，她蒼白的雙手幫他點一支菸，而在儀表板的光線下呈現淡金色時，只有跟她在一起，他的工作目的才會從他心裡消失。他渴望她。她全身的每一吋。她的嘴巴、耳朵、藍色的眼睛、她大腿的顫抖、她裙子掀起來形成皺摺：那是為了滿足他嗎？他的手想放在那裡。一切事物都從他心中消失，只剩下那顫抖。

他唯一不容許自己去思考的，是他自己在她眼中看起來是什麼樣子。通常他會自認可以用自己的智慧、性格，或一開始吸引對方的任何東西來引誘一個女人。但不只是以一個男人的身分。他覺得老了。只有他充滿思慮的雙眼可以不需要任何猶豫或同意地將她吞下去。

那麼她呢？我的母親呢？她有什麼感覺？是他還是她說服了對方進入這場冒險？我至今仍

不知道。我希望相信他們是以老師跟學生的身分進入這個充滿顫動的宇宙。因為那就不只是身體的愛與慾望：它會包含相關的技巧，還有可能從事周圍的工作。聯繫遭到切斷時要如何撤退的知識。要把武器藏在火車車廂的哪裡，另一人才會知道。要打斷一個人手上或臉上的哪根骨頭才能讓他在回應時失去理智。這全部的一切。除此之外，他還希望有一刻她會突然醒來，彷彿在黑暗中，在他們之間有摩斯密碼。或是她可能想被親吻的地方。她會如何轉身趴著。整部關於愛、戰爭、工作、教育、成長、老去的字典。

「拉溫納附近有一個圍牆圍起的城市，」費倫低聲說，彷彿那地點需要被保密。「在那個城市裡，在它狹窄的街道裡，有一個小小的十九世紀劇院，像一個親暱的寶石，看起來就像它的建築規則完全是依據迷你模型的原則。有一天我們可以去看看。」他這件事說了不止一次，但他們從來沒去過。他還知道其他神祕的事：逃離拿坡里或索菲亞的路線、周圍在一六八三年第二次維也納圍城時有三個軍隊駐紮，架了上千個帳篷的平原——他看過一張地圖，是在圍城之後許久按照記憶畫出來的。他解釋說過去連布勒哲爾[44]這樣的偉大畫家都會雇用地圖繪製家來幫忙建構群眾的場景。有些傑出的圖書館可以看到這類作品，例如巴黎的馬薩林圖書館。「有一天我們會一起站在裡面。」他丟出這個邀約。又一個更像存在神話裡的地點，她心想。

跟所有的經驗相較之下，她自己包含了什麼？那感覺像是巨人的懷抱，她覺得被舉起在空中高不可測之處，才能目睹這樣的知識。即使她已婚，即使她是擅長爭論的語言學家，她覺得自己沒有過這樣重要的視野，她只不過是一個藉著燭光穿針引線的女孩。

她很驚訝地發現費倫的神祕跟複雜幾乎是出自他紳士或內向的禮節。他比較善於回應，而她在智力上比他機敏，也因此她最終被要求負責從敵軍的調動中蒐集資料——就像她曾在飯店頂樓上小規模做過的事一樣，唯一協助她的人則是我跟姊姊所知的飛蛾；在戰爭的第四年，她自己開始經由對歐洲的電波發送廣播。曾經一切聽命於費倫的她不再是學生。她變得更加積極參與，在另一個廣播操作員被殺害後，跳傘降落在低地國地區，然後跋涉到索菲亞、安卡拉，跟其他點綴在地中海地區的小外站，或任何暴動發生的地方。她的廣播名稱，薇拉，在電波中變得人盡皆知。我母親找到了她進入更大世界的途徑，就跟那名年輕稻草屋頂工人的途徑相去不遠。

44 布勒哲爾（Pieter Bruegel de Oude, 1525-1569），荷蘭畫家，以地景與農民景象的畫作聞名。他習於省略名字Brueghel當中的「h」字母，而在作品上署名Bruegel。

北斗七星

就在我母親喪禮過後，我到檔案庫工作前許久，我從母親的書架上拉出那本平裝書，發現裡面有一張手繪在八乘六吋的紙上的地圖，看起來像是一座白堊岩山丘，有低坡度的等高線。不知為何我一直收藏這張沒有地名的地圖。好幾年後，當我在檔案庫工作時，我發現不論是有什麼東西需要寫下來或打出來，都會寫在四開紙張的雙面，而且用單行間距。所有在特勤機關的人都要遵守這項規則，從人稱「破壞王」的調查員米穆[45]，到負責速記的臨時祕書都一樣。這是情報單位堅持的最基本要求，從某部分曾被作為情報總部，而且我小時候以為我母親在其中服刑的蛇木監獄，到布萊切利園裡的每一棟建築都一樣。任何其他方式的紙張紀錄都不被准許。於是我明白我擁有的那張地圖跟情報工作有關，是我母親特意留下來的。

我們的建築裡有一間主要的地圖室，巨大的地圖鬆散地懸掛在半空中，必要時可以用一個滾軸拉下來，像把地景收到懷裡。我每天都會去那裡單獨吃午餐，坐在地板上，那些橫幅在幾乎沒有一絲風的房間裡，在我頭頂上幾乎紋風不動。不知為什麼，我在那裡覺得很自在。或許是因為那些是遙遠的記憶，我跟柯瑪先生和其他人一起吃午餐，我們等著接收柯瑪先生那些隨意的不正經故事的記憶。我把那張山丘地圖複製到幻燈片後，開始會帶幻燈片去那裡，把它投影在不同的地圖上。我花了整整兩天，終於找到跟它一模一樣的對應地圖，那張地圖的等高線跟我的這張原始手繪地圖完全吻合。如今我把那張白堊岩山丘的手繪圖對應到一張它有明確地名、實際存在的巨大地圖上，找到一個靠近拿坡里港口的確切地點。現在我已經知道我母親曾經跟一個小組短暫駐紮在那裡，就如那份報告如此直白地陳述的，是要去「解鎖」戰後的一個激進組織。他們其中有一人被殺害，另外兩人被俘虜。

那張手繪地圖暗示著某種親密，而我很想找出這是對誰的親密？因為這一度很有用的繪圖被祕密地夾藏在她最喜愛的巴爾札克的平裝書裡。我母親幾乎丟掉那個時期的所有東西，天曉得他們到底在做什麼，可能是解鎖某些關鍵人物的時期。在我們擁擠的工作間裡，我們經常看到一些例子是由政治或種族暴力的繼承者被迫扛起復仇的重擔，甚至到下一個世代。「他們多大？」我依稀記得我母親在我們被綁架的那個晚上不斷問亞瑟．麥凱許。

45　米穆（Sir Helenus Patrick Joseph Milmo, 1908-1988），英國律師及法官，曾於二次大戰期間任職軍情局，負責調查知名的間諜案。

「人有時候會做一些不光彩的事，」我記得我母親曾這樣對我說，當時我跟其他三個念大學預科的男孩子因為在查令十字路的福伊爾（Foyles）書店偷書而被停課。此刻，多年過後，讀到顯然是在其他國家暗中進行的政治謀殺的片段時，我不禁感到驚駭，不僅是因為我母親的行為，還有因為她當時不自覺地把我的偷竊歸類到相似的類別裡。她對我偷書的行徑很震驚。「人有時候會做出不光彩的事！」除了她對我的評斷，這或許同時也是她對自己的嘲諷。

「你做了什麼恐怖的事？」

「我犯了各式各樣的罪。」

★

一天下午，一個男人來敲我的小隔間牆面。「你會說義大利文吧？你的檔案上是這樣寫。」我點頭。「跟我來。會講義大利文的那位雙語同事今天不舒服。」

我跟著那個男人走上一層樓，到那些精通各種語言的同事辦公的部門，意識到不論我要做什麼工作，他的地位都比我高。我們走進一間沒有窗戶的房間，然後他拿給我一副很重的耳機。

「講話的是誰？」我問。

「不重要，你翻譯就是了。」他把機器打開。

我聽著那個講義大利文的聲音，一開始忘了翻譯，直到他揮舞兩隻手臂。那是一段訊問的錄音，發問的是一個女人。收音效果並不好——感覺像是在某個洞穴裡錄的，充滿回音。而且那個被訊問的人並不是義大利人，聽起來就更難懂了。錄音不斷被關掉又重新打開，所以中間會有時間的間隔。訊問顯然是在剛開始的階段。我此時已經讀過也聽過夠多這類訊問，知道他們之後就會把這男人問到無力招架。因為此時他還故意顯得漠不關心的樣子，藉此保護自己。他的答案游移不定。他一直在講板球的事，抱怨威斯登板球年鑑[46]中一些不正確的記載。他們不讓他繼續談這個話題，直接問他關於在第里亞斯特附近的一場平民大屠殺的事，還有英國跟南斯拉夫人民解放軍的關聯。

我身體前傾，暫停機器，轉向旁邊的男人。「講話的是誰？我知道背景會比較容易翻譯。」

「你不需要知道——只要告訴我這個英國人在說什麼就好。他替我們工作，我們需要知道有沒有什麼重要的事被洩露出去。」

「這是什麼時候？」

「一九四六年初。戰爭已經正式結束了，但是……」

「地點在哪裡？」

「這是我們戰後擷取到的一段錄音。從墨索里尼的魁儡政府留下的遺物中找到的——墨索里尼已經被吊死了，但是他的追隨者還在活動。這段錄音是在拿坡里近郊的一個區域找到的。」

他示意我戴上耳機，再度播放錄音帶。

經過幾次時間間隔後，這個英國人漸漸開始講話了——但是是講他在各地遇到的女人，他們去的酒吧的細節，還有她們穿什麼樣的衣服，以及他們是否一起過夜。他對這些資訊暢所欲言，提供許多明顯不重要的資訊：例如火車抵達倫敦的時間等等，諸如此類。我把機器關掉。

「怎麼了？」我同事說。

「都是些沒有用的資訊，」我說。「他只是在講他的豔遇。就算他是政治犯，他根本沒有透露任何跟政治相關的訊息。他只講到他喜歡什麼樣的女人。他似乎不喜歡粗俗的女人。」

「誰會喜歡粗俗的女人。這是他聰明的地方。他是我們最優秀的幹員之一。他講的這些東西只會讓做丈夫或太太的感興趣。」他又打開錄音。

然後這名英國人講到在遠東地區找到的一隻鸚鵡。這隻鸚鵡跟如今已經滅絕的一個部落生活了好幾年，該部落的語言已經失傳。但是一個動物園收容了這隻鸚鵡，後來發現這隻鸚鵡還會他們的語言。於是這個人跟一位語言學家試圖靠這一隻鳥重新創造這個語言。這個人顯然已經累了，但仍繼續講話，彷彿他可以藉此延後某些特定問題。到目前為止，他對這些訊問者毫無用處。這女人顯然在找尋某個人、某些身分、可以連結到一張地圖的地名、一個城鎮、一場殺戮、預期勝利的意外失敗之類。但接下來他講到一個女人有種「孤獨的氣氛」，像是不重要地順帶提到一件不重要的事，講到她的上手臂跟脖子有個胎記形成的圖案。突然間我明白那是我小時候曾經看過的東西。是我曾經靠著睡的圖案。

於是我就在翻譯一段訊問錄音當中，當一個被俘虜的男人在其中當成無用資訊而講出可能是

46 *Wisden Cricketers' Almanack*，英國每年出版的板球參考書。

憑空捏造的一個女人的描述，還有一段鸚鵡的傳說時，我聽到了我母親脖子上的胎記圖案的描述。

我回到我的辦公室。然而那段訊問一直在我心裡。我半信半疑地相信我曾經聽過或不經意聽到過這個男人的聲音。我甚至一度覺得那是我父親的聲音。不然還有誰會知道那足以辨識身分的記號——那個男人開玩笑地說，這很獨特的一群印記形成的圖案就像是北斗七星的形狀。

★

每個週五，我都在利物浦街站搭上六點鐘發車的火車，然後放鬆下來，望著緞帶般的地景從我眼前經過。我在這個時刻過濾這週內蒐集到的一切。事實、日期，還有我正式跟非正式的研究都漸漸消逝，取而代之的是我母親跟馬許・費倫之間，我有一半靠著做夢形成的，漸漸演進的故事。他們如何離開自己的家庭而走向彼此，他們成為情人的短暫時刻，以及他們之後的後退，但仍舊堅持著對彼此的少見的忠誠。我對於他們審慎的慾望、他們來去各個航空站跟港口的旅行，幾乎都毫無所悉。實際上，我唯一有的，頂多也只是一首古老民謠的一句未完成的歌詞，而非什麼證據。但我是個兒子，無父無母的兒子，帶著失去父母的兒子不會知道的事，只能跨進這故事的零碎片段。

那是在她母親喪禮後，從薩福克郡開車回家的路上。車子的時速表光線照在她蓋住膝蓋的洋裝上。該死。

★

他們離開父母的喪禮時已經天黑。整個下午她看著他在墳墓前表現得恭敬有禮，也在餐會上聽著他溫柔內向地談論她的父母。她從小認識的鄉下的鄰居們到她面前來請她節哀，問候她留在倫敦的小孩還好嗎——她不希望他們來喪禮。她必須一次又一次地解釋說她先生還在海外。「願他平安歸來，玫瑰。」然後她會低下頭。

一小時後，她看到費倫掙扎著要把一個裝得很滿而且重疊的調酒大碗從一張搖晃的桌上移到比較穩的桌上，客人在他周圍大聲笑著。不知道為什麼，她從來未像此刻這麼放鬆過。當所有人在大約八點離開之後，她跟費倫也離開回倫敦。她不想留在那棟空房子裡。他們立刻駛進霧裡。

他們悄悄地開了幾哩，在每個路口都警戒地停下來，還在一個鐵路平交道前停了將近五分鐘，因為她覺得她聽到火車的呼嘯聲。如果真的有火車，那麼它也是一直在遠處呼嘯著，跟他們一樣戒慎恐懼。

「馬許？」

「什麼事？」

「你要我接手嗎？」她轉向他時，那洋裝跟著移動。

「還有三個小時到倫敦。我們可以停一下。」

她打開一盞小燈。

「我可以開車。伊克夏。那在地圖上哪裡？」

「我猜是霧裡。」

「好吧。」她說。

「什麼好吧？」

「我們停下來吧。我不想像這樣開車。尤其想到他們是怎麼死的。」

「我了解。」

「我們可以回去白漆屋。」

「我可以讓你看看我的房子。你很久沒看到了。」

「喔。」她搖頭，但覺得好奇。

他迴轉車頭——他在這狹窄而濃霧籠罩的狹窄路上試了三次才成功——然後駛向他很久以前

重新建造的小屋。

「進來吧。」

裡面很冷。「很舒適，」如果是早上的話，她就會這樣說，但此時裡面一片漆黑，沒有一絲光線。他這裡沒有接電，只有一個可以煮飯的小火爐，這也用來讓這裡保持溫暖。他開始在裡頭燒柴。他從沒看到的房間拉出一張床墊，他說房間離熱氣太遠了。他在進屋後五分鐘內做好這一切。她一個字都沒有說，只看著費倫，想看他會做到什麼程度，這個永遠如此小心的男人，永遠對她如此小心。她不敢相信這一切正在發生。他們在這個房間裡太過接近。她習慣了跟費倫一起在開闊的鄉野間。「我是個已婚的女人，馬許。」

「你完全不像已婚的女人。」

「你知道已婚的女人……」

「我知道，但是他根本不是你生活的一部分。」

「很久以來都是這樣子了。」

「你可以睡在火旁邊，我不用。」

一段長長的沉默。她的心思在翻攪。

「我想你現在需要。」

「那我想要可以看到你。」

他走到火邊，打開煙道，於是火照亮他們的房間。

她抬起頭來，直視著他。「那我也要看到你。」

「不，我又不有趣。」

她看到自己被火爐搖晃的火光照亮，穿著她在喪禮上穿的長袖洋裝。那感覺很奇怪。某種東西從她的理智溜走。而且這是濃霧的夜晚，他們周圍的世界變得隱匿不清，身分不詳。

她醒來時被包覆著。他張開的手掌在她的脖子下。

「我在哪裡？」

「就在這裡。」

「是，『我就在這裡』，沒想到。」

她睡著，然後又醒來。

「喪禮是怎麼回事？」她問，她的頭靠著他的身體。她知道在火力所及之處以外會很冷。

「我愛他們，」他說，「就跟你一樣。」

「我不認為。我是說，你跟他們的女兒上床，而且就在他們的喪禮之後？」

「你相信他們現在會氣到想從墳墓裡跳起來嗎？」

「對！而且現在是怎樣？我知道你那些女人。我爸爸說你是個花花公子。」

「你爸爸真愛說閒話。」

「我想，今晚之後，我會離你遠遠的。你對我太重要了。」

即使在這樣過濾過的，審慎的費倫與玫瑰的故事版本，他們究竟可能發生了什麼事情，說過什麼話，還是很混亂而不確定；沒有任何事貼合他們的故事的韻律。究竟是誰，或是什麼東西，切斷了那個晚上在一個爐子旁開始的關係？

她已經很久沒有像這樣身為一個情人了。她心想，在此之後離開她，對他而言會是什麼感覺？會像他講過的一小支軍隊安靜而有禮地離開加洛林王朝邊境小鎮那樣的歷史故事？還是他們周圍的一切都會受到影響而發出喧嘩聲響？她得在那發生之前離開他，留一隻卒堵住過河的橋，讓他跟她都無法再越過河流，清楚表明，在他們這突然而特別的一瞥彼此之後，一切只能到此為止。她必須保有她的人生。

她轉身面對費倫。她很少叫他馬許。她永遠叫他費倫。但她愛馬許這個名字。那名字聽起來像是他不斷往前，很難跨越，很難完全了解，她會弄濕自己的腳，芒刺跟泥巴都黏在她身上。我想就是在那時候，當他們在爐火旁過夜之後，她決定要安全地回到往昔的她，跟他分隔開來，彷彿受苦永遠都是慾望的一部分。她無法在他面前放下防備。但她會再多等一會，等到天大亮，等到之前身為愉悅的愛人的他再度變成她不知道的人，一個謎。在破曉時，她聽到一隻蟋蟀的聲音。是九月。她會記得九月。

★

費倫被那個義大利女人訊問的過程中，那些訊問者曾將對他直射讓他眼睛看不見的明亮燈光瞬間轉開，一時光芒快速閃過她的臉，而總是該死且快速地就可以察覺周圍發生什麼事的他，清楚看見了她。他有著如某人說過的，「看似心不在焉卻明察秋毫的眼睛」。因此他注意到她皮膚上的微小水痘疤痕，並立刻判斷出她並非美女。

他們是故意要讓他看見質問他的女人嗎？他們可以看得出來他是好色之徒，有可能被挑逗而參與一場小小的調情嗎？那一瞬間暴露那女人，對他有什麼影響？他有什麼反應？這會讓他的調情變弱一點嗎？他變得比較溫和？還是更有信心？如果他們對他這麼了解，了解到會在那弧光燈的對面安排一個女人，那麼那燈光一瞬間的移動究竟是意外還是故意？據說，「歷史研究無可避免地會遺漏生命中意外之處。」

但事實上費倫總是對不經意的意外欣然接受，一隻突然出現的蜻蜓或出乎意料的個性的揭露，他總是可以淡然處之，不論是好是壞。他兼容並蓄，就像他可以承擔重任，可以在陌生人面前嬉鬧喧嘩，這些都是他逃離神祕的方法。他有種開放的感覺，是來自於他曾經是個喜愛發現事物的少年。他的意志是好奇多於無情。所以他需要一個善於策略的執行者在他身邊，而他在玫瑰身上發現了這種能力。他知道他們要找的人不是他，而是她——那個神出鬼沒但名聲遠播的薇拉——從電波中攔截他們神祕難解的訊號的女人，那個回報他們一舉一動，洩漏他們行蹤所在的聲音。

但費倫其實也是個雙面鏡。千百人聽著他的聲音，認定他是「自然學家時間」的親切主持人，絮絮叨叨地說著一隻老鷹的重量，或討論「抽苔萵苣」這個說法的由來，彷彿他是隔著肩膀高的圍籬跟你講話的鄰居，渾然不覺有人在遙遠的德比郡偷聽。但是對他們所有人而言，他同時是既熟悉又看不見的。在《廣播時代》雜誌上從來沒有任何他的照片，只有一張鉛筆素描，畫著一個男人在中景處邁步，距離遠到足以讓人難以辨識。偶爾他可能會邀請一位研究田鼠的專家或飛蠅釣魚的釣具設計師到英國國家廣播公司的地下錄音室，並在這種時候試著當個謙卑的聆聽者。但他的聽眾比較喜歡他自己講話。他們習慣他的心思隨意徘徊，例如他會突然挖出約翰·克萊爾[47]的詩句「鶫在呼嘯的荊棘間喋喋不休」，或念誦出湯瑪斯·哈代的詩，描寫在滑鐵盧戰役發生的大約七十幾座田野上，戰爭對小動物造成的毀滅。

鼴鼠地底隧道的居所遭車輪壓毀，
雲雀的卵墜落，母鳥四散紛飛，

刺蝟之家遭坑道工兵大門開啟。
蝸牛在可怖的踐踏下蜷縮，
但亦無用，他被輪圈壓碎。
蠕蟲問上頭究竟是什麼，
鑽到深處遠離如此悲慘的情景，
猜想自己或許能平安……

這是他最喜愛的一首詩。他緩慢而溫柔地讀著這段落，彷彿進入了動物的時光。

★

弧光燈的熾烈光線後的女人不斷變換訊問的方向，想趁其不備時抓到他。他只選擇坦承不忠跟背叛的事，其他什麼都沒說，或許是希望可以讓她煩躁而變得盲目。他一路跟著燈光另一頭的

47 約翰・克萊爾（John Clare, 1793-1864），英國十九世紀浪漫主義時期詩人，詩作多描寫自然農村。

她開玩笑，但是我不禁想：他們在他面前放了一個細膩的女人問他簡單的問題——是要讓他相信自己可以用這些細節誤導她。但他捏造的這些故事對她而言是否洩露了什麼？她要尋找的是他們認為該負責的女人的外貌描述。有時候她的問題非常明顯，於是他們都笑出來，他笑她的詭計，而她的笑則更加別有用心。大部分時候，即使已經精疲力盡，他還是能察覺問題裡隱藏的意圖。

「薇拉。」他重複，彷彿在她第一次提起這個名字時感到困惑。而因為薇拉是個虛構的名字，他也幫訊問者建構了一幅虛構的肖像。

「薇拉很端莊。」他說。

「她是哪裡人？」

「我想是種田的鄉下地方。」

「那是哪裡？」

「不太確定。」他需要收復失土，因為他可能已經洩露了太多。「倫敦南方嗎？」

「但你剛才說是『種田的鄉下地方』。艾克薩郡？威克薩斯郡？」

「喔，你知道哈代……你還會看哪些作家的書？」他問。

「我們知道她在電波中的正字標記的風格。但是有一次我們攔截到她的聲音，她有種海岸地區的口音，但我們不確定是什麼地方。」

「應該是倫敦南方。」他重申。

「不是，我們知道不是。我們有這方面的專家。你是什麼時候開始有你現在的口音？」

「你是什麼意思？」

「你一直都是這樣講話的嗎？一個靠自己成功的男人？所以你跟薇拉之間的隔閡是來自於階級？因為她的口音跟你不一樣，對吧？」

「我根本不太認識那個女人。」

「她漂亮嗎？」

他笑了。「應該是吧。脖子上有幾顆痣。」

「那你覺得她比你小幾歲？」

「我不知道她的年齡。」

「你知道丹麥山丘？還有一個叫奧利佛．史特奇的？『長飛刀』？」

他沉默。感到驚訝。

「你知道你們的新盟友南斯拉夫解放軍在第里亞斯特附近的佛貝大屠殺[48]殺了我們多少人嗎？有幾百人死在那裡？被埋在汙水管裡？……你覺得呢？」

他不發一語。

「或我叔叔的村子裡？」

他覺得很熱，所以他很高興他們有一刻把所有燈都關掉。那女人在黑暗中繼續講話。

「所以你不知道那個村子裡發生的事？我叔叔的村子？人口四百人。現在只剩九十人。幾乎所有人在一夜之間被殺光。一個孩子目睹了這一切。她當時醒著。而當她第二天把這件事說出來時，解放軍把她帶走了，把她也殺了。」

「我不會知道這件事。」

「那個自稱薇拉的女人是你們的人跟解放軍之間的無線電連結。她告訴他們那天晚上要去哪裡。還有其他地點——瑞吉那蘇馬（Rajina Suma）、葛科瓦（Gakova）。她提供他們資訊，距離海岸幾哩，哪些出口被封鎖，要如何進入。」

「不論她是誰，」他說，「她應該都只是在轉達指示。她不可能知道接下來會發生什麼事。她甚至可能根本不知道發生了什麼事。」

「或許吧，但我們只有她的名字。不是將軍也不是軍官，只有她的代號，薇拉。其他什麼名字都沒有。」

「那些村子裡發生了什麼事？」費倫在黑暗中問，雖然他知道答案。

那盞巨大的弧光燈被打開。

「你知道我們現在怎麼稱這件事嗎？『血腥秋季』。你們決定藉由支持南斯拉夫人民解放軍來擊垮德國時，我們這些人——克羅埃西亞人、塞爾維亞人、匈牙利人、義大利人——全都被你們歸類為法西斯主義者，還有德國同路人。普通人現在都被視為戰犯。我們當中有些人曾經是你們的同盟，現在我們卻成為敵人。倫敦一陣風向轉變，起了一些政治耳語，一切就都變了。我們的村莊被夷為平地。現在已經毫無痕跡。整群人被迫列隊站在萬人塚前，用鐵絲綁起來，防止他們逃跑。舊恨變成謀殺的藉口。還有其他村子也被從此抹除。在賽維克（Sivac）。在阿多讓（Adorjan）。南斯拉夫人民解放軍一直在第里亞斯特附近盤旋，越來越靠近，直到他們可以把我們都趕進城市裡，可以有更大規模的殲滅。斯洛維尼亞人、南斯拉夫人。他們所有人。還有我們所有人。」

費倫問：「你說的第一個村莊是什麼名字？你叔叔的村子？」

「它已經沒有名字了。」

---

48 **Foibe massacres**，指在第二次世界大戰期間和之後，南斯拉夫人民解放軍對義大利的委內瑞拉朱利亞及第里亞斯特等地居民實施的大屠殺。

★

玫瑰跟那個士兵在艱難的地勢上快速移動，因為經常要涉過河流而濕透，急著在天黑前趕到目的地，但又不確定目的地確切的位置。再過幾個山谷就到了，她心想，她也這樣告訴那個士兵。一切都在變動中。他們無法攜帶短波無線電，只帶了別人給的匆忙間準備的身分證件。她身邊的男人有一把槍。他們在尋找一座山丘，山腳的一座小屋。一個小時後他們終於看到了這棟建築。

他們的到來讓裡面的人很意外。玫瑰跟那個士兵進入小屋時，渾身顫抖，衣服全濕，而她看到費倫，看起來整齊俐落，完全乾的。他一時間說不出話來，然後惱怒起來。「你們在幹什麼……？」

她揮手不予理會，彷彿是將問題延後。她看到另一個男人跟一個女人，他們走向她，都是她認識的人。費倫腳邊有個背包，於是他用幾乎是喜劇般的高傲態度指向背包，彷彿提供衣物是他在此唯一要扮演的角色。「想要什麼自己拿吧，」他說，「把身體弄乾。」然後他走出去。他們兩人分了衣物。一件很重的襯衫由那個士兵拿去。她拿了一件睡褲，還有她知道屬於費倫的粗毛呢外套。她在倫敦就常看到他穿。

「你們到底在幹什麼？」她出來到外面時，他又問了一次。

「他們控制了電波，所以無線電關閉了。我們無法連絡你。我就自己來了。他們先前都在追蹤我們的通訊，他們知道你在哪裡。我是被派來跟你說你得離開。」

「你在這裡不安全，玫瑰。」

「你們也都不安全，這就是重點。他們知道你們的名字，知道你們要去哪裡。他們已經抓到康諾利跟傑可。他們也宣稱他們知道薇拉是誰。」她用第三人稱講到自己，彷彿可能有別人在聽。

「我們在這裡過一夜。」他說。

「為什麼？因為你這裡有個女人？」

他笑了。「不是，是因為我們才剛到。」

他們在火旁吃飯。他們之間的對話小心翼翼，因為每個人都不確定其他人知道多少。他們每個人都會隨時在自己跟他人中間築起一道圍牆，這樣如果有任何一人被抓，某個地點或目標才不會被洩露。這裡沒有其他人知道她是薇拉。也沒有人知道跟她一起旅行的那個男人是她的保鑣。她的士兵很內向，她在這突如其來的兩天旅途中試圖跟他講話時就發現了這點，即使是她問他在哪裡長大的也一樣。他完全不知道自己的任務是什麼。只知道她是他必須保衛的女人。

她跟費倫在吃飯後再度走到外面去談話時，那個士兵也跟著來，於是她叫他走開一些，讓她跟費倫可以私下講話。他走開去，在遠處點燃一根菸，於是她越過費倫的肩膀看著他每次吸氣時那菸微弱的脈動。他們可以聽到其他人在裡面的笑聲。

「為什麼？」費倫說，疲憊而批判地嘆了口氣。聽起來幾乎不像是個提問。「不必是你來的。」

「你不會聽別人的話。而且你知道的太多了——如果你被抓，大家都有危險。我們現在不適用交戰的規則了。你會被當成間諜質問，然後你會消失不見。現在這年頭，我們跟恐怖分子沒兩樣。」她怨恨地說。

費倫沒說話，試著找尋一樣武器，某種用具，重新回到爭論中。她伸出手，把手放到他身上，然後他們極度靜止地站在黑暗中。來自小屋裡火堆的微弱光線在他肩頭閃爍。一切顯得那麼和平，寧靜，就像很久以前在薩福克的一個夜晚，一隻倉鴞，白色的，頭很大，安靜地漂浮到靠近他們的地上，拎起一隻小動物——一隻老鼠？還是鼩鼱？——像是撿起草坪上的一片紙屑，然後向上滑翔到一棵黑暗的樹上，完全沒有中斷動作的弧線。「如果你看到牠們的鳥巢，」他那時曾這樣告訴她，「你會發現牠們什麼都吃。兔子的頭、蝙蝠的屍體、野雲雀。牠們力量很大。牠們的翼展——你剛剛看到了——有多長——將近四呎吧？但如果你有機會抓到一隻……那力量背後幾乎沒有重量。」

「你怎麼會抓到？」

「我的一個兄弟找到一隻倉鴞，是被電死的。他拿給我看。牠很大隻，有很漂亮的羽毛，像一層層的扇形。但牠幾乎沒有重量。他把那隻鳥放在我手上時，我的手往上抬了起來，因為沒有我預期的阻力……玫瑰，你會冷嗎？我們要不要進去了？」當他突然在當下跟她說話，她得想一下才記起來自己在哪裡，在一間小屋外面，靠近拿坡里的某處。

在裡頭，火幾乎熄滅了。她把自己裹進一條毯子裡，躺在那裡。她可以聽到其他人調整到舒服的姿勢。她先前跟費倫提到她搞不清楚自己在哪裡，於是他在一張紙上迅速素描出一張地圖，釐清他們所在的位置。於是她的心思飛快轉著，想到那描繪出的土地，從這小屋延伸到兩條可能的脫逃路線，其中之一是一個港口，她到那裡之後，如果有什麼狀況，就要聯絡一個名叫卡門的人。她可以聞到他們晾在火旁的濕衣服散發著溪流的味道，而費倫的外套貼著她的身體，感覺很粗糙。有人在低語的聲音。前一年，她跟他一起工作時，曾懷疑他跟小屋裡另一個女人哈薇克在一起。現在她可以分辨出他當作床睡下的房間角落有壓低的說話聲跟動作。她逼迫自己的思緒回到那地形上，想像接下來跟她的保鑣前進的旅程。等她醒來時，天空露出第一道曙光。

早起是她跟費倫學習時留下的另一個習慣，那時候他們常去獵鳥或沿著河流健行釣魚。她坐起來，望向小屋比較暗的一頭，然後看到費倫看著她，他的同伴睡在他旁邊。她從毯子鑽出來，收拾起自己的乾衣服，到外頭私密的地方去穿衣服。一分鐘後，那個保鑣就謹慎地跟在她身後。

她回來的時候，費倫已經起來了，其他人也醒了。她走過去，把他的外套還給他。她整晚都感覺到那外套壓著她的沉重。在快速吃早餐時，他對她很有禮，彷彿她才是這個團體的權威，而不是他。當他的眼睛從小屋的另一頭看著她，她想像著他跟另一個女人在陰影裡做什麼時，就一直是如此了。

幾天後，費倫就被抓到並質問，如同她的警告。

★

「你已婚，對吧？」

「對，」他說謊。

「我想你對女人很有一手。她是你的情人？」

「我只見過她一次。」

「她結婚了嗎？有小孩？」

「我真的不知道。」

「她吸引人的點是什麼？年輕？」

「我不知道。」他聳聳肩。「也許是她的步伐？」

「『步伐』是什麼？」

「走路的樣子，一個人走路的姿態。你可以從一個人走路的樣子認得他。」

「你喜歡女人的『步伐』？」

「對，對，沒錯。我只記得她這件事。」

「一定還有別的……她的頭髮？」

「紅色的。」他對自己快速的捏造答案很得意，但或許太快了。

「你先前說『痣』的時候，我以為你是指某種動物！」

「哈！」

「真的，你把我搞糊塗了。所以究竟是什麼？」

「喔，你知道，就像……就像胎記一樣，在皮膚上。」

「啊！所以是一個還是兩個胎記？」

「我沒數。」他靜靜地回答。

「我不相信她是紅頭髮，」她說。

這時候玫瑰應該已經到拿坡里了，費倫心想。已經安全了。

「我想她一定很有吸引力。」那女人笑起來。「不然你不會不想承認。」

之後他們放他走了，讓他很意外。他們要找的不是他，這時候他們已經找到薇拉所在的位置並辨識出她了。在他的幫助之下。

充滿街頭混混的巷子

她醒過來，臉靠在表示「水道」的義大利文字旁，手臂上有燒灼般的痛，腦袋掙扎著想知道自己在哪裡，現在的時間。但她卻記起另一個時刻，而聽到蟬鳴聲。當時是晚上六點，她醒過來發現自己躺在草地上，幾乎是跟現在同樣的姿勢，一邊臉頰靠在自己的上手臂。那時她很清楚自己的感官知覺。當時她身上唯一不對勁的感覺是疲憊。她那時走了好幾哩到城裡來見費倫，因為要等幾個小時，所以找了個步道旁的小公園睡覺，然後突然醒過來，聽到哀悼般的蟬鳴。不過相似的是，她一開始也沒有意識到自己在那裡做什麼。她那時是在一座小公園裡等他。

現在令她困惑的是那個字「水道」，一條排水溝。她把頭從排水溝蓋抬起來。她需要清晰的思緒，需要知道她為什麼會像這樣躺在這裡。如果這裡有某種東西在發出哀鳴，那會是在她體內。她抬起手腕，抹去破掉的手錶上的血，一點玻璃，手錶顯示五點或六點，一大早。她看著天空。她開始慢慢記起來。她必須抵達一個安全的房子。萬一她需要幫助，就得去找一個叫卡門的女人。玫瑰站起來，拉起她深色裙子的一角，用她的牙齒咬住，然後用她好的那隻手撕去裙襬最下方的三分之一，用來緊緊綁住她的手臂，以抵抗疼痛。然後她蹲下來，沉重地喘氣。現在她要走下坡到港口去找卡門，不論她在哪裡，然後搭上一艘船。這裡永遠都有奇蹟，有人這樣形容拿坡里。

她離開那街頭混混出沒的小巷，在腦中回想地圖。波西利波（Posillipo）是這城市比較富有的街區，意思是「遠離憂傷」。這是個希臘字，仍被義大利文使用。而她需要去到斯帕卡那波利街（Spaccanapoli），把這城市一分為二的街道。她走下坡，重複這兩個名字——波西利波跟斯帕卡那波利街。海鷗的吵雜喧嘩聲很大，表示靠近水邊。找到卡門，然後找到港口。現在天空中有光線了。但是最活躍的是她的左手臂，疼痛所在的地方，繃帶現在已經沾滿了血。她現在想起他們用在她身上的小刀。他們的團體分開走離開這個國家的不同路線之後，他們找到她跟那個士兵。他們是怎麼找到的？誰洩漏了什麼？她進入城市外圍時，他們就找到她，殺了那個士兵。他還只是個孩子。在某棟建築物裡，他們開始每問一個問題，就在她手臂上劃開一道。一小時後他們停下來，離開她。她一定是不知道用什麼方法逃脫了，爬到大街上。他們一定在找她。他們放過她了嗎？此時她正往下坡走，思考著，她的感覺慢慢回來。「遠離憂傷」。「暫停哀悼」。「*tombiro*是什麼？」她轉過一個街角，發現自己跌跌撞撞地走進一個燈光明亮的廣場。

這就是在天空中一直亮著的光。不是曙光。是許多家庭跟其他人群圍繞著一個長桌，在夜晚的空氣中吃吃喝喝，一個十歲的女孩在他們當中唱歌。那是一首很熟悉的歌，是她多年前用另一種語言唱給她兒子聽的歌。她眼前的場景可能是夜晚的任何一個時間，但絕不是清晨。她的手錶一定是在先前他們盤問她的時候停了，錶上顯示著五點或六點，但那是指傍晚，不是破曉前。現在一定還不到午夜。但是那海鷗呢？牠們只是被這擁擠的廣場的燈光吸引而來嗎？

她靠著一張桌子，一個陌生人，看著他們談天說笑，那個女孩坐在一個女人的腿上唱歌。那感覺很像中古世紀，像是費倫熱愛描述的一幅大師的油畫，指出那畫隱藏的結構，說一個如一條麵包這樣的小東西如何讓整幅畫有了重心，而一群人由此輻射出來，充滿整張畫布。這就是這世界互動的方式，他會這樣說。在這裡，對她而言，那條麵包就是那個帶著自己的喜悅唱歌的女孩。她沿著斯帕卡那波利街走向她應該去找卡門的地方，卻走進這個喧鬧的聚會裡，自己此時也是這樣的感覺。她可以再往前走一步，更加暴露出來，但她選擇拉出一張椅子，坐下來，把她受傷的手臂放在桌上，看著她周遭持續進展的壁畫。她已經很久沒有這樣家庭式群體的生活。她接受了一個充滿祕密的世界，那裡有種不同的力量，那裡沒有任何慷慨。

★

她身後的一個女人溫柔地把雙手放在她肩上。「這裡永遠都有奇蹟。」那女人對她說。

幾個月後，費倫如他曾經答應過的，跟玫瑰一起走進馬薩林圖書館。他們之前在圓頂餐廳吃午餐吃到很晚，看著彼此吞下生蠔，用纖細的杯子喝著香檳，然後分享一個可麗餅，結束這一頓。她伸手去拿叉子時，他看到她手腕上方的疤痕。

「舉杯吧，」她說。「我們的戰爭結束了。」

費倫沒有舉起他的杯子。「那下一場戰爭呢？你會回去倫敦，而我會待在這裡。戰爭永遠不會結束。『傷於賽維亞，死於哥多華』，記得嗎？」

在計程車上，她覺得頭昏，靠在他身上。他們要去哪裡？他們快速轉進哈斯拜耶大道，然後是孔第碼頭。她充滿了不確定的知覺，仍跟這個男人綁在一起，由他指引。過去的幾個小時滑進彼此裡面，不知不覺地消失。她先前在她如此寬闊的床上獨自醒來，讓她相信自己是漂浮在一艘木筏上，就像這個下午在圓頂餐廳，那上百張空桌子散布在她眼前，像是一個被遺棄的城市。

他們走進雄偉的馬薩林圖書館的褐色建築時，他把一隻手放在她肩上。他宣稱馬薩林[49]是「黎胥留[50]辭世後，法國預設的統治者」。她相信只有費倫才會如此無意識地用到「辭世」這個字眼，這個在十六歲前幾乎沒受過任何教育的男人。這是他默記起來的第二套辭彙裡的字，就像他重新訓練自己的筆跡，擺脫她在他小時候的筆記本上看過的粗糙字跡，就在他觀察大自然而畫出精確的軟體動物跟蜥蜴旁邊。一個自己成就自己的男人。一個趁勢而起的機會主義者。因此同行的某些人不相信他的權威，甚至他自己也不相信。

走進圖書館時，玫瑰發現她，嗯，有些醉了。她的思緒從他在講的句子飄開。午後的三杯香檳只有九顆生蠔的重量打底。而此刻他們莫名進入了十五世紀，周圍是從修道院沒收而來，或被推翻的貴族投降交出的成千的殘餘古籍，甚至有印刷術還在嬰兒時期的古本。這所有的一切都在一度被譴責而隱藏數個世代之後，被蒐集保護在這裡。「這是偉大的再生。」費倫對她說。

在上面一層樓，他看著她的輪廓沿著被照亮的窗戶移動，彷彿一列亮著燈的火車經過她。然後她站在一幅巨大的法國地圖前，上面有數千座教堂，就像他一度幻想她的樣子，所以這感覺像是他早先慾望的復刻。那些地圖總是充滿信仰的壓迫，彷彿人生的唯一目的就是從一座教堂神壇旅行到另一座，而不是越過一條河流一絲不苟的藍色，到達一個遙遠的朋友那裡。他偏好沒有任何城市的更古老的地圖，上面只標示著等高線，因此它們現在可以被用於做準確的偵察。

費倫站在一群大理石雕刻的學者跟哲學家旁邊，然後快速回頭，彷彿他可以抓到它們的一個

49 馬薩林（Cardinal Jules Mazarin, 1602-1661），法國外交家、政治家，路易十四時期的樞密院首席大臣及樞機。任內結束三十年戰爭，並替法國獲得不少重要領土。

50 黎胥留（Cardinal Richelieu, 1585-1642），路易十三時期的樞密院首席大臣及樞機主教，在三十年戰爭時，透過一系列的外交努力為法國獲得相當大的利益。

眼神或一個思緒。他愛那些雕像永久不變的評斷，他們明顯的軟弱或可疑。在拿坡里時，他站在一個殘酷的帝王面前，他至今都記得那逃避的石頭面孔上的眼睛始終都不跟他眼神交錯，不論他如何從一邊換到一邊，試圖要抓住他的目光。有幾次他覺得好像變成了那個男人。玫瑰用手指戳他，於是他轉向她。他們走過一排骨董書桌，每一張桌子都由它自己的琥珀燈光照亮。一張顯露著某個聖人匆忙間的字跡，另一張是另一個在年輕時就被處決的聖人的字跡。還有一張椅子展示蒙田摺起來的外套。

玫瑰深吸進這一切。這感覺像是他們午餐的延續，生蠔的味道突然間伴隨空氣中書桌亮光漆跟多孔的老舊紙張的氣味。她到這裡之後幾乎都沒說話。當他指出一個細節時，她也不回應，只急切地想發掘這一切對她自己的意義。她崇拜這個男人一輩子，但是她此刻感覺到這個古老的地方跟她的自我的撞擊。這是偉大的重生。就像她或許是他的重生。他一直都是這樣看她的嗎？她不禁為這個小小的覺察醉了。

她擺脫了他的約束，單獨走在這座城市裡，不顧細微的雨下著。她迷路的時候，也不問人方向，故意保持不確定，在經過同樣的噴泉兩次時，不禁笑出來。她感覺到偶然，自由。她是被叫來這城市執行引誘的任務。她可以想像一切會怎麼發生。她會把頭靠在他明顯可見的肋骨上。

她的雙手在他肚子的毛髮上，隨著肚子的抽動而起伏。她張開嘴吐出讚美跟溫柔，而他轉身進入她。她走過一座橋。她回到房間時是清晨四點。

她在第一道光灑下時走進他相連的房間。費倫在他選擇比較簡樸的床上睡著。在他們抵達的時候，他就堅持她睡比較華麗的房間。他仰躺著，眼睛緊閉，雙手放在兩側，彷彿在禱告或被綁在一根柱子上。她拉開高聳沉重的窗簾，讓房間裡充滿冬天的光線跟家具，但他沒有醒來。她看著他，意識到他現在在另一個世界裡，或許還是十幾歲時那個不確定的男孩。她見到的成年後的費倫從來不顯得不確定：她知道的他是改造後的男人。這些年來，他帶領她看到了她渴望的廣大視野，但是她現在心想，或許只有那些不確定的人才能清楚看到在你眼前的一切真相。

她在這鋪著錦緞羅綢的飯店房間裡移動。她的視線始終沒有離開過他，彷彿他們正在進行一場他們從來沒有過的默劇對話。他們之間有著如此漫長交錯的故事，她已經不知道要如何繼續當他的盟友了。一家巴黎的飯店。她會永遠記得飯店的名字，又或許她會需要忘掉。她在浴室裡洗臉，想釐清思緒。她在浴缸邊緣坐下來。如果說她曾想像他對她的追求，那麼她其實也想像過自己對他的追求。

她回到他的房間，查看他身上有沒有任何細微的動作，以防那是裝睡。她停下來，明白如果她現在離開，她將永遠無法確定。她脫掉鞋子，往前走。她把自己慢慢放到床上，在他身邊伸展開來。我的盟友，她想。她記得他們的歷史中她永遠無法放下的細微的顆粒，某些被遺忘的信任的低語、他的手的某次緊握、從房間對面點頭示意、他在田野上跟某隻動物跳舞、他如何學習在「自然學家時間」中清晰而緩慢地講話，讓他近乎耳聾的母親可以在那些週日午後聽得懂他在講什麼，以及他在完成那隻藍色翅膀的假蠅時，將細細的尼龍線打結後咬斷。在她八歲時。在他十六歲時。那只是第一層。他還有更深更私密的許多層。他在寒冷黑暗的小屋裡點燃火爐。一隻蟋蟀幾乎靜默的音符。然後，許久後，在歐洲的一個小木屋裡，他站起來，留下哈薇克睡在木屋的地板上。她手臂上的那些傷疤，他都沒有看過。她側身看著他的臉。然後她會離開。你就在這裡，她想著。

★

在戰爭結束時，還有許多事物未被埋葬。我母親回到在前一個世紀建造的，仍在田野上宣告自己存在的這房屋。這裡從來不是一個隱密的地方。你可以在一哩外，聽著周圍松樹沙沙聲響時，看到它的白色。但這屋子本身始終是沉默的，如被山谷的一個凹陷保護著。一個孤獨之地，引水灌溉的草原平緩向下到河邊，而且如果你在某個週日走出去，可能還會聽到數哩外的諾曼式建築教堂傳來鐘聲。

玫瑰在我們相處的最後那些日子裡最不起眼的自白或許是透露最多訊息的。她當時在談她繼承的這間屋子。她說，如果是她，會選擇在不同的地形。當她好幾年前跟自己的父母隔絕，對他們隱瞞自己在戰爭裡所做的事，而變得連自己的孩子都不認識時，她對斷絕血緣或漂泊放逐的希望就已經非常明顯了。此刻她回到白漆屋，我想應該是她想要的。但這間屋子很老了。她知道走廊上每個細微的傾斜、每一扇卡住的窗框，還有不同季節時的風的噪音。她知道月亮每個月會掛在什麼地方，以及可以從那扇窗戶看到月亮。那是她出生至今的自傳，她的生物學。我想這讓她抓狂。

她接受它，不只是把它視為安全或保證，而是命運，包括那木頭地板的巨大噪音，而這個領悟讓我震撼。這屋子建造於一八三〇年代。她可能打開一扇門，就發現自己身處她祖母的人生。她可以目睹好幾個世代的女人在分娩，而一個丈夫偶爾進來探視，還有一個又一個孩子，一聲接一聲的哭泣，一堆又一堆的柴火，欄杆都被上百年的觸摸摩得光滑。數年後，我會在一位法國作家的作品裡看到類似的覺察。「某些晚上我會想這件事想到心痛……看到在我之前有過那麼多女人，在同樣的臥室裡，在同樣的薄暮裡。」她目睹過她的父親在海上時，或者在倫敦工作，只有週末才回來時，她母親就是這樣的角色。這就是她回來繼承的角色，是她先前逃離的人生。她再度回到一個不斷反覆的小宇宙，裡面只有極少數外來者——在屋頂上工作的稻草工人家庭、郵差，或麥拉凱特先生帶來他正在建造的溫室的草圖。

我問我母親——那可能是我問過她的最私人的問題——「你有在我身上看見你自己嗎？」

「沒有。」

「那你覺得我可能像你嗎？」

「這當然是個不同的問題。」

「我不確定，或許是同樣的問題。」

「不，不一樣。我猜我們可能有些相似或相連結的地方。我不容易相信人，不開放。現在你或許也是。」

她的回答已經遠超過我本來在想的事。我想的是類似禮貌或餐桌禮儀之類的事。雖然她此時獨居的生活並沒有讓她變得彬彬有禮。她對於別人在做什麼都沒有興趣，只要別人不打擾她就好。至於餐桌禮儀，她已經把用餐精簡到符合流體動力學般的最低限度：一個盤子、一只杯子，在大約六分鐘的用餐時間結束後，桌子在十秒鐘內就可以擦乾淨。她每天在這屋子裡的動線已經是如此根深蒂固的習慣，以至於要在這動線被打斷時，她才會意識到。例如跟山姆．麥拉凱特的聊天。或我跟他一起工作時，她到山裡去的長途健行。她相信自己對於村子裡的人而言是完全不重要且沒沒無名的，這讓她覺得受到保護，而在這屋子裡，則有那夜鶯地板——那噪音地雷會在有任何人入侵她的領域發出警示。那是她在無花果木中的夜鶯。

但是她預期最終將到來的陌生人從來不曾踏入室內。

「不過你為什麼要問？」現在她堅持繼續我們的閒聊。「你認為我們之間可能會有什麼相同之處？」

「沒什麼，」我微笑著說。「我想或許是餐桌禮儀，或其他很容易看出來的習慣？」

她很驚訝。「恩，我爸媽總是說，『注意你的的餐桌禮儀，說不定你有一天會跟國王吃飯。』

可能所有人的爸媽都會這麼說。」

我母親為什麼會選擇跳上那兩根纖細的樹枝？她自認為自己那兩點不可靠的地方或弱點：「不信任人」跟「不開放」。我現在了解她之前可能需要學會這些特質，才能在工作上保護自己，也是保護自己的婚姻免於被一個具毀滅性而且消失不見的男人傷害。於是她從自己的蝶蛹破繭而出，離家去跟在她小時候就播下那些誘惑種子的費倫一起工作。他進行的是一場招募者完美無缺的戰役。他先等待，然後吸引她進入情報單位，就像他自己幾乎是無辜的被吸引進去一樣。我猜想，因為她想要的是一個她可以完全參與的世界，即使那意味著不被完全而安全地愛著。「喔，我不只想被崇拜！」就像奧莉芙．羅倫斯曾跟我和芮秋宣稱的一樣。

在某個階段後，我們對任何一段關係的了解就無法超越它的表面了，就像白堊岩的一層層是經由無限微小的生物在無窮盡的時間裡的工作造就的。玫瑰跟馬許．費倫之間那反覆無常，不可靠的關係，比較容易了解。至於我母親跟她丈夫，她故事裡的那個幽魂的故事，我只記得他坐在我們花園裡那把不舒服的鐵椅上，欺騙我們說他為什麼要離開的那個場景。

我本來也想問她是否在我身上看到我父親，或者她是否覺得我可能像他。

★

那將是我跟山姆・麥拉凱特相處的最後一個夏天。我們大笑著，然後他突然停下來，看著我。「嗯，你變了很多。你跟我工作的第一季，幾乎都不說話。」

「我那時候很害羞。」我說。

「不，你是安靜，」他說。他比我更了解並意識到我過去是什麼樣子。「你有顆安靜的心。」

我母親偶爾會以一種不太感興趣的態度，問我跟麥拉凱特先生的工作如何，會不會很難。

「嗯，反正不是沉重之事。」我回答，然後在她臉上捕捉到一抹哀傷的微笑。

「華特。」她喃喃說。

所以這一定是他常說的話，對她也是。我吸了一口氣。

「華特後來怎麼了？」

一陣安靜。「你說你們兩個怎麼叫他的？」她把她在看的書丟到桌上。

「飛蛾。」

她臉上失去了那抹我幾秒鐘前目睹的扭曲的微笑。

「真的有過一隻貓嗎？」我問。

她的眼神嚇了一跳。「對，華特跟我說過你說的事。你為什麼不記得那隻貓？」

「我把一些事情埋葬了。華特後來究竟怎麼了？」

「他那天晚上為了保護你們兩個死了，在巴克劇院。就像他在你小時候保護你一樣，在你爸爸殺了你的貓，而你去找他的時候。」

「為什麼沒有人說他在保護我們？」

「你姊姊自己明白了。所以她始終沒有原諒我害死了他。我想他才是她真正的父親。而且他很愛她。」

「你是說他愛上了她？」

「不。他只是個沒有孩子的男人，但很愛孩子。他只希望你們安全。」

「我並不覺得安全。你知道嗎？」

她搖頭。「我想芮秋覺得跟他在一起很安全。我知道你小時候也覺得跟他在一起很安全……」

我站起來。「但是為什麼沒有人說他在保護我們？」

「羅馬歷史，納桑尼，你該去讀羅馬歷史。裡面多的是帝王甚至無法告訴他們的孩子接下來會發生什麼災難，好讓他們保護自己。有時候沉默是必要的。」

「我從小跟著你的沉默長大……你知道我很快就要離開，要到聖誕節才會再見到你。這可能是我們最後一次講話，下一次會是很久以後。」

「我知道，親愛的納桑尼。」

我在九月開始念大學。再見。再見。沒有擁抱。我知道她每天都會在某個時候爬上山丘，在某個頂點回頭望著她安全地窩在土地凹陷裡的屋子。半哩之外就是感恩村。她會在制高點，就如費倫教她的。一個在山丘上巡守的高眺纖瘦的女人。幾乎確定自己受到嚴密的防衛。

★

他來的時候，會像個英國人，她寫道。但是來找玫瑰·威廉斯的是一個年輕的女人，某人的繼承人。這是我現在告訴自己的事發經過。我的母親從來不曾進去村子，但是村民都知道玫瑰·威廉斯住在哪裡，於是那個女人直接來到白漆屋，穿的像個越野跑者，沒有任何道具或偽裝。即使這樣，對於我母親而言也夠明顯了，但那是黑暗的十月傍晚，而她透過溫室窗戶的凝結霜氣辨識出那女人的蒼白鵝蛋臉時，已經太遲了。她站在那裡，動也不動。然後用右手肘打破了玻璃。她是左撇子，我母親心裡一定這樣想。

「你是薇拉？」

「我叫玫瑰，親愛的。」她說。

「薇拉？你是薇拉？」

「是。」

那一定不會比她想像過，甚至夢見過的任何可能的死亡方式來得糟。快速而致命。彷彿這終於結束了世代的冤仇，終結了一場戰爭。或許容許了某種補償。這是我現在的想法。溫室很潮濕，而玻璃破掉後吹進來一陣微風。這年輕女人再開了一槍做為確保。然後她就像一條獵兔犬般越過田野，彷彿她是離開我母親身體的靈魂，就像我母親自己在十八歲的時後逃離這間屋子去念大學，去念語言並在第二年認識我父親，放棄了念法學院的念頭，生了兩個孩子，然後也逃離了我們。

有圍牆的花園

一年前，我在當地的一間商店無意間看到一本奧莉芙·羅倫斯的書，而那天下午，當我在花園裡架設遇風就會嗡嗡作響的繩子，來嚇走食腐類的鳥時，我就一直在等待夜晚來臨，好讓我可以不受干擾地看這本書。這本書顯然是某個即將推出的電視紀錄片的依據，於是我第二天就出去買了一臺電視。這樣的東西從來不是我生活的一部分，因此當它抵達時，在麥拉凱特夫妻家的小小客廳裡感覺像是一個超現實的客人。

我看著這節目，一開始無法將我在這個盒子裡看到的奧莉芙·羅倫斯跟我十幾歲時認識的那個相比擬。老實說我已經不記得她當時的樣子。她對我而言大部分只是個存在。我記得她移動的樣子，還有她從來沒有任何多餘裝飾的穿著，即使是她要跟飛毛腿出門的時候。至於她的臉，我此刻看到正在對我說話的臉有著同樣的熱忱，這張臉很快就被我連結到我早先對她的記憶。此刻她正在約旦攀爬一座巨石像，一邊對著鏡頭說話一邊攀繩垂降。我再次聽到有關地下水位的精確智慧、歐洲大陸各地各式各樣的冰雹、切葉蟻如何可以摧毀整片森林——這些有關大自然複雜平衡的資料都被她以清晰輕鬆的方式，用同樣那雙小巧女性的手雙手奉上。我之前想的是對的。她原本能夠有智慧地將我的生命編織在一起，而不迴避那些遙遠的對抗或我所不知道的失去，就像她能夠辨認出一場風暴正在醞釀，或能夠從芮秋的某些姿勢或沉默的逃避辨認出她有癲癇。這個跟我沒有任何親近連結的人所具備的清晰的女性意見讓我獲益良多。在我認識奧莉芙·羅倫斯的短暫時間裡，我相信她是站在我這邊的。我站在那裡，就被理解了。

我讀著她的書，看著她在那紀錄片裡健行走過巴勒斯坦飽受蹂躪的橄欖園，走上跟走下在蒙古的火車，在一條布滿沙塵的街道上彎身用很多顆胡桃跟一顆橘子繪製出月亮一年中在同一時間在天空所形成的八字形軌跡。她絲毫未變，依舊不斷地更新。在我母親告訴我奧莉芙在戰時的工作之後許久，我才讀到精簡的官方報告，敘述科學家如何記錄風速，為決戰之日預作準備，以及她跟其他人如何起飛到黑暗的天空中，其中滿布其他同樣在玻璃般刺骨的空氣中顫抖的滑翔機，以聆聽風聲有多少水分，並尋覓不帶著雨水的光線，讓他們可以決定延後或確認某次突襲。她曾經給我跟我姊姊看的天氣日誌中充滿了描繪各式各樣冰雹的中古世紀般的木刻畫，或用以分辨天空各種藍色的索敘爾的[51]天空藍度測量儀的草圖，而這些對她而言都不只是理論而已。她跟其他人在當時必定覺得自己就像是魔術師，召喚出好幾個世代的科學家傳授給他們的魔力。

51 索敘爾（Horace-Benedict de Saussure, 1740-1799），瑞士博物學家及地理學家，於一七八九年發明最早的「Cyanometer」，即天空藍度測量儀，以最原始的方式畫下五十三種深淺不同的藍，標示為零至五十三個色度，為天空色彩設定測量的基礎。

★

奧莉芙是從我們在露芙尼花園居住的那個半掩藏的年代裡，第一個重新出現的人。至於飛毛腿，我到現在對於他住在哪裡還是毫無線索。從我上次見到他已經過了好幾年了，而我甚至記不起他的真實姓名。他跟飛蛾還有其他人現在都只存在童年的深谷裡。雖然我成年後的人生大部分都花在一棟政府建築裡，試圖追索我母親曾有過的職業生涯。

我在檔案庫的日子裡，不時會碰到來自遙遠事件的一些資訊跟我母親曾進行的活動重疊。我會因此得以一瞥某一項活動或處所的細節。因此在某個下午，我追尋著她的活動路線，看到一些關於戰時運送硝化甘油的資訊。關於硝化甘油這樣危險的貨物如何祕密地運送通過倫敦市區，如何在大眾不知情的情況下進行。這樣的運送在倫敦大轟炸時持續不斷，當時的夜裡只有戰爭的火光，整條河一片黑暗，除了在橋上有昏暗的橘色燈光標示著水上交通可以用的橋拱，是在轟炸當中的靜默的訊號。而駁船熊熊燃燒著，砲彈碎片在水面上四處紛飛，而在燈火管制的道路上，那祕密的貨車一晚要越過城市三到四次。從在沃特瑟姆教堂裡生產硝化甘油的大硝化廠，到城中心某個名稱不詳的地下地點，路程要三十哩，而那個地點原來是下泰晤士街的某個地方。

有時某個地板會塌陷，而下方的某條隧道就指向某個古老的地點。此時我會毫不遲疑地到懸掛地圖的那間大房間去。我拉下各個圖表，搜尋那些載送硝化甘油的貨車可能的行駛路線。幾乎在我的手循著它們的路線前進之前，我就已經知道這些難以抹滅的名字：席沃斯東街、柯賓溪橋，從墓地以西一小段，然後往南，直到碰到下泰晤士街。這就是我年少時，在戰爭結束後，我經常跟飛毛腿一起走過的路線。

我遺忘許久的飛毛腿，那個走私者，一個小奸小惡的罪犯，很可能其實是某種英雄，因為那活動其實是很危險的工作。他在戰後所做的事其實只是和平必然的結果。那股熟悉的英國人的虛假謙遜，包括荒謬的神祕兮兮或者所謂祕密研究人員的陳腔濫調，多少都像是那些仔細描繪的西洋鏡，掩藏了真相，將他們私密的自我關在門後。它以某種方式隱藏了任何一個歐洲國家最突出的戲劇表演。地下工作幹員，包括了老太太、資質平庸的小說家、曾在歐洲當間諜的社交名媛女裝設計師、在泰晤士河上建造假橋梁以誘騙試圖沿河進入倫敦市中心的德國轟炸機飛行員的橋梁設計者跟建造者、後來變成毒物專家的化學家、拿到德國同路人名單而要在德國入侵時負責謀殺他們的東海岸佃農、來自皇家植物園的鳥類學家跟養蜂人，以及精通黎凡特語跟其他數種語言的永久單身漢——其中一人結果就是亞瑟．麥凱許，他大半輩子都持續待在特情單位裡。他們所有人都嚴格保密自己的角色，即使在戰爭結束之後，只有多年後在訃聞中出現低調的一句話，提及他們「曾於任職駐外單位時有傑出的表現」。

飛毛腿幾乎總是在潮濕而漆黑一片的宇宙中駕駛著笨重的硝化甘油貨車，經過搭著鐵皮防空棚的菜園，左手放在排檔桿上，在黑暗中換檔，讓飛彈般疾馳的車輛朝倫敦市的某個倉庫前進。那是凌晨兩點，他腦中有地圖，所以他可以用誇張的速度在黑夜中飛馳。

我整個下午都跟這些發掘出來的檔案在一起。研究著貨車的構造、每趟載運的硝化甘油的重量，以及某些街道在夜晚時會有昏暗的藍色燈光隱微地照亮突然轉彎的地方。飛毛腿這輩子當中，大多數時候真正的職業都在偽裝之下，不為人知。平立柯的非法的拳擊場、賽狗場、走私。但是在從事他戰時的工作時，他是被嚴密監視跟全然知悉的。他必須在下泰晤士街簽到，讓人確認他的臉跟照片相符，然後再簽退。他的每趟夜晚旅程都被記錄下來。生平第一次也是唯一一次，他是「登記在案」的。即使這個人曾如此驕傲自己沒有出現在如百科全書厚重的賽狗場罪犯名冊中。他每天晚上從火藥磨坊出發，來回跑上三趟，在城市的整個東側都陷入沉睡，對夜晚道路上存在的事物跟危險都毫無知覺的時刻。但這些都永遠被記錄下來了。所以此刻，許多年之後，在掛滿地圖的這間房間裡，我才能找到那些標示出來的路線，並意識到這些路線跟我們那些夜晚從城市東側出發的路線多麼相似，從萊姆豪斯盆地附近到市中心的路線。

我站在這空蕩的地圖室裡，那些橫幅搖擺著，彷彿被突如其來的微風碰觸到。我知道在某處一定有一個記載所有駕駛的檔案。我記憶中的他仍是平立柯的飛毛腿，但是在一張護照照片大小的照片旁會有他的真實姓名。在相鄰的一間房間，我拉開一個檔案櫃的抽屜，看著目錄卡，上面有一張張仍年輕的削瘦男子的黑白照片。直到我看到一個我不記得的名字，在我記得的一張臉旁邊。諾曼・馬歇爾。我的飛毛腿。「諾曼！」我此刻回想起飛蛾在我們露芙尼花園房屋擁擠的客廳裡吼叫。那是一張有十五年歷史的照片，旁邊有些偏執地記載著他更新過的地址。

這就是飛毛腿。

當他瞬間轉過一個個街口時，他的左手會夾著一根菸，放在方向盤上，右手肘則在敞開的車窗框上，被冷雨淋濕，讓他保持警醒。在那些夜晚，沒有人陪著他跟他說話，而他肯定唱著那首老歌來保持清醒，那首歌是關於一個女子，眾所周知如火焰般的女子。

★

在某個年齡之後，我們的英雄們就不再教導或指引我們了。他們轉而保護自己所在的最後一塊領土。冒險犯難的想法被幾乎看不見的需求取代。他們曾經笑著嘲弄他們所對抗的傳統，雖然如今仍笑著，但不再嘲弄。這就是我最後一次看到飛毛腿時，我認為他變成的樣子嗎？在我成為大人之後？我仍舊不確定。但此刻我有了他所在的地址，我去找他。

但是在那最後一次見面中，我無法分辨他只是對我不感興趣，或他對我有種受傷或憤怒？畢竟我是在多年前突然起身離開他的世界。而此時我在他面前，不再是那個男孩。雖然我記得年少時那些困惑而鮮活的夢中，跟飛毛腿經歷的那些冒險，但他不願意講起過去，不像我所希望的。我希望回憶過去的一切，他卻一直把我轉回現在。我現在在做什麼？我之前住在哪裡？有沒有……？所以我唯一真正能做的只有辨識出他建立的對話的界線，藉此詮釋這次見面的意義。就像我注意到他對於他廚房中的每樣東西存在何處以及應該留在何處，有著近乎偏執的仔細，所以一旦我拿起某樣東西——例如一只玻璃杯、一個杯墊——他就會記得該放回哪裡。

他沒有預料到我會在那一天，那個時間，來到他家門口。事實上，他根本沒預料到我會來。所以他公寓裡的井然有序顯然是每天都維持的習慣，而我承認我的記憶可能在多年來變得誇大了些，但在我的記憶中，飛毛腿身邊的東西似乎都會消失不見或四分五裂。但此刻在這裡的是一張地墊，讓你在進門前刷乾淨鞋底，還有一張整齊摺疊起來的抹布，而我們走回廚房去煮水時，我看到他小心關上走廊上的兩道房門。

我過著獨居的生活，所以我可以認得獨居的狀態，還有隨之而來的小規模的秩序。飛毛腿並不是獨居。他現在有家庭了：他說他太太名叫蘇菲，還有一個女兒。這讓我很意外。我試著猜測是他哪個情婦擄獲了他，或被他擄獲。肯定不會是那個愛爭吵的俄國人。總之，那個下午他是獨自在公寓裡，我沒有見到蘇菲。

他結了婚並有個孩子的事實是他願意談論過去的極限。他拒絕討論戰爭，對於我笑著詢問獵犬交易的事，他也是隨意打發。他說他對那段時間沒什麼印象。我問他是否看到奧莉芙．羅倫斯幫英國國家廣播公司做的節目。「沒有，」他安靜地說。「我錯過了。」

我不願意相信他。我希望他只是堅持迴避。我可以原諒這樣，原諒他其實沒有忘記，只是同樣想把她排除在他的生活之外，而不是根本懶得打開電視。又或者現在只剩下我一個人還記得那些時刻，那些人生。於是他不斷在通往我們過去的路上設置障礙，讓我無法抵達，雖然他明知那是我來的目的。他似乎也顯得緊張——我一開始時懷疑他是否認定我在評斷他是否做了對的事，還是做了令人失望的人生選擇。

我看著他把茶倒進我們兩個的杯子裡。

「我聽人說艾格妮絲有一段時間過得很辛苦。我試著找她，但沒找到。」

「我想我們都分道揚鑣了，」他說。「我有一段時間搬到英格蘭中部。我可以在那邊重新開始，你知道我的意思。可以當一個沒有過去的人。」

「我記得那些夜晚跟你在駁船上，還有那些狗。這是我最記得的。」

「是嗎？那是你最記得的？」

「對。」

他舉起杯子，靜默而嘲諷似的舉杯。他不願意回到那些年。「所以你在這裡多久了？你都在做什麼？」

我覺得這兩個問題一起出現，顯現出他對我沒有什麼興趣。因此我告訴他我住在那裡，在做什麼，但沒有太多細節。我捏造了芮秋的近況。我為什麼要說謊？或許是因為他問我的方式。彷彿所有問題都不是很重要。他似乎不想從我身上獲得任何東西。「你還會進口東西嗎？」我問。他對這個評論揮揮手不予置評。「喔，我每個禮拜會上去伯明罕一次。我老了，不常旅行了。蘇菲則在倫敦工作。」他就說到這裡。

他順了一下桌巾，在面對這男人太多的沉默後，我終於起身了。我曾在一開始時討厭他，後來害怕他，但後來漸漸愛上跟他在一起。我以為我已經經歷過他的每一面，一開始的粗魯，之後的慷慨。所以此時看到他如此靜默，如此靈巧地撥開我的每一句話，讓對話陷入死巷，實在很難受。

「我應該走了。」

「好，納桑尼。」

我問能否用一下他的浴室，然後走過狹窄的走廊。

我看著鏡子裡的自己，不再是曾經跟他在夜晚的道路上同行，看到他拯救了姊姊的那個男孩。我在那狹小的空間裡轉身，彷彿這房間有個未被打開的封條，唯有這裡可能洩露關於我這位來自過去的、狂野的、不可靠的英雄，我的老師的更多線索。我試著想像他娶的女人是什麼樣子。我拿起洗手臺邊緣的三支牙刷，放在我手掌上。我撫摸並嗅聞架子上他的刮鬍肥皂。我看到三條摺疊好的毛巾。不論蘇菲是誰，她都將秩序帶進了他的人生。

這一切都讓我很意外。這一切都很哀傷。他曾經是個愛冒險的人，如今我站在這裡，在他的人生中感到幽閉恐懼。他倒著茶，撫摸著桌巾，顯得多麼平靜滿足。他曾經總是一邊咬幾口別人的三明治，一邊急著趕去某個可疑的聚會，興奮地在街上或水邊撿起某人掉的撲克牌，把香蕉皮往後丟到那輛摩利士的後座，而我跟芮秋就跟狗兒們坐在後座。

我走出去到狹窄的走廊上，看著一個裱框的繡了字的布幅，看了好一會。我不知道我站在那裡看著它，讀著上面的字，又重讀一次，到底看了多久。我用手指觸碰它，然後終於把自己拉開，很緩慢地走回廚房。彷彿這肯定就是我最後一次來這裡。

在飛毛腿公寓的大門口，準備離開時，我轉身說：「謝謝你的茶……」我還是不確定該怎麼稱呼他。我從來不曾叫過他的真名。飛毛腿點頭，露出一個精確的微笑，足夠的微笑，足以顯得禮貌，表示他沒有對於我侵入他的隱私感到憤怒，然後在我面前關上了門。

我在好幾哩之外，在回薩福克的火車噪音中時，才容許自己透過那天午後的會面的稜鏡，收集起我們的人生。他沒有試圖原諒我或懲罰我。而是更糟。他並不期望我了解自己做了什麼，在那多年前如此快速而毫無預警地消失。

我後來之所以能了解在他的公寓裡究竟發生了什麼事，是因為我記起飛毛腿是多麼會說謊。當他在某個倉庫或博物館意外遇到警察或警衛時，他都可以臨時說出一個未經計劃的謊言，謊言內容如此精細，甚至如此荒謬到他自己都會覺得好笑的地步。一般人很少會同時說謊又覺得謊言好笑，那就是他的偽裝。「絕對不要預先計劃謊言，」他在某次夜晚的旅程中告訴我。「一邊說一邊編，這樣比較可信。」他惡名昭彰的精確反擊。還有他緊握著自己底牌的樣子。飛毛腿倒茶的時候如此平靜，但他的思緒跟心情想必在熊熊燃燒著。他跟我講話時幾乎沒有看我。他只看著那赭黃色的茶冒出的薄薄蒸氣。

艾格妮絲總是很照顧身邊的人。這是我最記得她的一點。她有時候說話很大聲，很愛爭論。但她對她父母很溫柔。她緊緊抓住這世界的每個面向，但裡面總有關愛。她曾畫了一幅我們一起用餐的小圖畫，然後把那張防油紙對折兩次，讓那幅畫像是被框起來地包在裡面，然後她把紙放進我的口袋裡。這就是她送出禮物的方式，即使是像這樣沒有價值的，無價的東西，她會說：

「納桑尼，這給你。」當時還是天真的、粗糙的、十五歲時的我，就收下了它，沉默地收著。

我們十幾歲時都很愚蠢。我們會說錯話，不知道如何謙遜，或如何不那麼害羞。我們會驟下評斷。但是我們得到的唯一希望，是我們會改變，即使只有在回頭看時才會發現。我們學習，我們演變。現在的我是當時發生在我身上的一切所形成的，不是經由我成就的一切，而是經由我如何到達這裡的一切。但是我傷害了誰，才能到達這裡？誰指引了我走向更好的事物？或接納我能勝任的少數幾件小事？誰教我在說謊時大笑？又是誰讓我對自己後來所相信的飛蛾感到遲疑？誰讓我從只是對於「人格」感興趣而轉變成了解這對別人有多少影響？但最主要的，最重要的是，我造成了多少傷害？

我走出飛毛腿的浴室時，面對著一道關著的門。門旁邊，牆上，是一幅裱了框的布，繡著藍色的句子。

我曾經常徹夜醒著，期盼一顆更大的珍珠。

在那下面，用不同的顏色繡著的，是一個生日，有著月分跟年分。十三年前。飛毛腿沒有理由想到一幅繡了字的布幅會洩露出他的祕密。他的妻子，「蘇菲」，是為了自己跟孩子繡了這些字。這是她以前入睡前經常會喃喃自語的話。我記得。他可能根本也不記得她曾經跟我說過這句話，或記得我們在那借住的屋子裡講話的那個晚上。連我都已經忘記了，直到現在。而且她也絕對不會想到我有一天下午會再度出現，到她的家裡，然後看到她的願望如此醒目地掛在牆上。

於是此刻，從一個簡單刺繡的句子，引發了一場山崩。我不知道該怎麼辦。我從來沒能跟上她的故事。我要如何穿越時間回到巴特西的艾格妮絲，在石灰場掉了她的小禮服的艾格妮絲身邊。回到艾格妮絲和米爾丘的珍珠身邊。

如果一個創傷很巨大，你將無法把它變成可以說出來的東西，也不可能寫下來。我現在知道他們住在哪裡，在一條沒有樹的街上。我需要在晚上去那裡，大叫她的名字，讓她聽到，她會從睡夢中安靜地睜開眼睛，在黑暗中坐起來。

那是什麼聲音？他會對她說。

我聽到……

什麼？

我不知道。

睡吧。

好吧。等等。又來了。

我持續喊叫，等待她的回應。

我沒有被告知任何事，但是就像我姊姊跟她在劇場發明虛構的場景，或奧莉芙·羅倫斯一樣，我知道怎麼從一粒沙或發掘出來的真相的一丁點片段，填補出一個故事。回想起來，許多這樣一丁點的砂礫一直都在：在我預設對方應該會跟我說艾格妮絲的事時，卻從沒有人跟我說過，還有此刻我可以理解的，飛毛腿在他公寓裡對我冷血的沉默。還有那摺得如此整齊的毛巾——她畢竟曾經是個服務生，跟我一樣在各個廚房裡洗碗打掃過，而且住在狹小的社福公寓裡，不得不保持整齊。飛毛腿必定對於一個十七歲的懷孕女孩有這樣的規矩跟信念感到驚奇，而這女孩接下來還會如此有效率地隔絕掉他生活中所有的壞習慣。

我想像著他們兩人——帶著什麼心情？忌妒？如釋重負？對於我直到現在才知道我該負責的事感到歉疚？我想到他們必定如何批判我。又或者我是不能提起的話題，就像飛毛腿對於奧莉芙·羅倫斯的電視節目，以及他從未去看的她的書的反應。他對我們所有人輕易打發……他現在沒有時間，他一個禮拜要去英格蘭中部一次，還有個孩子要養。時間很少，日子很辛苦。

艾格妮絲發現自己懷孕後的幾個禮拜，在她覺得沒有別人可以談這件事的情況下，她搭上一班公車，再換一班公車，來到飛毛腿住的鵜鶘階梯附近。她已經超過一個月沒見到我，而猜測我會在那裡。那是晚餐時間。沒有人來應門，因此她坐在階梯上，周圍的夜色漸暗。等他終於回家時，她已經睡著了。他碰了她一下，她醒過來，不知道自己在哪裡，然後認出了我父親。到樓上後，她告訴了他她的情形，說她不知道我在那裡或去了哪裡，於是飛毛腿不得不坦白另一個真相，說出他的真實身分，以及他事實上如何認識我，還有我可能去了哪裡或被帶去哪裡。

他們在他狹小的公寓裡坐了整晚，在瓦斯壁爐火旁；感覺像是一場懺悔。在那段重複了數次、不斷循環，讓她不再那麼難以置信的對話當中或之後，他有告訴她，他在做什麼嗎？他有說出他真正的職業嗎？

不久之前，我在一家電影院看了一部重新修復的老電影，裡頭的主角是一個清白的男人蒙受了冤獄判決，毀了他的一生。他從被銬上鎖鍊做苦工的牢獄逃脫，但得一輩子逃跑。在電影的最後一幕，他遇到他之前的人生裡所愛的女人，但只能跟她在一起很短暫的時間，因為他知道自己隨時有被抓的危險。當他往後退，離開她而走進黑暗中，她喊道：「你要怎麼生活？」而由保羅．茂尼飾演的主角回答說：「偷竊。」電影就隨著這最後一句話結束，畫面暗下來，結束在他臉上。我看到那部影片時，我想到艾格妮絲跟飛毛腿，想著她何時以及如何發現他所做的事是非法的。她如何面對知道她先生在他們共同的生活中從事不安全的非法工作，好讓他們可以生存下來。我記得的關於艾格妮絲的一切，我都還愛著。她讓我充分地意識到她，而把我從年少時的孤僻拉出來。但她也是我所認識的最真誠坦率的人。我們曾闖進民宅，從我們工作的餐廳偷食物，但我們是無害的。她會為不誠實跟不公平爭論。她總是實話實說。你不可以傷害別人。這是那個年紀很難得的很棒的準則。

於是我想著艾格妮絲跟她曾經如此喜歡的，她以為是我父親的男人。她何時以及如何發現他所做的事？我有好多問題，希望能以某種版本的真相回答這些問題。

「你怎麼生活？」

「偷竊。」

又或者他瞞著她這點再久一點，直到另一個夜晚，在那狹小的鵜鶘梯公寓的另一次見面？一個答案，一次一個答案。先這個。再那個。直到後來他才說他願意怎麼做，那不再是他唱給自己聽的情歌中描寫的一刻，描寫一切如何經由快速運轉的因果同時發生，於是一個人陷入愛河，而河岸邊正有一個交響樂團演奏著。不再是巧合與偶然那樣的單純。我知道他們之間有強烈的感情。雖然他們有著不同的年紀，跟突然間不同的角色，但他們有這感情做為基礎往前走。而且無論如何，他們身邊也沒有別人。

他曾經以為他永遠都會獨立生活，不被關住。他覺得他知道女人的複雜。他甚至可能曾經告訴我，他各式各樣的可疑的職業是為了向別人確認他的獨立跟不單純。於是此刻，當他同時試圖安撫她，讓她了解這不那麼單純，不那麼真誠的世界時，他必須以某種方式把她帶離她專注的、自我傷害的自己。他們談了很多次之後，他才提議結婚嗎？他知道她必須意識到他真正在做什麼，才能做出決定。那必定讓她很震驚——不是因為他可能在占她便宜，而是因為更令人驚訝的事。他在提供一條安全的道路，讓她走出她所在的封閉的世界。

她跟他一起搬進一間小公寓。他們沒有錢應付比這更大的地方。不。我懷疑他們根本沒有想到我。或者對我有何評斷或藐視。那只是我從遠處觀看而來的多愁善感。他們處在忙碌的生活中，每個四分之一便士的銅板都很重要，每一管牙膏都要用特定的價錢才能買。發生在他們身上的是真實的故事，而我仍只存在我母親人生的迷宮裡。

他們在一間教堂成婚。艾格妮絲（蘇菲）希望在教堂。幾個同事到場，還有她的父母跟她當房地產仲介的哥哥——有一個工作上認識的女孩、他工作上雇用過搬東西的「挑夫」、他最得力的助手「李奇沃的偽造專家」，以及擁有那艘駁船的商人。艾格妮絲堅持要他來。還有她的父母，以及另外六到七個人。

她需要找到別的工作。她在餐廳的同事都沒有察覺她懷孕了。她買了份報紙，仔細瀏覽分類廣告。經由飛毛腿早期認識的一個人脈，她在沃特瑟姆教堂找到工作，這間教堂在戰後的此時變成一間研究中心。這裡曾經是令她快樂的地方。她知道這座教堂的歷史，曾在我們借來的駁船裡讀過所有介紹的小冊子，當我們在高聲鳥鳴下安靜地移動，或當我們在前一個世紀所挖掘，以連結教堂中的武器來源跟泰晤士河沿岸伍立奇跟柏佛利特的軍火庫的運河重重閘門間緩緩上升時。她搭乘的公車帶著她沿著七姊妹街，經過霍洛威監獄，然後讓她在教堂前的空地下車。她再度回到她曾經跟我與飛毛腿在一起的同樣的鄉村地區。她的人生成了一個圓。

她在東側A棟，洞穴般的不通風房間裡，其中一張長桌子旁工作，兩百個女人只專注著眼前的東西，沒有一刻暫停。沒有人講話；她們坐的凳子彼此相距太遠，無法聊天。除了她們的手移動發出的噪音以外，一片寂靜。那對艾格妮絲而言是什麼感覺？她那麼習慣在工作時大笑跟爭論。她想念那些廚房的混亂，現在的她無法聊天，無法起身到窗邊看看外面，只能被綁在毫不遲疑的輸送帶旁。她們每天都會換地方。一天在東側，隔天就在西側，永遠戴著護目鏡，在秤上測量出幾盎司的火藥，用湯匙把火藥舀進滑過去的容器裡。微粒的火藥被卡在她的指甲裡，消失在她的口袋裡、她的頭髮中。在西側大樓的狀況更糟，她們在這裡把四硝基炸藥的黃色結晶體裝到膠囊裡。這種有爆炸性的結晶體具有黏性，會留在她們的手上，讓她們的手變成黃色。那些處理四硝基炸藥的人被稱為「金絲雀」。

午餐時間是准許聊天的，但餐廳也是一個密閉的地方。她會拿著她自己準備的午餐，走到她所記得的南邊森林去，在河邊吃她的三明治。她會仰躺下來，在陽光下露出肚子，在這個宇宙裡只有她跟她的寶寶。她聆聽一隻鳥的聲音，或被風打擾的一根樹枝的顫動，某種生命的警訊。她走回西側大樓，黃色的雙手插在口袋裡。

她不知道她經過的那些形狀怪異的建築裡究竟在進行什麼事，腳步聲會消失在地底下，那裡有著為測試新武器在沙漠熱氣或極地氣候的表現而建造的氣候室。那裡幾乎沒有人類活動的痕跡。在遠處的山丘上矗立著大硝化甘油廠，那裡已經製造硝化甘油超過兩世紀。而在它旁邊的地底下，則是它巨大的清洗池。

拿到檔案室裡那些古老的檔案讓我對於艾格妮絲懷著珍珠時必定走過的那些半地下的建築物有些了解。我現在知道沃特瑟姆教堂的那些建築跟地標曾作為什麼用途。甚至知道在艾格妮絲十七歲時曾一躍而入，看似無邪純真的森林水塘裡，也曾經架設了水底相機，來測量炸藥的威力跟效果，而這些炸藥後來就拿來轟炸德國魯爾區的水壩。巴恩斯．沃利斯跟柯林斯[52]用來測試彈跳炸彈的四十呎深的水池，就是她曾經顫抖而氣喘吁吁地冒出水面，爬到淡菜船的甲板上，跟飛毛腿共抽一根捲菸的地方。

傍晚六點時，她會走出沃特瑟姆教堂的大門，搭上回城裡的公車。她把頭側靠著窗，眼睛望向特威克納姆沼澤，她的臉在公車穿過聖安娜路橋底下時暗了下來。

她回來時，諾曼．馬歇爾在公寓裡——她懷孕的身體精疲力竭，她經過他身邊，不讓他碰她。

「我覺得好髒，讓我先洗一下。」

她在水槽前彎下身，從一個水盆裡潑水到自己頭上，洗去頭髮裡的火藥粉塵，然後瘋狂地刷洗自己的手跟手臂，直到手肘處。用來填滿彈匣的膠質的充填物跟四硝基炸藥就像樹脂似黏著她。艾格妮絲一次又一次清洗自己的手臂，還有她可以洗得到的她身體肌膚的每一處。

52 巴恩斯．沃利斯（Barnes Wallis, 1887-1979）和柯林斯博士（A. R. Collins）皆為英國科學家，因發明第二次世界大戰期間英國空軍用以攻擊魯爾河谷大壩的彈跳炸彈而聞名。

現在我會在那隻灰獵犬吃飯的時間吃飯。

而到了晚上，當牠覺得準備好入睡了，牠就會默默地飄到我工作的桌子旁，把疲憊的頭放到我手上，阻止我繼續工作。我知道這是尋求撫慰，牠需要某種溫暖而人性的東西，才能感到安全，才能相信另一個人。即使我帶著這麼多的隔絕與不確定，牠還是到了我身邊。但我也在等待這個。彷彿牠可能會想告訴我有關牠雜亂無章的生命的一切，一段我不知道的過去。必定在牠心底的那所有未揭露的欠缺。

於是我身邊有這隻狗，牠需要我的手。我在我圍牆圍起的花園裡，這座花園在任何一方面都還是麥拉凱特太太的花園，不時會冒出我沒被告知的意外盛開的花朵。這是他們延續的生命。根據我熱愛歌劇的母親所言，韓德爾在他精神崩潰時，在那個狀態下，是「最理想的人」，高尚、熱愛著他已經不再屬於的世界，即使這個世界是一個戰爭不斷的地方。

我最近在讀薩福克郡某個鄰居寫的一篇關於海濱山黧豆，也就是香豌豆的論文，講到戰爭如何幫助這種植物存活下來。我們的海岸上部署了許多地雷，以保護我們的國家不受侵略，因此海岸邊人跡罕至，而讓這葉片肥厚粗壯的香豌豆茂盛生長，形成滿滿的粗糙綠色地毯。這種幾乎快滅絕的香豌豆因此復活，「一種快樂的和平蔬菜」。這類出乎意料的連結非常吸引我，這種佛教般的因果。就像我曾經把一齣鬧劇《天堂裡的煩惱》聯結到戰時祕密運送硝化甘油到倫敦市中心的活動，或見過我認識的一個女孩解下頭髮上的緞帶，好潛進曾經被用來孕育跟測試彈跳炸彈的森林裡的池塘。在我們經歷的時代，許多看似八竿子打不著的事件實際上是比鄰而居。就像我仍舊想著後來教我跟我姊姊無懼地走進夜晚森林中的奧莉芙・羅倫斯是否曾覺得她在英倫海峽沿岸那少數的日與夜是她人生的高潮。極少人知道她在那段期間的工作；她並沒有在她的書或我成年後看的那部電視紀錄片中提到。許多人都跟她一樣，對於自己在戰時的技能滿足地保持謙遜。小縫線，她不只是個民族誌學家而已！我母親曾語帶指責地這樣脫口而出，比起她自己做的事，她更想告訴我奧莉芙的事。

薇拉？你是薇拉嗎？我在我工作的那棟建築的二樓慢慢發現我母親真正的身分時，經常這樣喃喃自語。

我們用勉強支撐的故事來安排人生的秩序。彷彿我們迷失在令人困惑的地形裡，蒐集看不見的跟說不出的——芮秋，小鷦鷯，還有我，一道縫線——把這一切縫在一起，只為了存活，不完整，被忽略，就像戰時在埋著地雷的沙灘上生存的海濱香豌豆。

那灰獵犬在我身邊。牠低下牠骨頭凸出的沉重的頭，放到我手上。彷彿我還是那個十五歲的男孩。但是那個只用她孩子的手對我做出布偶般的揮手手勢，用這種間接的方式跟我道別的姊姊呢？或者那個我某天也許會在街上看到她撿起一張撲克牌的女孩呢？我或許會衝過去問說，珍珠嗎？你是珍珠嗎？是你爸媽教你這樣做，說這樣會帶來好運嗎？

我待在白漆屋的最後一天，在山姆．麥拉凱特來載我之前，我洗了一些玫瑰的衣服，把它們放在外面的草地上晾乾，有幾件則撐開在樹叢上。不管她被殺害時穿的是什麼衣服，都被拿走了。我拿出一個燙衣板，熨了她喜愛的一件格子襯衫，那衣領，還有她總是捲起來的袖口。這襯衫從來沒遇過這樣的熱度或壓力。然後是襯衫其餘的部分。我在她穿來遮掩她纖瘦身形的藍色開襟毛衣上鋪了一塊薄薄的布，把熨斗輕輕地壓在上面，只用一半的溫度。我把開襟毛衣跟襯衫拿進她房間，掛在壁櫥裡，然後走下樓。我在那夜鶯地板上大聲地走路，關上大門，然後離開。

謝詞

《戰時燈火》雖然是一部小說，但它虛擬的架構裡用了一些特定的歷史事實跟地點。

就文本及參考來源部分，我要感謝以下這些傑出書籍所提供的研究資料：辛克萊・麥凱（Sinclair McKay）的《祕密聆聽者》（*The Secret Listeners*）、馬修・史威特（Matthew Sweet）的《西端前線》（*The West End Front*）、克里斯多佛・安德魯（Christopher Andrew）的《保護疆土》（*Defend the Realm*）、考德・沃頓（Calder Walton）的《祕密王國》（*Empire of Secrets*）、韋恩・柯克羅夫特（Wayne D. Cocroft）的《危險能量》（*Dangerous Energy*）、傑佛瑞・溫斯羅普・楊的《三一學院屋頂攀爬指南》、保羅・托林（Paul Talling）的《倫敦消失的河流》（*London's Lost Rivers*）、朱爾斯・普瑞特（Jules Pretty）的《這道發光的海岸》（*This Luminous Coast*）、理查・湯瑪斯（Richard Thomas）的《皇家火藥磨坊的水道》（*The Waterways of the Royal Gunpowder Mills*），以及迪克・費根（Dick Fagan）的《潮汐之人》（*Men of the Tideway*）。關於倫敦大轟炸的資訊則來自當時的報紙文章，以及南卡羅萊納州大學的檔案庫，還有安格斯・卡德（Angus

Calder）的《人民的戰爭》（*The People's War*）和大衛・凱納斯頓（David Kynaston）的《財政緊縮的英國》（*Austerity Britain*）。關於第二次世界大戰後歐洲的騷動，我的研究則來自多個不同的資料來源，包括蘇珊娜・尼特（Susanne C. Knittel）的《歷史的詭異：失能、種族，與猶太大屠殺記憶的政治性》（*The Historical Uncanny: Disability, Ethnicity, and the Politics of Holocaust Memory*）、蓋亞・巴拉瑟提（Gaia Baracetti）發表在《當代歷史期刊》（*Journal of Contemporary History*）的「排水口：一九四三至一九四五年威尼斯朱利亞與里斯特里亞的國家主義、復仇及意識形態」（*Foibe: Nationalism, Revenge, and Ideology in Venezia Giulia and Istria, 1943-5*），以及大衛・史坦佛（David Stafford）的《殘局一九四五：世界大戰遺失的最終章》（*Endgame, 1945: The Missing Final Chapter of World War II*）。另外我要特別感謝作家亨利・翰明（Henry Hemming）就戰時情報工作所提供的慷慨而權威的建議。

我也要感謝本書中有簡短引述到的，克勞迪奧・馬格芮斯（Claudio Magris）有關戰後歐洲動亂的論文「伊塔卡與更多」（*Itaca e oltre*）。我也引述了哈柯斯里（T. H. Huxley）的論文「一片白堊岩」（A Piece of Chalk），還有羅柏・卡松─哈蒂（Robert Gathorne-Hardy）關於海濱香豌豆的論文「Capriccio: Lathyrus Maritimus」。關於珍珠的那行詩來自李察・帕森（Richard Parson, 1759-1808）。我也引用了豪斯曼（A. E. Housmann）的一首小詩〈從洗衣婦那裡……〉（*From the Wash...*）、湯瑪斯・哈代的《統治者》中的兩節詩、葛西亞・洛卡（Federico García Lorca）的詩〈賽維亞〉中的一行，以及瑪格麗特・莒哈絲的《實用性》（*Practicalities*）中的一個靈感跟一句話。另外我也要謝謝詹姆斯・索特（James Salter）的《燃燒這一日》（*Burning the Days*）讓我借用了兩句話，約翰・柏格紀念奧蘭多・萊特列爾的詩句、卡洛琳・萊特（Carolyn D. Wright），還有保羅・柯拉斯納（Paul Krassner）關於親戚的評論。我也引用了桃樂絲・羅夫特（Dorothy Loftus）寄出的，關於一九四〇年戰時的索斯沃爾德的信件，還有賽門・羅夫特（Simon Loftus）的詞句，並引用海倫・蒂德（Helen Didd）刊登於《衛報》上，一篇關於最後決戰日準備的文章。我也從《紐約時報》的「鄉野生活」（The Rural Life）引用了一篇薇琳・柯林柏（Verlyn Klinkenborg）所寫，標題為「夜晚的咆嘯」（Roar of the Night）的文章，裡面引述了羅伯特・瑟斯特・埃迪（Robert Thaxter Edes）關於蟋蟀的評論。許多有關灰獵犬比賽的資料來源包括了《灰獵犬之星》（*Greyhound Star*）的檔案文章、馬克・克萊普森（Mark Clapson）的《一陣躁動》（*A Bit of a Flutter*），以及諾曼・貝克（Norman Baker）刊登在《運動歷史期刊》（Journal of Sport History）的「不復當年——英國對灰獵犬賽事的敵意」（Going to the Dogs—Hostility to Greyhound Racing in Britian）。書中簡短出現的幾句歌詞是來自柯爾・波特（Cole Porter）與艾拉・蓋希文（Ira Gershwin），另外有霍華・狄茲（Howard Dietz）所寫的兩行歌詞未經許可被我移到稍微前面

一點的段落。本書的題詞是羅柏・布瑞森（Robert Bresson）在一段訪問錄影中說的一句話。

非常感謝賽門・波佛（Simon Beaufoy）在我要研究運河、潮汐、駁船上的生活跟其他有關河流的資訊時，介紹了我認識高登跟艾佛琳・麥肯夫婦（Gordon and Evelyn McCann）與傑・費茲曼（Jay Fitzsimmons），他們都是我極其珍貴的嚮導。另外薇琪・霍曼（Vicky Holmes）讓我得以在西印度碼頭大樓的倫敦碼頭區博物館找到關於戰時泰晤士河的檔案。也要謝謝倫敦大都會檔案館（London Metropolitan Archives），以及我在二〇一三年四月造訪沃特瑟姆教堂跟火藥磨坊時，在那裡工作的人，尤其是麥可・賽摩（Michael Seymour）與伊恩・麥克法倫（Ian MacFarlane）。

★

我要謝謝我在薩福克做研究時，所到之處都受到很多人幫忙及歡迎——特別是麗茲・卡德、路易斯・伯恩（Louis Baum）、艾琳・羅夫特（Irene Loftus）、約翰與吉娜薇・克里斯帝夫婦（John and Genevieve Christie），以及了不起的卡洛琳與蓋松・蓋松—哈迪夫婦（Caroline and Gathorne Gathorne-Hardy）。特別感謝賽門・羅夫特花了許多年指引我了解聖人區以及它複雜糾結的歷史，還跟我分享他對這個地區如百科全書的知識。

感謝蘇西・史萊辛格（Susie Schlesinger）與在這數年的寫作期間都由神話中的母牛貝拉米守護的她的鐵皮屋；多年前帶我去過一間灰獵犬博物館的史基・狄克森（Skip Dickinson），還有許久以前寫了一封關於「女裝設計師」的信的麥克・艾科克（Mike Elcock）。感謝大衛・湯森（David Thomson）、傑森・羅根（Jason Logan）、大衛・楊（David Young）、葛瑞芬・翁達傑（Griffin Ondaatje）、萊斯利・鮑勃（Lesley Barber）、比薩克・索列奇（Zbyszek Solecki）（他父親說不定跟達特買過一隻狗）、鄧肯・柯沃斯（Duncan Kenworthy）、彼得・瑪蒂納利（Peter Martinelli）、麥可・摩利士（Michael Morris），還有讓我借用了靈感的柯爾與曼尼[53]。另外也要感謝《雷耶斯角之光》週報[54]與航空燃油。

我很感激潔絲・萊契（Jess Lacher）所做的研究，以及艾絲塔・斯伯丁（Esta Spalding）對於本書結構深具見地的建議。我也要感謝我的朋友艾倫・萊文（Ellen Levine）、史蒂芬・巴克萊（Steven Barclay）與圖琳・維拉利（Tulin Valeri）多年來在各方面支持我。

53 指英國作家Adelaide Frances Oke Manning（1891-1959）及Cyril Henry Coles（1899-1965），兩人以Manning Coles為筆名，從一九四〇年代早期到一九六〇年早期合作創作了許多懸疑小說，其中有多本小說的主角名為Thomas Elphinstone Hambledon，為英國外交部的軍情處工作。

54 *Point Reyes Light*，自一九四八年以來在加州馬林郡發行的週報，主要記錄當地事件。

謝謝凱薩琳・霍瑞根（Katherine Hourigan）跟麗蒂亞・布謝勒（Lydia Buechler）如此仔細而親切地指引這本書在克諾夫（Knopf）出版社製作的過程，也要謝謝凱羅・卡森（Carol Carson）、安娜・哈定（Anna Jardine）、裴洛柯（Pei Loi Koay）、羅芮・海藍（Lorraine Hyland）以及萊斯里・拉文（Leslie Levine）。另外謝謝在英格蘭的大衛・米納（David Milner）、在多倫多「麥可藍與史丹沃出版社」（McClelland & Stewart）的瑪莎・肯亞—佛斯特納（Martha Kanya-Forstner），還有金柏莉・赫薩斯（Kimberlee Hesas）、史考特・李察森（Scott Richardson）以及傑瑞・布蘭德（Jared Bland）。非常感謝我在卡柏出版社（Cape）的編輯羅賓・羅柏森（Robin Robertson），以及在克諾夫出版社的編輯索尼・梅塔（Sonny Mehta）。

我要衷心感謝我在加拿大的編輯露易絲・丹尼（Louise Dannys）從兩年前看到手稿之後，就一路陪著我寫作這本書，是這本書在每個階段無價的支持者。

我也要感謝並肯定這麼多年來我最親近的在多倫多的朋友與作家社群。

最重要的，對來自紅色河岸的琳達致上我的感謝與愛。

導讀

過去的並不會過去

許綬南（國立臺南大學英語學系教授兼系主任）

「一九四五年時，我父母遠走他鄉，把我們留給兩個可能是罪犯的男人照顧」。引用小說的第一句，因為這本小說的第一部相當符合一般暢銷小說的寫法，就是引人入勝的第一句，接下來是讓人喘不過氣的情節。第一句成功地勾起讀者的好奇心，暗示接下來一定會出問題。更進一步說，整本書的情節發展，繫於這一句。這裡所謂喘不過氣，指讀者透過這位青少年好奇的眼睛看世界，而且情節富於肢體和語言上的衝突，更包含了暢銷小說所必備的愛與暴力。一般來說，通俗文學比較速成，情節取勝；精緻文學則在人物的內涵。翁達傑平均一本小說費時七年，入選布克獎的《戰爭之光》當然是精雕細琢的結果。

以下介紹著重在本書所呈現的生命之愛，以及瀰漫的懷舊氣息。書分兩部分，寫法很不相同。第一部當中有許多令敘述者不解的成分，到節奏驟降的第二部會顯露出比較真實的面貌。或許是為了突顯生命的珍貴，第一部帶有魔幻氛圍。是個不需要負責任，流溢新奇與歷險的浪漫倫敦。敘述者十四歲的納桑尼——穿梭其間。他姊姊芮秋十六歲，但是他太年輕，不清楚也不太在意她的生活。

這是個謎樣的世界。在一九四五年二次大戰初結束的倫敦，一對夫妻竟然把子女交給不是很循規蹈矩的友人們照顧，父親聲稱升官到新加坡去，也沒交待何時團圓。母親謊稱在安置好子女後會前去會合，實際上卻是行蹤不明。子女彷彿孤兒，經常逃課。好多頁之後讀者才知道這兩個子女的真名。跟常來訪的一堆陌生人一樣，這些人都有面具一般的綽號。

他們還過著多重面具刺激的生活。陪伴這對子女的「飛蛾」跟「飛毛腿」以及其他訪客，或者他們在外所結交的朋友，全都不單純。譬如跟飛毛腿有一段短暫戀愛的奧莉芙・羅倫斯既是人種誌學者與地理專家，也其實為軍方觀測氣象，判斷適於軍事進攻的日子。納桑尼白天是學生，晚上則是到餐廳打工，聽一個臉上有疤的柯瑪在水槽吹噓他的性生活，跟飛毛腿用某無名人士的駁船走私獵犬或軍火，或是跟餐廳女服務生艾格妮絲——名字是街名，真名蘇菲到故事結尾才出現——在她哥哥所仲介的空房談戀愛。有一回飛毛腿有事，他們把一車走私獵犬放入夜裡的空房，兩人穿梭在狗群間戀愛，艾格妮絲甚且高興地裸體倒立。充滿天真與本能。至於芮秋，納桑尼並不很關心她，只知道她現在似乎外面有個男人。

存在主義者齊克果（Søren Aabye Kierkegaard）在《非此即彼》（*Either/Or*）這本書中提到說，

在倫理階段前的美學階段。在這不負責任的時期，所謂不成熟的人過著並非不道德，而是不相信有對錯，只追求感官滿足與快樂的生活。對納桑尼來說，這是段迷人的歲月。他回憶時說道：「非法的世界對我而言比較是神奇，而非危險」。在第一部的結尾，納桑尼、芮秋搭乘飛蛾所駕駛的飛毛腿的車，莫名遭受一群不明人士攻擊，其中之一跟蹤過他幾次。母親——原來本名玫瑰——和曾來訪的亞瑟・麥凱許等人突然出現搭救，後來納桑尼會從母親口中知道那一晚飛蛾為了救他傷重致死，但這已經是至少一九五九年以後的事了。

如果說第一部呈現出青少年生活的奇妙、迷惘、不確定，和不安，第二部的寫法出人意表，焦點放在納桑尼無力尋回，也不能釐清過去。翁達傑維持了人物的不透明性與懸疑感。創作的忌諱之一是冗長的獨白，翁達傑卻能在比較缺乏衝突的第二部，憑藉其富於散文詩的流暢文筆，營造出濃厚的懷舊氛圍，以及生命思考的深度。

在第二部翁達傑迅速製造出強烈的失落感。這部分開始時時間已過十四年，納桑尼二十八歲。未婚。到母親過世十年時，他會前往英國情報單位的檔案室工作。因為這個工作機會，他嘗試去挖掘他母親情報工作的過去，但是資料極少。也曾經去尋訪舊友，渺無音訊。他說：「被埋葬而沒沒無名的不只是我母親的過去。我覺得我自己也消失了。我失去了我的青春」。納桑尼不多說明這十四年間發生了什麼。這種奇怪的省略，呼應歲月的遺失，也暗示他內心傷口之深。

他後來寫道：「如果一個創傷很巨大，你將無法把它變成可以說出來的東西，最多是勉強寫下來」。但就連納桑尼最後所能寫出來的過去，也貧乏得可憐。

哲學家巴迪烏（Alain Badiou）稱一件無法逆料的事情的發生為事件。愛情也是事件的一種，靠的是雙方不停歇的付出與經營。不過，忠於事件，並不意謂就一定會達到滿意的結果。當納桑尼十四歲時，有一晚在泰晤士河的駁船上，艾格妮絲畫了張素描，「她畫的……是我……不是試圖認識自己，而是專注在別人身上的人。即使在那當下我也知道那才是真相」。他想要多看多聽，但是對自己是什麼，或該做什麼，沒有興趣。

納桑尼後來努力想找回這一段生命，但是人生不是他所能掌握的。他曾經說：「我在一本書中看到的人，也就成為我學習的對象。我渴望跟他們一起經歷難以抵擋的冒險，甚至是跟一間小餐廳裡的女孩的一段浪漫戀情。而除非我採取行動，而且堅持，否則她就會從我生命中消失。因為命運就是這樣」。但真相是堅持不見得有用。全書近尾聲時，納桑尼意外遇到飛毛腿，後者表情異常冷淡，但他在對方的家裡發現一片布，上面繡有「我曾經常徹夜醒著，期盼一顆更大的珍珠」。他想起多年前艾格妮絲曾說過類似的話。猜到他們已經是夫妻，也懂了飛毛腿何以冷淡。

這些多情與無情，呼應翁達傑向來對界線的質疑，以及他對陌生人的看法。在納桑尼陪飛毛腿走私獵犬時，「飛毛腿對於繼承或擁有什麼從來不多愁善感。他鄙夷犬隻的血統，對人類也一樣」。在納桑尼的家裡，成員間的關係不比這一對子女跟父母的關係疏遠，但因為這種既陌生又不陌生的關係充滿祕密、不確定與不安全感，這也說明為什麼納桑尼一再提到地圖。在他重建他母親的過去時，納桑尼提到戰時英方刪去路標，以迷惑德軍，也想起他自幼以來對地圖的執迷：「或許這可以解釋為什麼我在倫敦時會如此執著地畫著我們住家附近的地圖，才能感到安全」。

講故事有相似的功用。納桑尼在檔案室難以找到關於他母親的資料，同時還必須上報哪些史料必須銷毀，以重建對英國較為有利的歷史。地圖跟講故事一樣，幫助他揣摸事情破碎的真相。納桑尼說：「我在這個時刻過濾這週內蒐集到的一切。事實、日期，還有我正式跟非正式的研究都漸漸消逝，取而代之的是我母親跟馬許·費倫之間，我有一半靠著做夢形成的，漸漸演進的故事」。此外，他也想像艾格妮絲如何因為十七歲懷孕，卻又找不到他，最後嫁給了飛毛腿，生下的女兒有「珍珠」這美妙的名字。從這一點來看，敘述者用祝福彌補遺憾。但為何整場探索獨獨漏掉納桑尼那神祕的父親呢？

批評家提到翁達傑跟他的父親本就疏離。但這無法說明何以在他的《家族簡史》（*Running in the Family*）裡，他的父親扮演吃重的角色。也有批評家根據《戰時燈火》裡納桑尼所幻想的母親跟馬許·費倫之間的婚外情，揣測這個男人或許是他的父親。書中母親「有一次對我坦承說，我難以捉摸的父親比任何人都更會建築堤防跟高牆來抵擋過去」。還有一次洩露說他受了傷。父親音訊杳然，與第二部人生易逝難解，及其所連帶的強烈的失落感這個主題一致。

本書書名「戰時燈火」既指戰時為了空襲，倫敦市區僅有微弱的燈光照明，也指反映在雲層的微光。後者暗示凡事必有後果。為了保護他，母親教他下棋，並且用一場棋賽說明要不分心才能克敵致勝。但不論如何謹慎，她在故事結尾被大戰時的敵人成功追殺。故事結束於納桑尼「在那夜鶯地板上大聲地走路」，「那噪音地雷會在有任何人入侵她（納桑尼的母親）的領域發出警示」。母親的設計顯然無效。

如此，《戰時燈火》幫助我們體會一件事：人生美妙難解，但過去的並不會過去，而是轉成餘暉。遺憾與錯誤終究免不了，正如我們終究必須為過去負責。但我們最後還是可以向有幸遭遇到的這些既陌生又不陌生的人表達感謝，畢竟他們構成我們生命的內容。

大師名作坊181

戰時燈火

作　者—麥可・翁達傑
譯　者—李淑珺
編　輯—張瑋庭
行銷企畫—劉育秀
美術設計—高偉哲
內頁排版—極翔企業有限公司

副總編輯—嘉世強
董 事 長—趙政岷
出 版 者—時報文化出版企業股份有限公司
108019臺北市和平西路三段二四〇號三樓
發行專線—（〇二）二三〇六六八四二
讀者服務專線—〇八〇〇二三一七〇五・（〇二）二三〇四七一〇三
讀者服務傳真—（〇二）二三〇四六八五八
郵撥—一九三四四七二四時報文化出版公司
信箱—一〇八九九臺北華江橋郵局第九九信箱

時報悅讀網—http://www.readingtimes.com.tw
電子郵件信箱—liter@readingtimes.com.tw
法律顧問—理律法律事務所　陳長文律師、李念祖律師
印　刷—紘億印刷有限公司
初版一刷—二〇二一年八月二十七日
定　價—新臺幣四〇〇元
（缺頁或破損的書，請寄回更換）

時報文化出版公司成立於一九七五年，
並於一九九九年股票上櫃公開發行，於二〇〇八年脫離中時集團非屬旺中，
以「尊重智慧與創意的文化事業」為信念。

戰時燈火 / 麥可・翁達傑 (Michael Ondaatje) 著；李淑珺譯. – 初版.
– 臺北市：時報文化, 2021.8
面；　公分. –（大師名作坊；181）
譯自：Warlight

ISBN 978-957-13-9356-8

885.357　　110013617

ISBN 978-957-13-9356-8
Printed in Taiwan